아버지,

아, 그리운…
아버지!

애당초 이 글들은 『한글로 쓴 사랑, 정인보와 어머니』(제1판 빅벨출판사, 2018, 제2판 한올 출판사)와 함께 정리되었다. 그러나 어른 글보다 앞서서 펴낼 수 없어서 이제 뒤이어 펴낸다.

장인어른(鄭寅普)께서는 병환으로 낙원동 한양병원(漢陽病院, 院長 朴啓陽) 입원 중 1950년 7월 31일, 서울에 쳐들어 온 북쪽 사람들이 업어 갔다.

이날부터 이 식구들의 슬픔과 기다림은 70년이 되어가는 오늘날에도 이어지고 있다.

나도 늘 슬프다. 왜냐하면 셋째 딸 정양완과 나는 1956년 11월 24일 혼인한 이후 줄곧 함께 살고 있기 때문이다. 내외는 하나라고 하므로 아내가 슬프니 당연히 남편도 슬프다.

이 글들은 1950년 10월 이후부터 1957년 초 무렵까지 썼던 것인데, 그동안 다락에 묻혀 있었다. 70년이라는 세월이 흘렀지만 어느 글 하나라도 눈물 없이는 읽을 수 없는 기다림, 슬픔, 가난 그리고 절규들이다. 장인어른께서 1950년 7월 31일 피랍(被拉)

되신 데에다가, 셋째 아들 흥모(興謨)가 1952년 11월 11일, 5사단 소위로서 중동부 전선에서 전사하여 가족의 슬픔은 이루 말할 수 없었다.

2019년 4월 7일 오전 9시 45분 천주교 혜화동 성당에서 미사가 끝나고 자리에서 일어서다가, 나는 성당이 떠나가도록 대성통곡을 하였다. 오로지 나라와 겨레, 그리고 학문만을 위하여 살아오신 장인어른께서 한참 더 활동하실 수 있는 58세라는 아까운 연세에 길에서 돌아가셨다는 사실이 갑자기 생각나서, 너무나도 가엾으시고, 억울하고, 분하고, 원통하고 또 분노가 치밀어서, 눈물을 쏟으며 울고 말았다.

이러한 가족사를 영구히 기억하기 위하여 이 책을 펴낸다. 이런 일이 우리 가족에게만 일어난 일이 아니기에.

2019년 5월 1일
강신항 삼가 씀

그리운 아버지 모습 – 담원 정인보, 국학대 학장시절(1947)

책머리에 _ 강신항

아버지, 아, 그리운 아버지! _ 정양완
20대 양완의 울부짖음

아버지를 기다리며

슬픔, 울부짖음, 가난

일기

어느새 이렇게 목이 다 잠기는지.

그러고 보니 군밤이 벌써 났다. 플라타너스는 아직 잎이 붙어 흥성한 듯도 하나 벌써 푸르지 못하다. 누르퉁퉁하다. 선고를 받고 짐짓 웃는 여인의 서글픈 애교가 햇살의 미소에 어려 사뭇 내 마음에 사무치는 듯하다.

무엇을 한 것도 하는 것도 없이 무엇을 하자는 의욕조차 빼앗긴 허수아비.

컹! 하고 웃던지 짖으면 그만…

그래도 사람이라고 할 수 있을까. 불릴 수 있을까. 모든 것은 이렇게 박탈당한 듯 서운… 그렇다, 이제 아주 서운조차 가시고만… 퍼지던 물올조차 잦다. 물속엔 떠오를 일 없는 무거운 돌이 가라앉아 있건만… 내 마음의 물 위를 스치는 풋잠자리의 나래여.

살풋한 그 감촉이여.

코스모스가 피었다고 하늘이 푸르다고 누가 노래를 부른다고 하여 하나도 다스려지지 않는 멍청한 내 마음.

이젠 정말— 이게 벌써 몇 백 번인지— 아주 몹쓸 사람이 되어 버린 것인가 보다.

부를 사람이 없다.

찾을 길이 없는 듯하다.

물도 없는 좁은 우물에 그만 빠지고만 듯하다.

어스름한 때리라 또는 훤한…
단장 급히 발을 몰고 오신
아버지… 안경… 두루마기
오―랜 오랜 세월이었다.
오신 아버지. 아버지.
왈칵! 달겨들고 얼싸안았다.
아버지 정말. 아버지…
'누구보다 누구보다 네가 제일 보고 싶더라'
아버지 정말 고생 얼마나 하셨지요. 정숙아 정말이냐?… 그럼…
뜨겁게 뜨겁게 안기고 안겨 울다 보니… 꿈이었다.

어두움 속에 불 켜지 않고 나는 슬픔에 눈이 젖었다. 너무도 너무도 가혹한 몹쓸 운명이다. 정말 얼마나 고생하실까. 오늘이 구일 아니 한글 기념일이라 한다. 아버지가 지으신 노래는 벌써 부르지 않는다… 다른 누구가 지었는지…

「구일날 너 …와 같이 성 선생한테 가 보리라 미국… 가 널 데려 간다더라」…

그러나 내가 보긴 그건 백 선생님이었다… 누구와 같이 가라셨는지 잊어버렸다. 아마 나에게 무슨 좋은 일이 생기려는가, 또는 일생에 있어서의 큰 무슨 변화가 일려는가, 또는 가없는 나의 허영에 대한 아버지의 한 뜨거운 사랑의 가르치심인가… 어머니의 사랑을 떠나 한때라도 나만을 위함이 있다면, 죄스러울 날… 그런데 밤새 반짝이던 별이었을까? 낙엽의 축복의 기도였을까? 어느 그 아름다운 마음이 있어 나와 나의 아버지를 축복했을까…

🍂 1950(4283). 10. 20.

그들이 가칭한 해방이 우리에게는 사변(事變), 전란(戰亂)이었고 난리였다.

물결같이 밀려 오고가는 군중 속에 내 어찌 반가운 얼굴을, 그리운 음성을 기다릴 수 없으랴. 내 눈은, 귀는 귀뚜라미의 촉각처럼 먼 공기의 떨림을 가려 한결로 긴장되어 있다.

헙수룩하게 차린 노인네의 뒷모습도 지척댐도, 왠지 남의 일 같지가 않다.

한참 바라다도 보고 멀거니 섰기도 하고…. 우리 아버지가 오실 날이 이 밤이 지나면 하루 더 다가오려니 훤히 날이 새기를 기다린다. 물기 없는 바위에서 꽃이 피이듯 하늘과 땅이 얼러 조화를 부리어야 할 크나큰 기적을 난 기다리고 있다. 아니 굳이 믿고 있다. 하늘이 미운 나를, 죄 지은 나를 살리셨거늘 착한 아버지를.

곧잘 하늘을 부르고 못 뵈온 할머니 할아버지를 애끊게 불러본다.

굽어 도와주옵소서.

🍃 1950(4283). 10. 21.

좋은 소식을 들으면 믿고 싶어도 안 믿어지고 언짢은 말은 귀 담아 듣기도 싫으면서 어느 틈에 백여 걱정이 된다.

철원에서 뵈었다고, 또 철원에 살아 계시다고. 기적이다. 할머니, 할아버지.

🍃 1950(4283). 10. 27. 늦은 아침.

또 속는 게 아닌가. 몇 다리 건너 듣는 소식이란 도대체 곧이들리지가 않는다. 그러나 믿을 밖에….

거리에 나서면 하느니 붙들려 갔다는 소린 것 같은데 또 들리느니 살아서 돌아왔다는 소리뿐.

석 달 고생살이에 파래한 얼굴들에도 핏기가 돌고 태극기도 이젠 펄렁대건만, 난 그들과 꼭 같이 희색을 띄울 수도 없고.

그 오죽한 누더기를 입고 곡기도 못 하며 사는 움집 식구가, 고 옹기종기 되잖은 국물을 마시며 지내는 게, 그 아버지며 어머니 형제 다들 있는 게 세상에 없이 귀하고 부럽다.

마음에도 퍽 단련이 되고 그 말따나 사람이 되었을 법한데 나에게 소득이란 보리밥에 느는 양과, 인색, 신경질. 시들함.

모든 게 시들하다. 옳게 못 살아오고 더럽게 그르게만 지내온 스물 몇 해가, 아까운 것보다 장차도 그러할, 정작 내가 불쌍만 하다.

근본적으로도 썩고 추한 것만 같고 양심도 아름다움도 가신 영혼이 가련하다.

미움과 추함, 그리고 게으름 또한 깊은 사색을 거치지 못한 헬떡개비 우울 · 비애, 모든 게 싫다. 내가 제일 싫다.

아버지는 어디서 무슨 고행을 하시는지, 아니 생사조차 모르면서 동물적 생활에서 오는 모든 욕구에 못 이겨 세 끼 밥이나 두둑히 먹으면, 새끼 밴 돼지처럼 자빠져 잘 생각.

진정 슬프다. 어쩌면 이런가 하고, 맹랑하다. 무섭다. 더럽다.

하느님 우리 아버진 살아 오시지요. 꼭요. 착하니깐. 네….

🍂 1950(4283). 10. 28.

담배를 팔다 들어왔다. 문득 사랑문을 밀어 보았다. 아버지가 일로 해서 와 계신가 보느라고.

치워 논 방에 찬기가 언짢았다. 아버지가 계실 땐 훈훈했는데 언제든지, 아버지가 아랫목 요를 들치시고 두 손을 비비실 때도 웃음으로 맑음으로.

얼른 오세요.

신문사 게시판 밑에는 신문장사 아이들의 웅얼거림과 각층 사람들이 군중을 이루고 있었다. 아무런 반가운 소식이 있을 수 없는 신문을 난 쳐다보기도 싫었다.

마음에도 없는, 신도 안 나는 취직 자리를 찾아보려고 우둑하니 서서, 웅웅거리는 벌떼같이 분주스럽고 굉장한 사람들 속을 헤치고 벗이 오기를 기다리고 있었다. 아버지가 다니시던 관청이라 언제나 마음에 귀엽던 이층집을 멀거니 바라다보고 있었다. 그 순간 내 눈에는 현관층계 앞에 단장을 짚고 선 키 큰 중노인, 아니 아버지의 모습이 솟아올랐다. 여위고……

양복을 입은 아버지를 난 뵌 일 없건만, 정말 아버진가 눈을 부비고 가슴을 가다듬고 다시 보았다. 딴 어른이었다. 또 깜짝할 새 역시 아버지가 게 서 계셨다. 혹 계시던 관청으로 집보다 먼저 모셔 온 게 아닌가. 저 아버진데… 비젓도 안 한 딴 사람이었다.

이성으로 도저히 따질 수 없는 일이 곧잘 굳건히 성립되고 미어지곤 한다.

언젠지도 모르게 녹엽(綠葉)이 단풍지고 또 다시 낙엽이 되어 거스러거리며 날리는 것을 보면, 그야말로 폐허가 된 서울을 보면, 거리보다 낙엽보다 소슬하고 무너진 내 가슴 속에선, 수정같이 언 슬픔이 얇은 봄볕에 녹듯 소리도 없이 쓸쓸히 녹는 것만 같다. 낙엽을 밟으며 가을볕을 즐겨 가노라면 혹 아버지 연세 된 노인을 만난다. 한참 보면 볼수록 아버지 같다. 아아 눈도 저렇게 들어가셨을거야. 볼도 얼마나 여위셨을까. 필경 저렇게 되셨을거야… 수염, 굽은 등. 그래도 아버진 저렇게 허옇거나 늙지는 않으셨을거야. 딴판 비치지도 않은 길손을 곧잘 아버진가 그리워 반가워 속곤한다. 전보다 더 길에 나서기 싫고 괜히 난 이 세상을 지싯거리며 다니는 이방인 같은 서투른 생각이 나고 슬퍼지곤 한다. 저쯤 유난히 아버지와 걷던 길을 책점(册店) 길을 동생을 붙들고 걸어보았다. 갑책을 한참 바라다 보았다. 아버지 생각이 난다. 또 몇 발짝 음식점 늘어선 오른편 말고 왼편 책점에 눈이 팔린다. 내음새는 좋더라. 실컷 내음새로 포식하고 나니 책점 속엔 그래도 난리를 겪고 나온 귀한 사람들이 책을 고르고 있더라. 하마 어찌 발을 들여 놀 것인가. 책 그리는 사람들을, 책 고르는 사람들을 멀거니 바라보고 있었다. 다 가져가고 두어 권 남긴 찌꺼기 낙일된 내 책도 한 부 가지런히 짝맞는 전집이 죽은 애의 얼굴처럼 아른댄다. 귀함, 그리움, 부러움… 먼지와 껌, 땀, 화장품, 욕, 모략, 아유(阿諛)에 썩은 진 고개에 보리알 시레기를 골삭하게 주워 담은 체온 삼십칠.팔도의 내 몸뚱이, 탈을 쓴 내게선 그러한 내음새가… 그리움, 귀함, 부러움, 아름다운 귀한 정인가 싶다. 내게도 일순 번개같이 밝게 잠깐 왔다 지는 빛임을 나도 안다.

어머니 혼자 모든 근심을 짊어지고 있는데 책을 부러워하는 게 주책 아니냐. 변변히 읽지도 않으면서… 어린애같이 많이 좋은 걸 가지고 싶고, 들고만 있어도 보고만 있어도 좋은 책… 주책 아니냐… 게다가 고등학교 삼학년짜리 동생도 낯선 나라 상노로, House boy로 가게 된 처지에 강의를 듣겠다고 시간표를 베끼러 가다니, 아니 갔다 왔으니… 가슴 진정 아픈 것 같다. 야릇하게 뭉클하다. 내 피끼리 부림받아도 싫은 상노 노릇을 제일 나어린 막내둥일 시키고, 눈이 반반해지는 것 같다. 반찬 많이 먹는다고, 밥 많이 먹는다고, 구박한 게, 미워한 게 걸리고 측은하고 괜히 슬퍼진다.

나서도 집에서도 우울만 하고 섧기만 하고, 아, 만일 「Irony」 아니었던들 어찌 하룬들 목숨을 끌 수 있으랴. 싫어하는 그것보다 미워하는 그것보다 제일 큰 건 가라앉는 듯한 우울과 바닥 모른 서러움이다.

아무와도 상관 말고 뉘게도 신세 끼치지 말고, 공기도 그야말로 최소한도로 겨우 마셔가며, 소리 없이 오실 때까지 살고 싶다. 많이 꼬아서, 분해서, 그리고 풀 없어서 싫어서.

사람을 조르느니 바위를 안고 울고 싶고 사람을 찾느니 나뭇잎과 더불어 말 건네고 싶은 그런 심정이다.

게다가도 잡념, 정말 울고 싶다. 죽고 싶다. 얼로 멀리 가버리고 싶다. 없어져 버리고 싶다. 나를 사랑하는 어머니에게 또 큰 슬픔을 보태 쓰겠나, 다만 그 일념이면 한다. 제 목숨 아끼는 추잡한 탈이 아닌가 과연 가슴이 그만 서는 것 같다.

삼차전이나 또 벌어지게 되면, 얼로 우리네가 간단 말이냐, 부산도 이젠 소용도 없으니, 꼼짝없이 앉아 죽을 도리밖에 없다. 아버지나 오시면 같이… 그래도 아버지만은 우리와 같이 죽어서는 안 된다. 학자로 누가 평화스런 곳으로 모셔 갔으면, 인도나… 내가 그리는 곳에 공부도 하게….

제 나라 제 땅을 버리고 좋은 데도 난 싫다는 외골수로 박힌, 애국심이 어머니의 윤리가 그윽히 높음을 난 스스로 부끄러워함으로 존경한다. 실상 배운 게 더 있고 잘났다는 사람들보다, 얼마나 우리 어머니가 골돌히 나라를 사랑하는지 난 어머니가 그지없이 귀엽다.

일생에 또다시는 소원이 없겠노라, 다시는 원을 세우지 않으리라, 한결같이 아버지 살아오시기만 축수하는 어머닐 봐서라도 하늘이 미쁘리라. 하늘하, 보소서.

하느님 부를 수도 없는 죄인이로소이다. 그렇지만 하느님, 우리 아버지를 돌아오게, 이 후엔 평생 고생 않으시게, 우리 어머니, 모두 살려 주시옵소서. 할머니, 아버지.

약소국, 무책임하고 학자 모르는 무지한 정부, 살아야 하는 서글픔, 사느니보다 숨도 채 못 내쉬고 그냥 귀신에게 물려가고 마는 슬프고 한 많은 영혼. 쥐여지내는 나라의 아유배(阿諛輩), 사형집행사.

한 사람의 슬프고 죄 많은 생애가 가이없이 파리보다 헐하게, 아, 그만 시여지고 말다니. 깊은 위자(慰藉)를 마음속으로 보내고 싶다. 아픈 델 다칠세라, 만져 주고 싶다.

나아서 고생하고 공부하느라 고생하고 아는 이도 없이 슬프게 살다마는 걸, 자기는 알았길래 그나마 살아왔지 자기에겐 값있게…

저 슬프고 원통한 영들이 뒹굴고 몸부림 칠 어머니 가슴 같은 잔디가 있을까.

학자라서가 아니다. 아닌가가 아니다. 부인이 아이들이 가여워
해서만도 아니다. 그저 그 사람으로 태어나 사는 게, 그러다 저렇
게 시여지고 마는 게 슬프다. 아버지가 말하시던 비(悲)를 느끼는
것 같다.

Oh! bring back my father to me, to me!
bring back, bring back my father to me!
Father! I can not call Thy name, but please save
him.
Save our soul! Oh Father.
Leaves are falling under the lonesome Fall sunshine.
I wish pray Father's coming back.
The day before yesterday I met my college master's
daughter…
I asked if she heard of her dear father,
She said "No". on her eyes then began weep
It was so sad. Don't weep pretty girl, he will back
sure
I wished to solace her sadness. But instead of
consolate
I wept with her wordlessly. Oh, bring back our
father!

🖋 1950(4283). 11. 15. 새벽.

오늘이 초이틀

내일 모래 글피는 좋은 날, 묵꾸리쟁이가 아버지 오신단 초닷 샛날

하느님— 아버지….

오늘이라 기다린 날이 그만 어제가 되고, 내일이라 믿은 날이 저 파아란 바람 속에 새어 온다.

오늘이 허수히 어제되고 내일이 또한 오늘 되고, 반가운 꿈도 뒤숭숭한 꿈도 바람에 쓸려 어제로 가셔버렸다.

눈썹이 가렵다고, 까치가 반겼다고 오감스럽게 기다린 오늘이면 어제가 되고 말았다.

영절스러운 꿈도 까치의 반김도 없건만

퐁… 새암 솟듯 그리운 그 무슨 내음새를 오늘이 오늘이려니 기다린다.

발길 가는 곳이 키이는 곳이려니 무작정 아무데고 가 버린다.

저어기 벼락 친 고목이 보인다.

다홍실 감어 유모가 채주던 그 나무 조각, 그리운 얼굴이 달같이 돌아 온다.

나무가 알 것 같다 물어볼까.

오늘이 그냥 어제 되고 내일이 헛되이 오늘 되건만, 눈뜨면 오늘이라 새 기다림 누으면 내일이라 키이는 마음.

오늘이 머언 어제 돼 가고 내일이 지루한 오늘이 돼도, 머언 내일을 반가울(그리운) 내일을, 어린 때 설날을 기다린다.

🫧 1950(4283). 11. 17. 새벽.

기분이 우울해선 언짢지 않나? 혼자 웃으려는 호젓한 길, 걸음걸음 만나느니 아버지 같이 모두 아니구나 땅을 보고 걸으면 지금, 아까 막 골목으로 가 버린 게 아버진가 싶어 쫓아 가보고 머쓱해진다.

싸아늘한 방이 문 열자 훈훈하기, 아버지 내음샌 듯 반가웁기, 혹 오늘인가 기다렸던 초닷새도 등잔 닳는 것과 함께 폭싹 꺼지고 말았다.

엿새도, 그리고 넘나든다는 핑계로 잡은 이렛날마저 헛되이 가 버리고 말았다.

산울림이라도 울릴 듯한 공허, 쓸쓸함. 「생초목(生草木) 불붓다는 생별(生別)이면 하노라」

어디 살아 계시다면, 한 달에 한번이라도 뵈올 수 있다면, 아니 꼭 살아만 계시다면, 몸 편하시고 글 쓰실 수 있다면, 만나고 싶지만 참을 것 같은데, 못 참지만.

꼭 믿어만진다면, 지금 믿지 않느냐, 어찌 그 무서운 생각을 품으랴. 꼭 믿는다. 믿는 게 아니라 믿고 싶고 믿을 수밖에 없고 헌대, 머리털부터 발꼬락 끝까지 옷싹 솜털이 서는 그런 무서운 생각이 든다. 연옥의 문을 엿본 어린애의 두려움이다. 무서움이다.

아버지가 오셔야지 그렇잖으면 난 미쳐 죽는다는 어머니…

언젠가 고개 넘을 때 아주 잎 하나 없이 앙상한 나무를 보니깐 말할 수 없이 가엾고 불쌍한 생각이 들었었다. 강물이 은근하게 흐느끼며 지나는 게 뼈에 저리더니.

더 마를 수 없이 여위고 마음 편한 날 드물고, 돈 때문에 쌀 때문에 나무일에 걱정.

왜 이렇게 인색해지고 마음이 시들어버렸나, 마음이 그만 거지가 돼버렸나 할 땐 통곡을 해도 시원치 못하다.

모질고 박하고 더러운 사람이 됐나 하면, 그 길로 그만 죽어버리고 싶다. 어쩌다 이렇게 악인 됐나 하면.

아무튼 우리 집도 야릇한 성격들이 빚어주는 괴상한 막걸리가 있는 것만은 사실이다. 서로 마시곤 쓰다 울고 외면하는.

결코 모두 악의가 아니건만 일부러 심술궂게, 애꿎게 마음에도 없는 말을 해선 싸움이 된다.

귀찮다. 서로 싸움이나 하고, 하루가 가고, 어머니 마음에 가시를 묻어주고, 묻어주고 그렇게 해서 지난 날들이, 달들이, 해들이 저윽히 우굿이 자란 잡초들 같아 서글프다.

시끄럽게 사는 걸 보면 대번 가버리고 싶다. 다만 하나, 내가 믿을 수 있는 아름다움은 아버지, 어머니, 그리고 소수의 내가 높이는 스승과 벗들이다.

내게선 모든 걸, 고운 걸 아름다운 허위로 돌릴 수 있으나 어머니에게선, 아버지에게선 불허다. 추한 면만 자꾸 뵈서 슬퍼지건만 어머니를 보고 아버지를 보면 그렇지가 않다. 외골수로 티 하나 없는 그 맑은 새암같이 퐁퐁 끝이 없이 솟는 사랑.

우리 아버지요, 착한 일만 했어요, 글 좋아 했어요, 모두 사랑만 했어요, 나쁜 일 하나도 안 했어요.

염라부(閻羅府)에 내가 불린다면… 어느 틈에 난 귀신 앞에서 할 말까지 궁리하고 있었나 보다.

좋아하던 처량한 노래대로 된 게 아닌가, 아니 되는 게 아닌가, 아버지가, 어머니가 그렇게나 꺼리시던 노래들을, 몸서리치게 후회가 된다. 즐거운 명랑한 노래를 좋아해야겠다고, 된다고 씁쓸히 타이른다. 모든 게 나의 좋지 못한 심상, 까닭 없는 비애, 고독이 다아 이런 조짐 아닌가, 식칼날보다 서슬 푸른 공포.

명랑만 해지고 싶고 햇볕만 쪼이고 싶다.

무서운 일을 생각하고 있는 나를 발견한다. 아버지 얼굴도 어머니 손도 다아— 이런 무서운 일을 생각하는 악독한 나를 마악 죽이고 싶다. 무섭다. 이게 다 몽마(夢魔)다. 아버지도 어머니도 내옆에 계신 거고 이게 다 꿈이고, 아니 무겁게 눌린 꿈이다 싶다.

이게 생시냐 이게 꿈이냐…

아버진 사랑에 누워 계시고 글 지으시고 매화 보시고 명상하시고 어머닌 안방에 계시고 다아 아무 일 없다.

이 기인 가위가 속히 깨여서 얼른 사랑으로 안방으로 가고 싶다. 너무 무거워 이 가위가, 치여 죽은 것만 같다. 꿈에 꿈임을 알면서도.

찾으러 갈 수 없다. 나의 아버지를, 남은 아버지를 찾고 구하는

데 아버지를 죽음 같은 구렁에 혼자 넣고 먹고 자고 먹고 자는 짐
승— 정말 죽으면 한다. 더러운 더러운 나를 보기가. 아, 슬프다.
몸서리친다. 아버지—

할머니, 할아버지, 하느님 속히 돌아오시게 하여 주옵소서…
신이여… 굽어 보소서, 아름다움이여 꽃이여.

🌀 1950(4283). 11. 18. 아침 후.

아버지를 살리시려, 도우시려 애닯아 하시는 할아버지, 할머
니, 어서 아버지 사랑에서 기다려 주세요. 반가운 날을 하늘이 내
신 날을, 돌아오시리라 꼭 믿고 할아버지 영혼이에요. 어찌 아니
도우시오리까. 할아버지 살려 주세요. 사랑에 계시오나니 할아버
지 어서 빨간 불사약(不死藥)을 아비에게 나리소서. 할아버지 향
내가 진동터니 나타나 불사약을 먹여서 어미를 살리시듯 많은 죄
지은 저를 용서하옵시고 부디 할아버지, 아비를 살려 주시옵소서.

어찌 혼인들 감이 없으시랴 애절 않으시랴 할아버지 살려 주시
옵소서.

어디서 물으니깐 할아버지께서 애절하시며 한숨지시며 「네 어
찌 내 난리 땐 잘 피하랜 것을 저버리고 이 웬일이냐…」 사랑에
혼이 와 계시다 하더란다. 자식 팔남매나 되면서 아버지 하날 못
살리고.

할아버지, 불효의 죄, 만가지 죄를 다아 눈감으시고 어서 아비

를 구해 주소서.

이렇듯 잠 못 이루고 속이 닳아 꿈을 꿀 땐, 아버지도 우리 꿈을 꾸시리라고, 풋잠을 그냥 깨어 날 새는 걸 같이하시는 어머니.

어머니 꿈대로 원대로 하늘이여 도우소서. 이루게 하소서.

골 속에 무슨 피가 흘러나오는 것 같던 새벽.

이불 속에서 혼자 슬퍼져서 할아버지를 염불 외듯 부르며 홍건히 괴는 눈물을 삼키며 잠이 들었다.

할아버지가 꼭 언제고 어머니 아버지를 도우셨으니깐, 꼭 도우시지 애쓰시느라고 우리 꿈에 오셔서 꼭 알려 주옵시고 아비를 살려 주옵소서 할아버지.

허망한 세상에 더러운 목숨을 걸며 살기가 욕이라면서 막연히 어둠 속에 숨 쉬는 짐승. 눈을 씻고야 본다는 샛별은 코끼리처럼 그리운 집이, 아버지가 가슴에 떠오르면 몸부림 치고 울고 싶다. 망아지처럼 하늘에 목 놓아 울고 싶다.

🌑 1950(4283). 11. 20.

그야말로 내야 삼십칠도 몇 부의 고깃덩이지… 하루 종일 쏘다니었다. 차마 하기 싫은 말을 하러, 차마 아니 떨어지는 걸음을 옮기었노라. 이제도 이 내게 남은 무엇이 있다더냐. 공작 같은 오만이 가셔버린 지 이미 오랜 이 내게, 무엇인지 그 씁쓸한 슬픈 무엇이 남아 있어 종시 나를 못살게만 군다.

거리를 헤매노라니 하면 하더라. 그래 아무리 밥벌이 하나 구하기가 — 그래도 명색이 대학 나부랭이를 다니면서 — 이 조그마한 학문의 길의 싹도 못되는 그걸 방패로 내세우고, 문패처럼 내걸려는 가늘은 매련이 어리석음이 지극 섧다.

그냥 이대로 얼어버리든지 녹아버리든지 다아 그만두고라도 감각이라도 없어지면 싶더라. 폭삭 기둥처럼 묻히고 싶더라.

저주할 사람도 없고 세상도 당토 않으니 나는 하늘이나 저 죄 없는 나무에게나 투덜거리면.

사람보다도 세상보다도 내게는 네가 왠지 만만하구나, 늙어 뵈누나. 나무와 실컷 얘기하고 싶다.

오늘 같은 날엔 그저 눈보라나 치고 마악 헤매기만 하고 싶어, 그러다 눈에라도 파묻혀 죽어도 그건 할 수 없지. 말할 수 없이 내가 외톨 같았다. 슬펐다. 좀 분하고 그게 섧고.

🐌 1950(4283). 11. 21. 새벽.

깨고 보니 오늘이 열나흘이 아니냐. 혹 내일은 그리운 아버지가 돌아오실까. 뒷문에서 아버지 음성이 들리는 듯 싶어 이 잠에 소스라쳐 일어나고 말았다.

이 잠도 아니다. 하기야 기인 밤을 실컷 자고는 났지만, 아버지가 제일 귀여워하실 사랑하시는 딸이, 학교도 못 다니고 밥벌일 한다며 돌아와 아버지가 섭섭해 하실거라, 언짢아 하실거라, 마음 내키지도 않는 심부름을 하는 동안에 아버지는 돌아오셔서 앉아 계시지 않을까. 난 아홉 시나 그래야 돌아온다는데.

쭉쟁이 밤깍지 하나 지는데 산이 묻히고 바다가 메일 듯한 태풍이 불다니, 정말 쭉쟁이 밤깍지나 될지 모른다.

야반에 지변이 일게 하는 듯한 숫사자의 우짖음이 바로 조그마한 내 심장에서 터지는 듯하다.

생각을 하면 모두 싫고 몸부림 쳐도 시원치 않고 싸아늘한 자계심(自戒心)이 들어 그저 육체노동이나 하면 싶다. 나의 "긍지"를 그대로 지닐 수 있고 과히 비우사 높지 않을 irony가 따를 테니까…

뉘한텐지 모를 코웃음이 창자 속에서부터 터져 나온다. 화끈단 내가 나는 듯. 내게겠지 하니 아앗질하다.

아버지를 대고 뉘에게 적선을 하라 할까.

「주지 못 할지면 달래라고」 귀한 생각이려니 여겨왔던 나에게서 못 주면 달래도 말자는 슬픈 생각이 들어 있으니 굳는가 싶어 애연하다.

바쁜 사람들을 만나 붙들고 늘어지기도 열적고 무안하고, 내게도 이렇듯 찰찰이 애상을 지운 내가 누구에게 무슨 반가운 인상을 줄 것이냐. 모두 만나기도 싫다. 몇 평도 못 되는 좁은 뜰에서 그래도 잠시 쉬일 수 있을 아늑한 울 안엘 서머거리는 발걸음으로 지싯지싯 들어치기 서럽다. 싫다.

모든 것에 지기만 하고 이렇듯 보람 없이 살다 지누나 생각하면 몸도 맘도 닳는지 화끈하다. 이냥 타버리는 게 아, 얼마나 나으냐 싶다.

내가 남에게서 종노릇을 하고 밥을 얻어먹고 저물어 집에 들이닥칠 때, 반가운 목소리가 사랑에서 난다면 그 아니 좋으랴. 그 아니 좋으랴. ─ 무어라도 좋다. 아버지만 돌아오신다면, 그 동안 어떻게 꾸려나가야지 모두 살아 아버지를 뵈어야지.

장골목에도 퍽 좋은 책이 있더라, 주책이다 멈칫, 지나려 하나 다음에 벌려놓은 헌 책 앞에서 어느덧 멀숙히 서고마는 자신을 발견한다. 사든 못하면서 귀한 먼지로 손은 분발랐다. 정화된 먼지내가 분보다 향긋하지 않으냐─

오늘부터 난 "메이드"

통곡을 할 것도 없지 않느냐, 즐거이 일하라 복이 오리니, 뭐 있다고, 뭐 남았다고 통곡이냐 ─ 웃어나 버리렴, 지저분한 일에는.

짜게질도 하고 Maid 노릇도 하고 도─나스 장사도 하지

다아 하며 기다리지 우리 아버지 오시는 날을. 혹 나 없는 동안에 오시잖을까.

날 기다리시잖을까. 아버지가.

🍃 1950(4283). 11. 23.

────────────────────────────────

그렇지 않아도 속상한 어머니를 아침부터 암 내고 퉁명부려 맘 상하게 해드렸다. 아버지도 아직 돌아오시지 않아서 이 몇 달 어

머니 맘속은 여릴 대로 여려지고 기막히는걸. 잘못했다 생각은 해도, 곧 '해' 하고 웃고 푸는 게 오히려 거짓 같은 겸연쩍음에서 아무 말도 않고 그대로 퉁명을 부리고 말았다.

「waitress」 남이 차 내던진 허름한 자리이건만 내게는 반가워 — 이걸 반갑다니… 허겁지겁 승락 — 승락이 아니지 눌러 받았다. 어머니가 퍽이나 섭섭해 하고 지난 erro를 생각하면, 혹 무슨 좋지 않은 일이 있을까 저어하시더라.

내 마음에 지극히 슬펐다. 날마다 믿고 믿음 받는 어버이와 자식 사이를, 도장 없이 허락받는 신성한 그 무엇을 내게서 앗아가고만 아, 「stain」

하긴 하찮은 사람들과 시시덕거리고 사귀게 될 것이 분하고 싫지만 내 딴은 큰 맘 먹고 — 책이 사고 싶어선지, 혹 돈이 가지고 싶어선지, 번다는 그게 좋아선지, 식구를 돕는다는 미명에 홀려선지 — 그 욕지거리 날 분한 걸 참고 수속을 했던 것이다. 양공주가 되기도 이렇듯 쉽잖으냐. 업심을 받아가며 눈치를 보아가며 이 더러운 밥을 넘겨야 할 것이냐, 피눈물이 가슴에 흥건한 듯하였다.

신원증명이 제대로 안 돼서 아마 못 가게 될 모양이다. 혼자 이른 새벽 나갈 때… 써 주는 이력서를 들고 그 큰 Bus에 타고 올 때 정말 이래도 살아야 하나 싶었고 외로웠다.

몇몇 날을 타박거리다 얻어걸린 자린지라 안 되니 또 한편 서운하다. 내가 싫어 않는 자리를 남 줄 수도 없는 거고… 알아도 시원찮은 자리겠지만 Miss 장이 해 준다는 데가 어디인지 글도 배울 수 있는 그런 계통의 직업이면 한다.

철없이 학교엘 가고 싶고 주책없이 책이 사고 싶다.

🌑 1950(4283). 11. 24.

Yang Wan a!

나를 부르시게 나를 부르시게 소스라쳐 큰 대답을 소리를 질렀다. 그렇듯 부드러이 부르시기에 얼마 만에 들은 그 반가운 음성을 싸늘한 샛바람이 횃닭의 울음이 그만 그만 데려갔나 보다.

나를 그렇게 부드럽게 차마 귀여워 부르신 아버지의 음성, 지금 어디서 아버지가 날 부르시는지도 모르지… 옷 밑에 발을 넣고 이러고 엎드린 나를… 어디 추운 데서 아버지는. 무서워 차마 생각이 앞서질 못한다. 누가 아버지를 잘 모시고 있겠지. 할아버지 할머님의 도우심으로 그 반가운 음성, 어머니의 음성과도 또 다르게 나를 부를 때는, 그렇듯 부드러운 그 말 겨울비만큼 반갑고 사랑스러운 음성.

이 세상에서는 아무리 나와 가까운 사람이 있다고 하더라도 아버지같이 그런 음성을 내 귀에, 그 외는 없을 것이다. 그렇게 크고 뜨겁고 참된 사랑이 없을 것이니깐.

하느님, 제가 죄지은 딸이지만 아버지를 살려 주십시오. 꿈이라 깨지 않는 그런 참 아버지 음성을 제 귀에 담아 주세요. 아버지 저를 부르셨지요. 어디 계세요. 이 아직 새도 않은 차운 새벽에 홰치는 소리가 제법 울리고 남은 이 고은 한 새벽에, 어디서 저를 부르셨어요.

아버지, 제 소리가 들리지요. 부디 자력이 일어 아버지를 어머니가 기다리시고 아버지가 그리워하시는 집으로 모셔오면 싶다. 도우소서. 자력을 낮게 하소서 ― 꼭 자력이 작용할 것이다. 믿으면 되고 말하면 이루어지는 제 원을 하늘 아래 제일 깨끗하고 사무치는 원을 하느님 이루어 주옵소서.

그 몇 새벽 꿈결에도 일어나서 보셨을 매화봉이 보풀면 차마 아버지…

매화가 기다리고, 곱게 되려고 은은하고 높은 향내인 아버지 시를 기다리는 저 매화를 어서 찾아오세요.

아버지, 네! 저에요. 이렇게 대답하는 게 들렸지요. 들려요? 아버지

아버지, 아버지, 아버지…….

🌑 1950(4283). 11. 30.

거리로 나서본다. 되지 않은 분에, 기름내 땀내가 섞인 고리타분한 내음새에 비위가 뒤집힐 것 같다. 에잇! 반갑지도 곱도 않은 이들의 냄새, 말도 건네기 싫은 사람과의 인사, 수작. 집에서는 항상 악돌이고 되지고 고약한 나. 거리에서 길에선 가장 내 마음이 깨끗하고 그래도 훨씬 높을 때다. 그건 내가 가장 나를 슬퍼하

고 나를 꾸짖을 때이니깐. 길에서 정화가 되다니, 흐….

더럽다. 남이라면 대놓고 욕지거리나 하련만, 이게 속상하게 내 일면이니, 실상은 그러기에 더 가여운 나.

스물이 넘었으면서 공부와는 손방이고 생각을 않으니 망정 발버둥쳐도 원통한 노릇이다. 오늘도 난 나를 묻고 오는 것 같은, 나의 죽음을 당하고 온 듯한 서글픈 기분이 돈다. 내 친구 영전이는 그렇게 효녀일까. 효란 얼마나 성스럽고 귀하냐… 굽어 보소서.

새록새록 제 자신이 시틋하고 밉기만하다. 세 끼 밥을 감빨고 싸우고 미워하고 욕하고, 추우니 어쩌니 이불 덮고 속옷 입고 쓰러지면 잠이 드는 소와 같은, 소만 못한 내가 걸린다.

길에서 눌 만나면 넌덕을 떨고, 내가 어쩌면 이럴까.

어머니가 아버지를, 우리를 생각하시듯 나도 아버지를 어머니를 그리고 형제를 생각할 수 있으면 싶다. 가장 동물적인 그 거룩한 정을 금가고 녹슨 이성보다 높이고 싶다.

스무 날이 지났다. 옥인동 최 장님은 못 맞히고 말았다. 두 곳도 새달 초닷새께면 꼭 오신다니 그나 그뿐인가 싶어서 안암동서 두 집이 꼭 같으니 제발 맞게 해 주세요. 아직 열흘이 더 남았으니, 신이여 기적을 내리소서….

정말 오늘은 오실지도 모른다. 오늘이라면 꼭 오늘이 오늘이라면
단 하나 그래도 의지하고 믿어 온, 너마저 나를 저버리려 하누
나. 오직 하나의 현실로서 내 사랑해 오고 미쁘게 여긴 꿈, 너마
저 나를⋯ 귀여운 꿈아, 날 버리지 말아다오.

영절스러운 네 노래는 성좌같이 어김없으리라.

너의 노래도 나래소리도 가신 이 누리에서 또 어둠을 타고 올
너를 기다린단다. 귀여운 꿈아. 눈처럼 잠이 고이고이 나려 쌓이
건 폭신한 나래를 내 가슴에 쉬이며 어서 그 반가운 노래를 ─ 귀
여운 꿈아.

혈마 꿈마저 날 버리려고⋯

어제는 거푸 네 가지 꿈을 꾸었다. 깰 줄만 알았지, 그만 거푸
꾸는 바람에 생시려니 하였지.

아버지가 오셨다. 모두 아버질 위로하고 붙들고 울며 말들을
한다. 난 아무 말도 못하고 그냥 아버지 손만 꼭 붙들고 있었다.
눈물이 흐르기만 했다. 오래 그렸다고 번갈아 하나씩 우리를 안
아 주시마고 아버지가 우릴 차례로 품어 주셨다.

뒤에는 짓수세미 걸레 같은 꿈이 너저분하게 부산하게 잇달았다.

생시인가만 싶었다. 아버지 오셨어요. 꿈결에 지른 제 소리에
소스라쳐 깨었더니.

동관의연 말대로 초닷새엔 오시지⋯ 엿새까진 뭐 꼭 오시지⋯

새처럼 날으리, 새처럼 옹알거리리.

할아버지, 할머니 어서 아버지를 살려 주세요. 집에 데려다 주세요. 꿈처럼 꿈처럼.

그리고 어머니 꿈에 나타나셔서 할아버지 꼭 반겨주세요. 네, 할아버지.

꿈이야 헛될 리 없지

꿈이야 어길 리 없지

영검을 타고 나려 영절스런 가락을 고르고 가지, 아무렴 영절스럽게도 맞히고 말고.

아버지이…

눈속에 오목한 발자국처럼 공기 속에 울리고 멎을 음성. 아아 버어 지이…….

양완아…….

비인 낮의 산울림처럼 산등을 치고 되돌아 멀숙할 음향.

야앙 와안 아아…….

산고오개를 타고 새암에 씻긴 이 두 음향이 아늑한 어느 골에서 만나리라.

교환수 없는 무전이 흐릅니다.

아버지가 우릴 보고 싶어 하시는 말씀

우리가 아버지 그리는 마음 다아 통하는─.

아버지 이제 오늘, 그리고 내일 두 밤만 곤히 주무세요. 두 밤 자고 눈을 뜨면 그날은 아버지 우리 날예요. 초닷새요. 할아버지 초닷샛날엔 아버지 꼭 오게 해 주세요. 네

이불 속에서 옷 밑에서 혹 거적을 쓰고 다리 밑에서 서울 사람

들의 꿈이 한참 달 새벽, 비행기가 벌떼처럼 웅웅거린다.

어서 아버지가 오셔야지. 그러면 다 되는데.

조알보다도 더 적을 이 옹색한 속에서 와작와작 철모르는 버레들이 그래도 고 적은 뿔들을 대고 비비고 싸움을 하는 양을, 난 웃는다. 나도 그 속에 휩쓸려 들어간 한 마리 낯선 버레이면서… 난 운다. 이걸 알 때… 우리가 다아 미울 게 아니라 가여운 것을 안 그때… 내가 그래도 남을 미워하고 욕심을 부릴 궂임을 안 때…

숨이 막힐 듯 독에 찬 공기에 억눌리면서…

내뿜은 맑은 공기가 있을까 하고… 난 운다.

BLAKE의 자장가가 퍽 좋다.

거리에 나서면 irony란 선심이 나서기 전엔 만나느니 보다 밉기만 하다. 죽기까진 않더라도 다 내 눈에 안 뵈면 싶다. 겨우 차마 안 보면 싶다. 모오두 불쌍한 버레들인 걸…

대한민국의 구세주라는 대통령의 얼굴이 동화백화점 이층 꼭대기에 넙죽 걸려 있다.

대한민국의 죄 없는 가여운 백성이 총부리에, 칼끝에 쓰러지고, 죽고 붙들려들 가고 매를 맞고 집을 잃고 떨고 하는데 마치 제사장에서 모든 애국자가, 참 애국자가 제물이 된 높은 제단 위에서 제사를 맡아 보는 제관 같다.

십자가를 진 이는 누구이길래… 그렇지, 참 많이 죽였지만 그들 나라 위해 죽었고, 그이 명령 때문에 심부름하다 죽은 이도 있지만, 다아 거룩하신 분들 사셨으니, 그 구세주 아닌가.

김일성을 내세우고 이 박사를 깎아내려 욕지거리할 때 비위가 모두 뒤집혔다. 지금 이 박사를 구세주라 내세울 때 비위가 또 사납다.

사람을 그리 무수히 죽여도, 목숨을 그리 무수히 잘라도 수단껏 이 세상에선 구세주도 된다?

우스울 일일까. 혹 꼴 사나울 일일까? 으레 그러려니, 그저 버려둘 일일까… 그렇지, 그저 그러려니 해야지… 그럴 수밖에 또 없는걸 뭐…

허긴 구세주라 자인한 게 아니지 더러운 아유배가 제관의 말초신경을 간지럽게 하려는 간사스런 살살이 웃음으로 떠받친 이름이지 자인보다 더 더럽고 미운 일이다. 그건—

🍃 1950(4283). 12. 3.

이것은 내가 가장 귀히 여기는 즉 내가 제일 헐한 예의로 대할 수 있는 그런 사람에게 읽혀질 것이다. 그 꼭두각시 같은 남들이 이르는 그런 예의와 제복이 없이 드나들 수 있는 그 대신 우리 외엔 잡사람이 없고 서로 친근한 우리 사이 향긋한 스스로움이 더욱 빛이 되고 맑음이 될…

아버지
나는 그 무서운 소설을 그릴 수도 없어요
아무리 아름답고 슬픈 시로도
아버지
나는 그 무서운 일을 생각할 수도 없어요.
아버지
나는 쥐정군이 무섭고 미워요.
그런 이의 딸이 무척 불행하다고 생각했어요
그렇지만 아버지가 살아오시면—
아버지가 쥐정군이라도 난 아버지가 좋아요.
난 불행하지 않을 거예요.
아버지 그저께는 어머니와 장사를 나갔어요.
어머니 그 추운 날 이른 아침 과자점 선술집을
기웃거리며 「도—나스빵 안 사세요」 목에서 꺾기는 소리를 할 땐
아버지 차마 앞이 아니 뵀어요.
한나절 몇 푼어치 팔도 못 하고 돌아올 때
딩굴러 울고 싶었어요.
아버지가 집에 와 계시다면
장사도 좋지요. 부끄럽도 아니꼼도 다아 않지요.
수선거려요. 아버지.
얼루들 우리 사는 이 나라를 버리구…

헌신짝이나 입다 버린 헛옷처럼 대스럽지 않게

여길 버리구들 남의 나라에도 간대요. 보를 싸고 짐 꾸리고

아버지 우리나란 왜 이리 쪼들리고 몰리고—

아버지 이렇게 살다가도 염라부 가면은 대왕께 살아왔다 아뢸
까요—.

아버지 어서 오세요. 내일이라도, 모레라도 어서, 꼭.

모레는 꼭이다. 틀림없다. 어서 내일이 되어라. 모레가 내일로
되게.

뭐 뭐 말할 수도 없이 좋지 광희(狂喜)…. 할아버지가 아버지
집에 돌아오시게 하는 운동하시느라고 무지하게 바쁘시다. 요
새… 모레는 꼭이다. 뭐, 정말이다. 꼭… 모레, 모레, 아버지 오신
다. 우리 아버지.

사태가 험상궂은 모양이다. 단념할 것도 없이 우린 움직이지
못한다.

조국을 버리고 어디로들 간단 말이냐. 아, 가는 이를 부러워도
하느니, 가엾다. 우리 민족이, 어쩌다 서로 붙들고 얼고 녹질 못
하고….

하늘이여 굽어보소서. 이 조알 같은 인간의 굴속으로 빛을 나
리소서… 향기를, 가면 무엇을 할 것이냐 또다시 우리가 먹히고
만다면 이곳이 전장터로 화해진다면 그냥 죽어버리자. 에이라 궂
은 세상.

🌑 1951(4284). 1. 1. 낮(부산 양정동 동래 정씨 사당에서)

애울음, 짐엄지 잔 냄새 북새통에 밤이 가고 오고 날이 새고 저물고 휘영청 달이 밝은 밤이었다. 「배– 사이소」 멧떨어진 장사의 웅얼댐이 야기(夜氣)에 싸늘하고 달은 둥두렷이 의젓도 하고 훤도 하더라. 솔 사이 그 큰 너그러운 얼굴을 나타내고 있는데 바람은 불고. 어찌 그 청량한 마음이 들더라. 어머니는 괴로워하시고 어린 조카는 보채고 울고 나도 애들처럼 마냥 울기나 하면 싶더라.

달이 참 밝았었다. 그날 밤은. 구포였을 게다. 게가

「배– 사이소, 가고 배」

그 잊히지 않게 처량하더라. 아마 달이 그리 처량했나 보다.

아버지를 혼자 뒤에다 두고 우리가 살자고 간다는 곳은 아버지와 한 발짝이라도 더 떨어지는 멀어지는 걸음이 아닌가. 처량하고 언짢고 섧기도 그지없고. 짐짓 웃으려 까불려 했다. 아무런 생각도 다아 목을 따버리고 그대로 배겨볼까 한다. 아버지는 어디 계신데…. 조상님 계신 델 와서냐 어째 마음이 놓이고 반갑더라. 이 집에서 우리가 아버지를 맞이할 수 있다면 얼마나 좋을까.

아버지, 난 당신을 생각할 수 있고 느낄 수 있고 꿈꿀 수 있습니다. 어디서 당신을 찾으오리까…

국운이나 틔어야 말이지, 모든 게 신신치 않으니 죽어나버리면 싶은 때가 아주 한두 번이 아니다. 뻔뻔히 누워서 놀아먹기 안 됐고 하자니 수도 재주도 없으니ㅡ.

산다는 건 괴로움이다. 슬픔이다. 그리고 괴로움과 슬픔은 높고 귀한 것이다.

머릿속이 쑤셔내다만 쓰레기통 같다. 내게로 내 냄새가 욕지기 나게 끼친다. 이만 살면 어떠냐….

당장 괴로워 귀찮아 죽고 싶다가도 이렇게 허무하게 거저 죽는다면 불쌍도 하다. 한문도 하고 영불(英佛)도 해서 아버지 글을 번역해야지… 나에게 주어진 큰 일일 것 같다. 사랑하는 나의 아버지를 알다, 공부하다 죽으면 한다.

죽음에 대한 도피일지 생에 대한 도피일지ㅡ

아버지가 오시면, 오시면, 오셔야지, 오셔야지, 아니 오시지 꼭 오시지.

어떡하면 좋을지, 하느님께서 아버지를 살려 주셔야지…

🌑 1951(4284). 1. 9.

내일은 부산엘 가야 한다. 어디 취직이 될 듯하다. 사실 당혹한다. 돼도 안 돼도.

🐾 1951(4284). 1. 12. 밤.

방

부친 것 하나 없는 민벽이 휑하니 그 방을 크게 뵌 다, 아버지 그리는 뒤로는 치지도 여도 않은 방을 하로 들어가 창거리었다. 꿈도 그렇고 어쩐지 키는 듯해서.

글을 알아서가 아니라 그림처럼 눈 익은 책 모양을 보고 벼루상 가까이 머리맡 가까이 놓으시던 책을 너덧 권 제자릴 찾아 놓고, 텅 빈 서랍만 줄줄이 달린 탁자도 제자리에 놓고 누워 편찮으시다 더러워진 요도 깨끗이 빨아 풀 메겨서 쌍그랗게 시쳐 깔고, 손이나 오시면 씨우는 놋 재떨이는 멀찍이 책상 밑에 밀어 넣었다.

언제나 제법 후끈해 보이듯 한 아버지 방이지만 열면 싸아늘한 게 어째 이게 그 방인가 싶었었다.

꼭 오늘은 오시리라 하니 학교 가 선생님을 뵈어도 괜히 웃음이 나고 길에서도 혼자 입이며 눈시울이 부드러지는. 한 시간도 엄벙덤벙 급히 마치고 자전거에 칠 뻔… 오는 이에 부딪치며 엎드러질 뻔 질 뻔 집으로 왔다. 뒷문 길이 가까워 혹 열렸나? 닫혀 있었다. 신이 하나 더 안 있나? 보았지만 못 보았다. 어머니 … 문 … 문을 연 동생의 얼굴에는 아버지 오신 기색이 없었다. 아직 안 오셨니? 학교에나 가신 때처럼, 시골이나 가신 때처럼, 두근두근 하는 걸 참고 아버지 방 문을 열어 보았다. 오랜만에 뜨뜻이 불 땐 방에선 —몇 달 동안 먼지와 휴지 밖에 쌓이지 않은— 훈훈한 훈김에 섞여 아버지 내음새가 나는 듯했다.

매화가 아무리 향기로워도 먹 내요. 헌책 내(먼지)에 얼려 나는 아버지 내음새를 가릴 수 있는 내 코. 훈훈한 방에선 아버지 내음새가 불현듯 끼쳤다. 오늘 밤에라도 오실 거다.

뒤에 인기척만 있으면 긴가 하고 바람만 스쳐도 오시나 하고 집안에 모여서 기다린 날.

훈훈한 방, 아버지 내음새가 나는 방. 아버지 빈 요만이 혼자서 아랫목에 누워서 잔 방.

남이야 뭐라건 양(梁柱東) 선생님을 뵙고 싶다. 한바탕 붙들고 정말 울고 싶다. 그는 진실로 우리 아버지를 아는 사람 같아서, 알 사람 같아서. 나에게 단 한 사람 스승으로 남은 사람 같아서. 꼭 내가 죽기까지 —이 소란스런 세상이지만— 그에게 사숙하게 될 것 같은 숙명에 가까운 저린 사무친 무엇이 날 그에게 당기게 한다.

아버지야 돌아오시지, 오셔야지. 아무튼 그 선생님은 나의 스승이 될 것 같다. 꼭 스승으로 뫼시고 싶다. 그분은 그래도 우리 아버지와 많이 통하고 비슷한 데도 적지 않고 —처음이고 학교거야 그만이던 그 선생님 강의 시간— 우리 아버지 얘기로 찼던 까닭에 적어도 우리 아버지를 온당히 비평하는 한 사람으로 여긴 까닭인지도 모르지만 나에게는 잊혀 지지 않을 단 한 번의 대학 강의였다. 왜 그런지 전부터 편들고 싶고 누가 뭐라면 좋지 않은 게 뭬 켕기는 게 있는지, 아버지가 그를 좋아한 때문인지도 모른다.

풍란(風蘭)

성북동 어귀에 들어서면 벌써 그 매운 향 ··· 코에 눈에 햇살보다 부드런 주름을 잡아가며 ··· 아버지 얼굴이 내 눈(을 씻고 씻고)에 달 같이 돋아 오른 ··· 하는 아이들이 인형 꿈꾸듯 얼마나 풍란를 구하려 하셨던지. 고목 비자 등걸에 실 같이 가는 뿌리를 ··· 포릇포릇한 잎새가 겨우 하나 붙은 기생초가 진해 사는 어느 일가에게서 주례 폐백 겸 좋아하신다 해서 보내진 것은 지난 겨울 일이었다.

뿌리가 습한 바닷바람에 저절로 이지고 마침내 그 매운 향내 품은 꽃을 피운다는 이 이상한 꽃을 아버지는 일흔의 막내둥이보다 더 귀여 하셨다. 하루에도 수십 번, 진지를 잡숫다가도 수절 놓고 한 번, 입 못 감아 하시던 아버지 모습, 그 웃음, 언제나 훈훈치 못 하던 방에 이리고 앉으신 아버지 얼굴이 내겐 별보다도 빛보다도 덥고 곱더니.

가슴과 발바닥이 그냥 맞닿은 슬픔 속에 괴로움 속에 그래도 내가 안고 나간 것이 이 풍란이었다. 그 중에도 잊지 않고 물을 주고 바람 쐬고 볕을 뵌 이 풍란이 극성스런 조카 손에 모즐러 지고 만 것은 우리가 아버지를 그린 지 두 달에 보름은 더한 때였다. 하 그리 위하시던 꽃인지라 어머니가 애명글명 솜을 끼고 어루만져 겨우 비자나무 등걸에 뇌부치긴 했으나 그만 꽃은 시어지고 말았다. 애 재롱 보듯 그 말 없는 생명이 커 가는 것을 술김에 자랑삼은 늙은이처럼 아, 고거야. 요 잎사귀, 순 같이 싹처럼 피어나는 이걸 보아 …

그럴 때마다 빛나던 아버지 눈 눈부신 얼굴.

내게서 해를 달을 앗아가고 아버지와 같이 있게만 해 준다면—.

부통령(이시영) 댁에는 풍란이 제법 크더라. 꽃도 좋고 그 향이 어디 어느 술에 댈 거니 …

좋은 책을 보고 안 들어오시는 날 같은 퍽 부러우신 얼굴을 하셨었다. 그 향내를 빌려다 아버지의 웃음을 돕고 싶던 황당한 생각이 새삼 그리워진다.

저절로 죽은 게 아니니깐 뭐 아무 방정맞은 생각할 게 없다고 곰곰이 스스로를 타이른다. 한 권도 못 들고 나가게 한 아버지 책들도 낙일(落佚)됐겠지만 그래도 거의 남아 있고 아버지 아들 딸이 다아들 그래도 목숨은 붙어 어머니와 당신 돌아오시기만 이렇게 불 때 놓고 기다리는데 …. 차마 …… 입담을 그 아니 피던 매화 봉오리가 못 참아 부얼부얼 피어나던 걸 —. 매화가 처음이지. 그렇게 천덕이로 피어 보기는 하느님 주시는 햇살만 받고 바람의 노래만 듣고 피기는. 달밤에 미닫이에 어리는 그림자도 그리 좋으니라. 고으니라. 미닫이 있는 방을 그리시던 아버지.

매화의 향기가 배인 방 안에서 좋아하는 그림에 붙여 지으신 시를 안개 걷혀 보는 꽃처럼 읽고 안 첫봄이 그 방이 내게는 여기 같지 않고 딴 나라 같고 인내 나는 뫼안 같고 향나라 같다.

또다시 뒷바람이 우릴 몰아치는 통에 아버지가 계실 그 어느 북방 쪽 어디를 더 멀리 등지고 여읜 등걸에 밝게 피인 매화도 못 데리고 여기 아주 낯선 마을로 오고 말았다.

어떻게 해서라고 풍란을 구해 오죠. 매화도 얻어 오죠. 네, 아버지 …

🦪 1951(4284). 2. 4. 초저녁

새언니의 출산

산파를 불러왔다. 언니가 애기를 낳으려고 한다. 아버지 오시고 애기 낳고 하면 얼마나 좋을까 속으로 바랐었다. 아버지 집에 아니 계시고 해산할 방 때문에도 말이 많고. 아버지 어서 오시면 그것 밖에 아무 소원도 없다. 어머니 애태고 비는 마음은 저승의 할아버님께서 굽어보실 거고 아버지 먼 데서 마음 키시리라. 지금까지 우릴 살리실 도우신 은덕 다시 두텁게 나리셔서 무사히 순산하고 아들일 것 같다. 언니는 얼마나 배가 아프고 괴로울까. 거룩한 일 이루노라. 고통이 빛 되리라.

어서 아버지 오셔야지. 어서 오세요 아버지. 이 소식은, 이 기별은 아버지한테 못 알린담.

어머니 혼자 말해 줄 남자 하나 없이 속을 썩이고 애를 태는 게 어찌 말로 이룰 바이랴. 쓰리고 아프다. 혼자서 저렇게 약한 몸 예민한 신경으로 ― 그만 몸부림 치고 싶다. 몸도 마음도 부서지도록 고생만 하고 애만 태우고, 그래도 어제 같던 명대 말이 왜 그런지 미더워 어머니도 마음이 좀 좋으신 모양이다. 애 낳느라 애 쓰는 언니, 보느라고 마음 태는 어머니, 두 거룩한 마음에 빛이 밝히 비추소서. 훌륭한 인물 될 애기 낳게 해 주십시오. 할아버지 어서 바삐 집으로 모셔올 복동이 경사동이 낳게 하여 주옵소서.

마음에 경사롭고 기쁘며 한쪽 언짢다. 느꺼웁다. 먼 데서 얼마나 지금쯤 이 우리 아픔을 같이 앓고 계실꼬. 어서 접어 버렸으면 달력장 같이 이 두 달을, 삼월이면 돌아오실 아버지를 어서 우리 모시고 웃게.

오빠도 꿈은 꾸겠지. 아버진 무척 애 쓰시겠지. 아버지, 할아버지, 반가운 바람결에 아버지 내음샌가 그리운 부드런 그 무슨 내음새. 기원(祈願), 희원(希願).

🍃 1951(4284). 2. 5. 새벽. 신기하고 신통하고(12시 24분에)

아버지 밤으로 언니가 아들을 낳았어요. 솔숲 우우 하는 소리 멀리 바다 같고 "아버지 아들예요" 한마디 외칠 데 없으니 이 경사 우리끼리만 먼저 보니 어째 쩝합니다. 영특하게 잘생겼다고요. 순산이래요. 아버지 먼 데서 꿈으로라도 아시지요. 꿈만이 약이고 꿈만이 사탕이고, 믿고 믿으며 살아왔다.

초 켜들고 방문 열자 웃음 반 울음 반의 어머니 음성, "잘생겼어. 아버지, 할아버지 제 애비, 그리고 볼게는 너도 닮았다. 계셔서 어서 오셔 이름만 지으시면 어서 오시기만 하면 오죽 좋으랴. 저도 울고 나도 울었다."

바람이 문풍지를 후두길 때면 행여 학이 와서 문을 열려나 어리미친 사람같이 귀가 반짝.

1951(4284). 2. 5. 밤

가슴 속 어디가 헌것처럼 마냥 피가 흐르는 것 같다. 오늘이 그믐일 자고나면 설이란다. 반갑도 기쁘지도 않은 설이 되고 날을 먹게 되고, 총결산이나 하듯, 바로 게으르다. 한 번 쓰는 일기냥 싶어서 쓰기가 싫었다. 내가 쓰는 나만 보는 이 낙서에, 예도 또한 허위가 꾸밈이 필요한가? 눈을 감으니 곰곰이 생각나는 게 가엾은 나의 모습.

이렇게 억지로 나이를 먹고 마음은 하나도 자라지 못한 채 피둥피둥 몸만 살찌는 게 가여워 못내 가여워.

문둥이처럼 썩는 나의 심령이 회 속에 이따금 반짝이는 불똥처럼 밝아지는 때가 있다. 나는 어떻게 될 것인가. 자연 그대로? 아니 되어야 할 나로?

모든 게 옷 입혀 놓은 본능에 인간성 아니 동물성의 가장이냐. 싫다. 뭬 그리 시릇하고 시뻐서(싫어서).

죽이더라도 잠자코, 차더라도 다소곳 채어야 할 난 대.

설이 오는 게 싫고 헛되이 나이만 먹는 게 싫고, 죽는 게 싫다고 그러는 건가? 이렇게도 지지란 걸레 같은 생을.

마음에 켜켜 묵은 때도 먼지도 그대로 두고 이냥.

매미 꺼풀 같은 허순한 웃음을 짓고 주책없이 지껄이고 거짓말하고, 거짓 …… 이거마저 거짓인가? 이런 때 울어도 될까? alas!

어서 사월이 되어 그리운 아버지와 만나게 해 주십시오. 어떠한 비겁한 짓이라도 하죠. 제발 아버지만.

🌿 1951(4284). 2. 5. 밤

그래도 전에는 설이 무의미하게 지나는 것은 탄식한 일이 있었더니. 말끝에 등줄기 한 대 얻어맞고 개보름 쇠듯 설은 쇘다. 맞은 것이 분한 것도 아니고 그렇다고 뭐 기분 좋을 것도 없지만 그다지 노할 것까지도 못 되는데 어린대 떼처럼 심술처럼 채울 수 없는 마음의 부족함이 모두 한데 보여서 솔을 내고 성을 냄으로 풀어보려는지 말도 웃기도 싫었다. 뾰로통한 것도 심술이 난 것도 아니다. 정말 뭐라고, 모양 없는 기분이다. 이것도 허술히 기분이라 할지.

괜히 등이 아파서 죽어 버렸으면 싶기도 하고 이만 일에 노여워 해서 쓰나 어머니 속만 상해 드리지. 그러다가도 밥 지어도 저녁은 굶을까 보다. 그럼 안 된다. 열두 가지 생각이 다 든다.

얼마나 너절하게 값 없이 살아온 스물두 해야. 뭐 부끄럴 건 없다. 벌써 부끄럼은 남과의 수작이니깐. 허무하다. 스물두 해가. 스물넷이 됐다고 제칠 때마다 문뜯어 버린 달력장과 함께 휴지통 속으로 구겨 박질러진 나의 반생이 그 어디 섧단 말로 다 거둘 수 있을까.

솔숲을 달리는 바람이 우리 방 문풍지를 울리고 간다. 학이 후드기는 나래소리 저 아닌가? 어서 오시면, 어서.

우린 그래도 저녁이라 맨밥이라도 먹고 남들이 채려 보낸 설음식까지 먹고 저녁에 모여 앉아 장난, 얘기로 때를 보냈건만 아버진 어디서 누구와 뭘 잡숫고 무슨 얘길 하셨을까. 지금쯤 천정 낮은 방에 혼자 누으셔서 엎치락 뒤치락 여윈 손을 부비시며 오죽이나 우리를 생각하실까.

아버지 시조를 읽었다. 서문도 둘 다 읽었다. 아버지를 칭찬한 말에 어깨가 으쓱대고 좋았다. 하지만 아버지 시조에는 방에서 나는 꽃향기 속에서도 내가 가릴 수 있는 그 무슨 내음새가 아버지 내음새가 참말 나더라. 해면처럼 젖어드는 것 같더라.

헌 누더기에 더껍더껍 덧붙이는 헝겊대기처럼 구지레한 나이가 켜를 이루는 게 무거웁다. 넝마만도 못한 정말 이 누더기 조각은 난 어떻게 살라 버려야 하는지. 희던 바랑이 염색되고 검어 지고 오동 쪽제비가 된대 누루퉁퉁한 것 거무텁텁한 것 쥐 빛깔 뭐 지지한 헝겊이 해지고 또 해지고 가으로만 조금씩 유물처럼 남은 헌 누더기처럼 나의 존재가 그렇듯 초라하고 볼 꼴 사납다. 스물 넷이라니 양력으로도 스물셋이나 되니 —아찔하다.

공부도 못 하고 사람도 못 되고 (지금만큼은 내가 순진한 마음으로 숫된 말은 쓰는 걸 잊어선 안 될 것이다.)

스물넷이, 퐁퐁 솟던 새암이 흐르도 채 않고 그냥 말라 버리는 게 아닌가. 딩굴루고 싶다. 가슴은 두근거림도 가쁨도 잊고 새끼 난 암소같이 늘어져 버린 것 같다. 난 나의 죽음을 건너다 본 것 같다. 이건 확실히 죽음이고, 좋게 말해 동면이다. 언제 내가 깨어 살아 볼는지. 노년에는 모든 슬픔을 다아 네리고 긴 쉬임터인 바다로 흐를 그러한 개울의 강물 같은 생애를 기린다면은.

나는 광인과 차이가 없다. 백치와도 난 다를 게 없다. 희박하게 근근히 살라면서도 섧어질 때도 있고 삐겨 볼 때도 되잖은 오만이 날칠 때도 있으니, 모욕을 받는 분한 자존이 굼틀할 때도 있으니, 그럼 뭘 해. 결국엔 모다 시어지고 사외고 마는 걸.

코에 끼치는 솔내가 좋더라. 아침 저녁 아궁지에서 나는 그 내음새.

모다 기다리고 있다. 빌고 있다. 믿고 있다. 아버지 오시기만을.

—오셔서 지서야지 하다못해 개똥이라 지시더라도 할아버지 오셔야 짓는다고 그만두라고— 어린애 이름 질 것을 언니가 신통하고 느껍다. 우리 아버지 며느리라 다르지. 뭐라 말할 수 없이 기특하고 귀하고 언닌 참 신통하다. 청국밥도 잘 먹고 애기도 귀엽고 할아버지 사진과 퍽 많이 같다. 오빠도 같고 아버지도 같고. 누굴 닮았달지 집어서 말하기는 어렵다. 바람을 타고 밤이 오나 보다. 저 솔밤이 우우는 소리.

기분이 언짢은, 체한 것 같다.

🌑 1951(4284). 2. 6. 아침 후에.

깨고 나서도 얼적지근 뻐근한 몽마(夢魔)로 밤을 새웠다. 깨고 보니 초하루. 쓸쓸한 설이다. 집에 아버지도 안 오시고. 그래도 밥이라고 누룽지라도 먹으니 차례도 못 잡수는 게 황송 섭섭하다. 밥이라도 저희들만 먹는 게 마음에 안 됐다.

주과로라도 지내면 … 욕심이다. 내일에야 어린애 삼일날인데 방은 겨우 열두어 시간 빌려 나차 들어왔다. 비탈 같은 섬돌을 그 해산한 몸으로 올라오는 게 걸리고도 신통하고 천덕이 노릇 하는 게 마음에 짠하였다. 어제 도로 건너방 재창방(齋窓房)으로 올라오고 일가댁 쓰시라고 방을 내드렸다. 다아 제대로 옳게만 했건만 어째 마음에 걸린다. 어린애 낳다 하니깐 아버지 부르더라는 언니. 신통하고 고맙고 귀하다. 아침에 물 푸는데 바람에 은은한 그 무슨 향내. 아버지 집에 오실 복된 해라고 바람이 전하는 선물인가 보다. 우리를 사랑하고 위해 주는 고마운 마음들의 향기인가 보다. 경찰학교 입교 중인 둘째 오빠 앓는다는데 동무들이 주물러도 주고 과자도 사다가 주긴 한다지만 집이 그리울까, 얼마나.

혹시나 점대로 아버지 어느 귀인 만나서 어느 골짝에라도 숨어 계셔서 이 설을 맞으셨나? 오죽이나 식구를 걸려하실까. 그만 아프다. 쓰리고.

모든 상한 마음에 빛과 힘을 주는 좋은 해이기를 누구에게도 없이 빈다. 내가 사랑하는 모든 마음에도 빛과 힘이 있기를 바란다. 글로도 말로도 결코 알릴 일 없는 그런 먼 데 있는 나의 사랑하는 모든 벗들에게 마음에게 복 있기 빈다.

어젠 눈이 좀 오시더라. 한 해 한 번은 오신다니깐 섭섭해 오시는 눈 같더라.

배를 삼키고 돛을 꺾는 사나운 파도는 대체 어디로 몰려 갈 것이냐. 가여운 새우들은 어찌 될 것이며. 하늘이 어여뻐 하시리라. 이 불쌍한 영들을.

본능은 항상 교묘한 외투를 입고 자기의 행동은 미화한다. 그저 있는 그대로 사는 게 옳지. 그렇다. 하긴 이것만이 옳고 저건 그렇다는 그러한 진리는 있을 수 없다. 다아 옳다. 내게 어느 것을 택하려느냐 묻는다면 역시 내가 짐승에게 껄리는 게 사실인진 몰라도 이게 곧 나는 아니라는 생각이 든다. 있는 그대로가 아니고 있어야 할 나로 되어야 하는 게 아닐까. 그게 나일 것이다. 그걸 택할 것이다. 다만, 하늘 위에서 구렁을 내려다보는 몸만의 천사보단 구렁에서 하늘을 그리는 마귀의 아들이 죄인이 내게는 늘 높아 뵌다.

그러나 내게는 가릴 수 없이 억지로 앤긴 운명이 있다. 떠맡겨진 길이 있다. 가기 싫어도 가야 하고 꼭 가야만 할- 그 지루하고 싫은 길을 가기 위해서 우린 거짓 꾸밈으로 그 길이 좋으냥 남 봄에 좋으냥 꾸민다.

골방 안에서 아버지 사진을 혼자 꺼

내 보았다. 참 좋다. 날 가만히 보시더라. 듣는 듯 괴는 듯한 정과 어름 같고 벤 듯한 이성, 거기에 섬광 같은 맑은 양심, 지저분하다. 이리 늘어놓는 게, 이 모든 것을 포함해도 아버지와 꼭 같은 인상은 아무에게서도 받을 수 없을 것이니깐. 중도 같고 혁명가도 같고 철인과도 같고 시인도 같고 또- 우리 아버지 같지 뭐, 아버지.

…

슬플 때 그리운 아버지, 기쁠 때 그리운 아버지, 아버지—. 어디서 꿈결에 울음 섞인 나를 보실 것인가. 그러구 보면 내가 제일 사랑하는 것은 다른 아무도 아니고 곧 아버지인 것 같다. 아버지만 오시면, 한 번 그 눈만 보면 우주를 다 안아도 남을 듯한 그 두 팔로 나를 안아만 주신다면— 아, 아버지.

🌑 1951(4284). 2. 7. 밤

오늘도 또 다아 가버렸다. 쓸데없이 지껄이고 웃고 쓰다가 잉크 묻혀 휴지통에 꾸겨박은 종잇장처럼 쓸쓸히 쌓여가는 나의 삶이 참 처연하다. 지금쯤 외지에 가서 공부나 실컷 하고 있는 사람은 얼마나 좋을까. 군인, 군속, 경관 이외에는 남자가 없는 이 세상이 바로 잡힌 때 도대체 모다 어떻게 할 셈일까. 하다못 다친 군인에 약 하나 붕대 하나 못 감아주고 집에서 자고 먹고 벌레 같이 산 나는 무슨 턱인가, 공부 않는 건 나의 태타(怠惰) 외 아무

것도 아닌데.

저녁에 시조 가사를 읽다 문득 좋은 게 있어 몇 번이나 외워 봤다. "산촌에 밤이 드니 먼 데 개 짖어온다. 사립을 열고 나니 하늘이 차고 달이로다. 저 개야 공산 잠든 달을 짖어 무삼 하리오."

아버지 시조를 소리내어 읽었다. 자리에 누운 식구들이 들었다. 참 좋다. 좋다. 이 맛은. 아버지와 난 잘 통한다. 매화 보시며 아 좋다. 바로 그 좋다. 거기에 정이 더 붙은 좋다. 그리움이 더 붙은 좋다. 아버지 어서 오세요. 지버아, 리빨리빨.

아버진 꼭 오실 것이다. 뭐 그 책을 읽으면서도 다른 슬픈 생각 안 나고 그냥 그 시 하나 하나에만 마음이 폭 쏠리고 마는 걸. 꼭 오신다. 우리 아버지는 삼월까지는 뭐 틀림없지.

왜 종작없이 지껄이고 나불거리는지, 난 천성이 사교적인가? 결코 사교적이 못 된다. 이 무딘 눈치로 무슨 사교니 ….

문득 경숙이가 그립다. 웬일일까? 주소나 알아둘 걸 찾아라도 가게. 어쩐 일일까? 오지 않으니?

이를테면 고깃근을 저울에 달아 보듯이 양심 맞게 사람을 달아 보아야 한다는 것은 무슨 이유일까. 나도 그 까닭을 모르기 때문은 아니다. 다만 그렇게 장사치들처럼 한 푼도 어김없이 달아 보는 게 시틋한 연고다. 그건 혹 내가 하도 무능해서 달 줄 모르는 탓인지도 모른다. 자기의 일생은 아주 게다가 부쳐야 한다는 그러니깐 자기의 일생의 벗이니깐 가리고 골라야 한다는 ―하긴 그렇다. 왜 꼭 그러지 정할만 사귀어야 하고 친해야 하는지. 내가 뭐 아무것도 모르는 철부지라 그런 게 아니라, 왜 사람이 돼서 이런 귀찮은 구지레한 셈을 차려야 하나 과히 좋지 않다. 어머니 같은, 우리의 여린 마음을 애무하고 우리의 속된 비루한 세상 사리에 더럼탄 마음은 씻어줄 빛이 되는 그러한 높은 바다 같은 땅 같은 사랑을 마음 속 깊이 기린다. 편협하고 모자라고 추하고 인내나는 사랑보다 … 그건 가랑이 아니고 욕이고 부끄럼일 것이다. 달이 우리를 모다 아무 말 없이 비춰주듯 이슬이 소리 없이 풀잎에 나리듯 그러한 사랑.

짓궂은 소리를 횡설수설한다. 궤발개발이다. 망칙한 말들이다. 카메라나 스케치처럼 순간의 머릿속 단면도를 그리다 저버리는 것이다.

내가 날 골독히 생각하자면 오죽이나 쓰리고 목메이련만 —난 귀찮은 어설픈 생각은 다아 덮어둔다. 창거리는 일 없는 책상 서랍처럼. 그건 동물의 정신 위생인 지도 모른다. 추하다느니 오히려 연민을 느낀다. 한없이 불쌍한 인간이다. 언제 난 떠보나, 이 바닥에서 해감내 나고 까아마득한 이 속에서 언제 난 솟쳐보나. 오래간만에 머리맡이 든든하다. 아버지 시조집도 있고 또 뭣도 있고 든든하다.

🍂 1951(4284). 2. 8. 밤.

뭐라고 형언할 수 없는 불쾌, 쾌자 붙는 것도 싫다. 비가 솔숲에 나린다. 갈비[秋雨]가 쓸쓸하다. 나에게도 미덥지 못 하고 나에게도 신임을 잃은 내가 남에게 무슨 신뢰를 받으려 하는지 생각하면 미어지는 것같이 쓰리다. 남에게 응당 신뢰를 잃을 게 나에게는 뭐 마땅한 일이다. 비록 내가 그것은 좋아하지 않을지라도 ….

취직 때문에 말이 났다. 난 사실 오죽지 않은 무슨 거드름(게으름인지도 모른다.)이랄까 있어 이 초라한 꼴로 뭘 가리는지. 될 수만 있다면 하기 싫다. 하지만 공부도 할 겸 집에도 좀 도움이 되어야 하니 어찌 무슨 일자리를 아니 찾을 것이냐.

죽어버리고 싶다. 자기의 추함은 반성하는 인간다운 느꺼움이 아니라 자기의 추함이 끼친 파문으로 하여 거칠어진 바다를 남의 마음을 섭섭히 여기는 그 실로 연민에 해당하는 어리석음.

어째 난 이렇게까지 타락한 저 구석의 하치 인간이 되고 말았던지. 이건 뭐 명예라는 것 때문도 아니다. 마음의 아픔이다. 내가 날 믿지 못할 때 눌더러 날 믿어 달라고. 더러운 년이다. 죽일 년이다. 죽고 싶다. 정말 골독히 죽으면 싶다. 이러다도 소처럼 잠은 자고 눈 부비고 일어나 허둥지둥 수선 떨다 내일도 모레도 보낼 것이다. 그리고 가끔 물결이 잦아질 바다처럼 휘 한숨을 쉬며 날짜만 볼 때가 있을 거다. 허무하다.

그렇다. 나의 추함을 생각하고 무슨 굴욕도 받아 마땅한 줄 깨닫자 피가 고여도 말 말고 받아야지. 나의 마음에서 원망을 없애게, 나의 추를 생각케 하여 주옵소서.

비가 솔잎을 제법 후두기고 뜰에는 어둠 속 방울방울 낙수 지어 퍼지는 물올이 둥글리라. 비가 온다. 어둠은 나리고 솔숲은 우군데, 야속해 하지 않고 골독히 자기의 죄를, 추를 미워할 수 있는 마음이 되고 싶다. 다만 얼마라도 ….

🦪 1951(4284). 3. 28. 새벽

밤새 오셨는데도, 그래도 부족한지 상기 비는 나리고 있다. 물 긷고 와 밝기 기다리느라 누웠노라니 어제 생각이 다시 난다.

몇몇 번 아버지와 같이 은근히 뜨겁게 쥐셨을 그 아름다운 정이 듯는 듯(垂)할 두 손이 눈에 아물거린다. 꽃잎이나처럼 차마 보드랍다 말이 안 갈 아버지 손이 늘 내 손을 쥐어 주시더니 … 선생님께서는 아무런 말씀도 없이 그 자애 깊은 눈으로 인사하고 나의 손을 쥐어 주셨다. 아버지와 같이 언제나 쥐셨을 그 손으로.

싸늘한 나의 마음 해류에 섞여드는 한올 난류의 흐름과도 같이 선생님의 정이 흐르는 듯하더라. 확실히 이러한 정은 숭고한 일면일 것이다. 더러운 정이 아니요 지저분한 정이 아니요, 사람의 마음을 정화하고 굳어버린 사람의 마음에 따뜻한 바람을 불어 넣어주는 갸륵한 정에 속하는 것이리라. 그 죄 없는 부모의 자식 사랑이, 정욕이 잠깐이라도 비친 사람 사람의 사랑이, 그렇듯 시틋하고 추해 뵈는 나에게도—.

늘 나의 마음은 추하고 지저분하여 너절한 꿈 밖에는 꿀 수 없을 게다. 어제도 부산히 몰리고 쫓기는 꿈을 꾸었다. 벗이라 이름하기 부끄러운 내가 좋아하던 동무들이 모다 어찌들 됐는지 궁금만 하다. 하나도 생각하지 않고, 먹었던 맛있는 음식이나처럼 이따금 고플 때 생각하는 그런 동무를 벗이라 부르기 부끄럽다. 나의 마음에.

🍃 1951(4282). 3. 29.

허위적 고개를 넘어서니 푸른 바다가 한 올 허리띠만큼 바라다 뵈고 골바람에 부서지는 저녁 햇빛은 솔잎 한 잎 한 잎에 눈부시다. 먼 데 가까운 데 산들이 저물어 가는 날의 사광(斜光)을 입에 나들은 얼굴에 덕(德)과 더불어 빛나는 그 무슨 부드럼처럼 유화랄까 부처님 얼굴처럼 아름답다. 모색(暮色)에 잠긴 숲 사이에서 나는 문득 원광(圓光)을 보는 듯 싶었다.

🍃 1951(4284). 4. 20. 초저녁

정만이 귀하고 보배롭다. 유치웅(俞致雄) 선생님을 뵙고 싶어서 그저 갔다 왔다.

나에게 낯설고 무관심하고 퉁명스런 사람들 사이에 있을 때 난 강하다. 나에게 부드럽고 따뜻한 사람 앞에 난 약해지고 녹는 것 같다.

🍂 1951(4284). 4. 23. 낮.

하루가 바쁘게 지냈다. 남에게 꾼 돈으로 어머니가 순수 만든 초라한 제물을 잡쉬 놓고 곡 않는다던 오빠가 나즉한 곡을 하였다.

달은 퍽 좋았다. 어쩐지 딴 때보다 오늘의 제사는 가슴이 찐한 듯 곧 울듯 울듯 하였다. 어머니가 기특하고 걸리고, 난 흐뭇이 어머니를 껴안고 울고 싶었다. 나물거리도 적고 실과도 적고 아주 보잘 것 없었지만, 할머니가 어머니를 보신다면 언짢아 전보다도 더 우시고 가셨을 것이다.

오늘 아침의 어머니 꿈 이야기.

우리 어머니의 하루는 아름다운 시의 일연이고, 일생은 크고 은은하고 뜨거운, 그리고 마음 속 깊은 곳을 울리울 거룩한 음악과도 비슷하다.

어머니를 더 많이 더 깊이 위하고 싶고 안고 싶다. 내일이면 아니 이따라도 걸핏하면 어머니에게 뾰죽한 소리를 할 내가.

아버지가 보구싶구… 또.

🍂 1951(4284). 7. 14.

그저 나오는 대로 쓴 글을 뉘우침 없이 부칠 수 있는 벗을 헤어본다. 지금 K.S, 그리고 前에는 K.Y. '前에는' 이 말이 서먹서먹하다. 왜? '前에는' 이 되었을까.

그러한 벗의 정이 그리움이 아니다. 제대로 쓴 고대로 보낼 수 있다는 아름다움, 수더분함. 아니 꼭 하나 되는 그 심경이 그립단 말이다. 우박처럼 퍼붓는 슬픔도 또한 마음 한구석의 꼬물만한 괴로움까지도 인칭을 헤아리고 그러한 관념을 떠나 마치 한 다른 저에게나 쓰듯 쓰고 싶다. 편지를 쓰면서 말 뒤를 생각하고 입을 막고 뜰 눈 다물고 솔깃한 귀 씻음은 슬픔이야 그 얼마나.

가을 비(秋雨) 같은 연기 같은 보랏빛 아침 비, 반 남짓 산 나무 등걸의 젖음이여, 그루에 돋는 주름이여, 우산을 새어 나리는 비 단 비를 그렇듯 좋아하던 내가 그립다.

아침이다. 숯 피우는 냄새, 잔거름 치는 아낙네들의 발소리, 나도 불을 피울까. 비가 오시는데.

꿈에는 더러 만나더라. 그리운 벗을. 돌아온 편지를 전했었지. 게선. 그리다간 수건, 손수건, 낙서, 편지 그런 것을 흐릿하게 반투명으로 그리다 깨었지.

🐚 1951(4284). 7. 21.

또 나는 너를 잊고 지내왔었구나. 흥 없어도 오붓한 너와 나의 담화를. 내가 날 잊고 이리 허수히 지내니 어디 붙들 겨를도 없었던 게로구나. 남들이 공부를 하는데 나는 놀고.

미칠 것 같다. 그것만으로도. 공부를 못하고 속자랑 은근히 할 것 하나 없는 게 무한히 의지 없어 슬프구나.

무작정 쓰고 싶어 미칠 듯하다가도 무엇 하나 공부 안 하고 뭬 나올 거냐… 그만 옴치라지고 시무르죽해진다. 나, 가엾은 나, 나 불쌍한 나. 발버둥 칠 기력도 울 힘도 다아 상실한 송장 같은 내게 잿속의 불씨만치나 될까, 그 무엇이 이따금 이따금 스파크 할 뿐이다.

지금 난 죽은 나를 조상(弔喪)해 보았다.

지금 불현 듯 죽은 내 모습에 사뭇 내 얼을 멀거니 바라다보고 있다.

읽기도 듣기도 보기도 싫은 책 나부랭이.

양모도 평완도 대단턴 날엔 꿈에만 그리는 아버지를 난 우박처럼 불렀다. 이리 우리가 앓고 아버지를 찾을 때 얼마나 먼 곳에서 괴로우실까 아실 것 같아서. 야속다가도 고마워지는 세상 사람, 지인, 친구.

내 속에 맴도는 고달픈 사념, 시어진 의욕, 몸부림치는 슬픔.

애진작에 감상을 덜어버린 게 차라리 잘된 일이었다. 되도록 무쇠망치 같이 바위 같이 흙 같이 잠잠히 감상 없이 살고 싶다. 얼마가 되랴만.

아찔하다―. 이냥 죽어버릴까.

보람이, 삶이 측은타. 패배자라고 제게 타이르기가 부끄러운 것보다도 오히려 식충이 빨아들인 양분으로 제 목숨 자라는 데까지는 기 쓰고 살자는 본능이 그대로 지금의 굵다란 주먹덩이 같은 불덩이 눈물이 가슴 속에서 우박 치듯 쏟아진다.

가엾은 나.

—

내일은 새벽부터 부산 시내엘 들어가서 뭐가 되도록 뛰어다녀야 될 것 같다. 평완이 발도 다 도우시는 덕택으로 고마운 의사 지세해 준 사람 덕에 용한 의술로 또 우리가 유숙하는 고마운 일가 어른 댁 사랑과 보호 덕에 퍽 나아간다. 헤자면 두 손 다아 꼽아도 모자라게 우리에겐 잊지 못할 고마운 사람이 많다. 다아 그 고마운 얘기도 하고 은혜도 저버리지 않게 어서 우리 아버지가 돌아오셔야지— 우리가 아파서 괴로워서 울며 아버지를 부른 밤엔 아버지 가슴이 메었으리라. 우리가 어수선한 꿈을 깨인 땐 아버지 꿈자리도 그랬으리라…

🍂 1951(4284). 8. 14.

장지 밖에서 기다리듯 비서실에서 난 우두커니 서 있었다. 아버지를 밤에라도 시급히 찾았던 애제자의 하나인 사람—지금은 떡 아버지가 앉혀 준 자리에서 큰 기침하는—을 만나보려고. 하, 나도 양생이꾼의 하나를 보태주는 게 아닌가. 오빠가 목이 미어서 멀숙히 돌아갈 때의 얼굴이 가슴에 뭉클하고, 또한 잊히지 않는 아버지 얼이 내 가슴에 찌르르 하였다. 아버지면 이런 말을 비굴코 천한 말을 할 일 없는 것을, 사랑하는 아버지의 딸이 이리도 비리비릿한 짓을 하고 있다니. 아버지의 청이 아니라고 저런 딸의 말이라고 변명하고 싶은 것을, 목이 콱 미어서, 다시금 습벅하였다. 그렇듯 꿋꿋한 아버지 딸이 왜… 어머니가 못 잊혀서 차마 칼을 잡을 수도 집을 뜰 수도 없는 오빠, 그만 가버린 큰오빠, 걸려온 동생들, 그리고 어머니 왜 그런지 오늘은 온갖 나의 감상이 뭉게뭉게 구름일 듯한다. 아버지, 아버지 딸이 남에게 무슨 청을 한대요. 모두가 야속하고 분하고 섧다가도 그걸 다아 참고 삼켜 버린다. 허나 멍이 든 것 같은, 골병 든 것 같은 마음은 어쩔 수가 없다.

하늘을 좀 더 넓힐 수 없을까. 좀 더 이 나를 조려부칠 수 있도록 가파른 언덕빼기 같은 이 내 길의 숨 좀 돌려 쉬게. 가만히 젖어드는 모래밭처럼 말없이 젖어드는 나의 슬픔. 아버지가, 아버지가 무한히도 그리워, 으스러지도록 으서지도록 힘껏 안고 안기고 싶은 심사.

벌써 점심 종이 밍밍히 친다.

내일도 허수히 우리를 버리리라.

🌑 1951(4284). 여름.

여러 번 옮긴 직장

그 즈음 나는 도무지 목을 가눌 수가 없었다. 하늘이 흐리면 흐린 대로, 날이 푸르면 푸른 대로, 나의 어둠만은 웅뎅인 양 여전하였다.

남들이 드러내 놓고 다니는 미기관(美機關)에도 아직 나아갈 마음이 안 섰었다. 날 퍽 귀여워해 주던 여고시절 선생님도 그것만은 그만두라고 내겐 신신당부였다.

「거 잘 됐군!」딴 애 보곤 취직된 걸 그럴싸하게 말하시면서도. 피란 중이지만 모두 입치레 옷치장은 극성스러웠다. 서울서 간 일가 중에도 아주 떵떵거리고 사는 집도 있었다. 두 딸이 미국인 기관에 취직한 덕에. 물론 그들은 교인이 됐고, 선교사가 양부라고 돌보아 주었다. 하루 종일 청서기(원고 정서) 노릇을 하고 다섯 시가 꼴딱 칠 때야 떳떳이 나선 나의 직장은 부산 동광동에 있던 군부 모 기관이었다. 난 거기 문관, 조무원이었다. 그곳에서 나와 또 다른 곳 어느 선생의 비서가 되었다가 다시 그곳도 그만둔 땐 초가을이었다. 난생 처음 한 취직이요 사정따라 퇴직을 했으면서도 난 유전하는 나의 삶이 하염없었고 아주 내가 닳고 닳은 사회인이 되는 듯 돈에 팔려 구르는 듯 언짢았었다. 나의 셋째 번 직장은 학교(동래여중고)였다.

우중충한, 늘 비오는 날 같은 텐트 속.

🌿 1951(4284). 8. 27. 하오.

어머니 병환

다아 헤져버린 주머니 끝에 남은 심술이 마구 떼를 부린다. 독서가라는 둥, 외국어를 잘 한다는 둥, 특히 불어를 잘 한다는 둥.

도저히 솔직히는 들을 수 없는 비위 사나운 말지거리이기는 하지만, 역시 불쾌하다. 더욱이 불어책 컨사이스를 펴 놓고 아-베

체를 공부하는데.

아무러한 생각도 없이 실과 껍질이나 휙 집어 내던지듯 입술이 나불거리는 말은 제멋대로 지껄이고 마는 사람이 많다. 아무래도 불쾌하다. 진실한 사람이 아니면 차라리 허위 그것의 사람이 차라리 얼치기보다 사랑스럽다.

금지암으로 올라가는 가파른 고개. 휘 숨 돌려 뒤를 본다. 먼 하늘과 이야기하듯 아물거리는 너른 바다.

향목이 우긋한 속에 암자가 앉아 있다. 진정 불심을 알고 싶은 문외한. 인도 철학이 무척 공부하고 싶으면서 난 이 적은 소원을, 아니 아 큰 내 원을 남에게 입쩍도 못하고 있다. 부끄러워. 젠 척하는 것 같아서, 버거워서.

아버지 얘기를 하던 벗. 퍽이나 안됐다던 벗의 표정. 찾아간 집 방에 울 같던 책, 소 같은 학교 학생. 의사집 방에서의 맴돈 머리 안. 비서실 안. 내 머릿속의 너저분한 넝마더미, 먼지 취미, 피.

어머니 약을 지어 주었으면, 차마 지어달랠 수는 없고. 거저라는 게 얼마나 무안한 짓이냐. 부끄러운 일이냐. 그렇다고… 어머니가 점점 말라가고 병들어가는 걸, 자식이라고 보고만 있으니. 이것 이기고 나갈 수 없는 이상 밥숟가락을 놓는 게 마땅하건만, 미적미적 이러고 질질 끄니.

좋은 변명이 하나 예 있다. 가난한 내 머릿속 부모의 약도 남의 적선으로 지어드릴 수가 있을까. 몸뚱이가 멀쩡한 자식 새끼들이 우굴우굴 하면서, 어떻게.

어떻게 해서든지 한 십만 환만 내 손으로 벌 수 있다면, 그리고 그것으로 약을 지었으면, 그러나 내가 이러고 염치에 취하고 체면에 병든 동안 어머니가 위독해진다면.

악착스러운 가증스러운 생이다. 도무지가.

그래도 내 머릿속엔 또 쉬가 슬고 구더기가 우물거리고, 파리가 송장된 내 머리를 독차지하고 있다. 슬픈 경치다. 구슬픈 음색이다.

🌑 1951(4284). 8. 28.

머릿속에 깁처럼 짜이는 상(想)을 짓밟고.

말을 봉(封)하고.

우박처럼 쏟아져 나오는 글을 깡그리 지워 버리고.

찢고, 수세미 하고.

그래도 버릴 수 없어 쓰이는 글. 그 곯은 글, 슬픈 글을 그나마 재로 사르는 마음.

그러나 감정, 더욱이 심오한 게 아니고 껍질 같은, 또 가냘픈, 감관적인 정이란 더럽지 않느냐? 잊으려 해 잊어지면 그만이지. 그래도 잊히지 않는다면.

모르겠다. 알기도 싫다. 소름이 끼쳐야 할 텐데.

더럽고 추악한 내 사념에, 도무지 돼지가 되고만 나. 가엾다. 아니 짓마어 버리고 싶다.

또 심술이 난다.

그야말로 무심코 날 부르는 소리가 그리 귀에 거슬린다. 양완이 하고 부르는 그 소리가, 부르라는 이름인데 왜 그렇게 비위가 사나운지. 이것도 아마 꼬투리만치 남은 무슨 뼈나 피의 줄기인지. 그러나 아무리 들어도 싫은 무슨 내음새같이 도무지 비위에 당기지가 않는다.

돈 없어 서푼짜리 직업을 못 버리는 사람의 새끼가, 비위는 다 뭐고, 종시 거슬린다는 둥 씩뚝꺽뚝한 소리가 도대체 분수에 맞지 않은 감정이다. 타일러 본다.

아버지는 나를 「양완」이라 불렀다. 결코 아무런 조사도 덧붙이는 일 없이, 무한히 정답고 푸근한 그 음성. 나를 또 "양완이"라 부른 사람도 있다.

요샌, 정양, 미스 정, 양완아. 아무려나 좋다. 허나 "양완이" 그건 참 싫다. 그게 내 귀에 설망정 짙고, 그래 만들었을지라도 귀에 잠긴 호칭이기 때문인지도 모른다.

예라. 돼지를 돼지라듯 나도 아무렇게나 뭐라고라도 맘 내키는 대로 입술 나불거리는 대로 불러보아라. 그만한 관대에 콧마루가 찡긋.

홍소를 금할 수 없다. 약맛이 나는 웃음.

약속을 어기어 마음이 언짢다. 뚫을 수 없는 체기가 마구 가슴을 미치게 한다.

머얼리 M으로 가버린다는 벗.

그 벗을 차마 돌아도 못 보고 헤어져온 나.

내일은 학교엘 가야지, 인사하러.

하느님 부디 제가 잘 가르칠 수 있도록 도와주십시오.

아버지가 교가를 지으신 학교.

가슴이 아프고 느껍다. 신경이 더디다.

내 아버지 계시더라는 곳—

가도가도 물결

사람의 흐름

그리운 당신의 모습 찾을 수 없는

거리.

너엁은 거리.

거리

죽음을 본 짐승 떼가 으르대는 거리.

술렁거리는 거리.

마주치는 눈과 눈이 싸아늘한 거리.

누구의 상여를 메고 가는 상여꾼들의 행렬이냐.

슬픈, 화려한 지옥의 거리.

나인 때문에 진정 나인 때문에 난 널

이 화려한 찌는 듯한 지옥을 튀어나기 싫구나.

거리.

나의 간(肝)을 질겅질겅 씹듯
난 이 거리의 슬픔을 노래로 삭이리라.

어느덧 나의 머릿속 대화의 상대는 여러분,
사랑스런 여학생들이 되고 말았다.
귀여운 그들에게 「참」을 가르치고 싶은 아름다움을 착함을 알
리고 싶은 욕망, 기쁨

🍃 1951(4284). 10. 1.

"타고—ㄹ" 별.

태양에 목욕하는 참새와 같이 그의 사상에 목욕을 한다. 아름
답고 넓고 거룩한 사상, 불, 시.

일기를 쓰고 싶다. 돌아오는 길, 마음 같이 슬픈 푸른 하늘을 우
러러 취하듯 걷는다. 익어가는 볏대와 갈꽃이 바람에 서걱이는데,
그 바람결에 그 바람결에 어디서 오는가 보드라운 아버지 손길.

부유스럼한 젖빛 구름 속에서 내려다보는 듯.

뒤쫓아 오는 듯 아버지의 눈빛….

화려한 추억도 꿈도 내겐 죄 아닌가. 모든 것을 살라 버렸다.
모든 상도 사위어 버리기를 빌면서.

어쩐지 마음이 울적하고 몸부림 칠 기력도 흘릴 눈물도 다한
나의 심정.

자비! 얼마나 얼마나 다사롭고 서글픈 말이냐.

문득 죽고 싶어졌다.

1951(4284). 10. 3.

영자는 나도 좋다.

글을 곧잘 쓰는 모양인데 나한테 써 달랜다.

부끄럽다. 그래도 안 써줄 수도 없고.

편지해 줄게 하고 고 시간의 어색함 무안함.

깨끗한 마음에 「티」인 듯 흠신 홍당무 되는 듯한 마음.

어머니가 편치 않으셔서 마음이 한참 갈피 잡을 수 없고 뒤숭숭 심난만 하다.

아, 구월이다. 초사흘, 이달부터 구시월 동짓달이니까 반가운 달이 고마운 달 되기를.

1951(4284). 10. 8. 저녁.

그 무시무시하고 흉측한 짐승에게 쫓기어 내가 죽게 될 때 메리가 날 구해 주었다. 그 충실한 모습, 고마운, 든든한 모습.

숨이 막히는 듯한 가위에서 헤엄치듯 간신히 깨어나니 얼마 만에 한 시가 치고 두 점이 치더라.

아침이 되니 찌뿌드드 왠지 심기가 좋지 않고 늘 아침이면 나가던 것이 오늘따라 오전엔 가기도 싫었다.

마음이 키더니, 책사(冊肆)에서 화를 내고 시비하러 왔다더라. 경솔하다는 것이 얼마나 나쁜 것인지, 역시 사회에서는 더욱 침착, 아니 앞뒤를 헤아리고 행동해야지 하는 생각이 절실하다. 나는 도무지가 불쑥 아무런 생각 없이 말을 헤피하는 일이 있다. 그러나 말이 가시면 모두 같이 없어지면! 모두가 나를 용서해 주면. 참 미안하다. 퍽 미안도 하고, 내 무슨 누구를 미워함도 아니지만 역시 난, 경솔하다. 오늘 수업이 마음에 들었건만, 밥 먹고 나니 잊었던 빚쟁이처럼 날 기다리고 노리고 선 가책, 용서하여 주십시오. 하느님, 모두를.

마음이 심히 괴롭다. 알력(軋轢)이 싫은. 도대체 시비담판이 싫은. ―참 그런 거 귀찮다.

🐚 1951(4284). 12. 28. 낮

정체란 있을 수 없는 것이라 한다. 번연히 알 만한 말이언만 뇌어 보고 사겨 본다. 새삼스럽게 ···. 흐르는 물에 결이 없을 수 있는가. 가만히 내가 서있다고 하여 그 자리에 그대로 언제까지 서 있을 수 있을까. 더군다나 나는 단번에라도 삼킬 듯한 이 사나운 물살에, 폭풍에, 힘이 다하도록 젓지 않고선 나는 흘러 내려가고 말 것이다. 번갯불에 비치듯 스친다. 내가 서있는 위상이, 아찔하다. 발밑이 뒤흔들린다. 사뭇 내 염통이 소용돌이를 친다. 오직 하나의 진(眞)으로 섬겨 기어코 단 하나의 현실로 만들고야 말 나의 꿈과, 깨이면 그만 깨끗이 잊고 말 단 하나의 꿈으로 돌리고 싶은 악착한 현실의 폭포가 내리치면 숲속의 물벌레냥 앙바둥거리는 나의 삶이다.

울 것 같고 얼굴이 화끈거리는 너절한 시간을 또 한 시간 하고 나왔다. 섧더라. 누굴 불러야 하니 이 터질 듯한 괴로운 마음으로, 야! 누가 없느냐. 좀 와다오. 누구라도, 애 … 왜 난 그리도 너절한 수업을 해 버리고 나왔느냐? 게다가 자기(自棄) 속에 섞인 아니 그 속에 또렷한 득의를 감추고. 정말 될 수 있다면 짓마아 버리고 싶다. 이 귀신에 홀린 듯한 나를 가엾은 나를 이러고 목메어 피나도록 울어 봤댔자 누가 내게 올 것이냐. 누가 나를 … 아, 뉘 있어 내게 와 날 꼭 안아주고 내 눈물을 씻긴단들 내 마음이 나을 것이냐.

온종일 하늘은 푸르렀다.
잿빛으로 흐린 내 하늘에선 주먹덩이 같은 우박이 막 퍼부었다.

🍂 1952(4285). 3. 13. 깊은 밤.

문리대 일년 수료라고 왜 안 썼던고. 왜 그저 막연히 재학중이라 했던고. 입학년월일로 따져보면 삼학년이라 생각할까 봐 흐리게 우물쭈물 한 것 같이, 그것이 남의 눈에 띄었고, 그보다 더 내 마음을 못 살게 쪼아 먹는 것은 그것이 마치는 때문이다. 나는 수료라 하기에 너무 서운했다고 변명하자. 학교는 못 다닐망정. 아, 아주 수료라 해 둔다면 얼마나 허전하냐. 그리고 이년이라기는 또 돈 때문에 등록 못 해 같이 다니던 학우들보다 일년 밑지는 것도 정말 못마땅하다. 그래서 결국 내가 취한 길이 막연한 재학 중 그것이었을 것이다. 아! 내일이라도 그 학교를 그만둘 수 있다면! 양심이 흐린 인간으로 남에게 보였다는 것이 말할 수 없이 나를 괴롭힌다. 몇 번이나 학교를 아주 그만두는 게 서운해 그랬다고도 변명하고 싶고 편지라도 쓰고 싶었다. 이렇듯 치사한 짓인 줄도 모르고 나는 이런 치사한 짓을 하고 말았다. 어디로 달아날까 싶다. 그러나 아, 그것도. 내가 달아난다면 또 얼마나 비겁한 인간이냐. 그렇다고 아, 내일부터 어떻게 나를 한 번 흐리다고 본 사람을 다시 뻔뻔히 대할까.

봄비가 아침부터 나렸다. 일학년 작문이 따온 것이라는 말을 들었다. 그들을 의심하는 것은 부끄러운 노릇이다. 이건 한낱 소녀적인 낭만성이 빚어낸 한 웃음거리일까? 그렇다면 인생은 너무나 밉다. 뻔히 다른 데 있는 거라 알면서도 의심하는 선생들이 미워지는 마음, 험언하는 심정, 모두가 너무나 밉기만 하다. 불에나 뛰어들고 재도 없이 깡그리 타버리고 싶은 심사. 나는 위선자! 누구에게도 양심이니 뭐니 내세우고 말할 권리없는 위선자! 오! 모든 독설이여 내 위에 퍼 부어라. 메어질 듯 여린 가슴 그만 박박 할퀴어 버려라.

아, 아버지만 오신다면, 아버지!

저녁을 푹푹 퍼먹었다. 국도 오랜만에 끓였지만 맛도 잘 모르겠었다. 밥맛도 어쩐지, 그러나 홍모에게서 그리고 강경 오빠에게서 편지가 온 반갑고 감사한 날. 느꺼워하는 어머니에게 나는 하소연하고 실컷 울 용기도 없었다. 이 이상 더 슬프게 해 드릴 수 없는 어머니. 그러나 그 슬픈 어머니에게만 몸부림 치고 실컷 울구 싶은 슬픈 내 마음.

요사이는 왜 이렇게 마음이 우울할까? 담심(曇心)이라고 할까? 이런 말 될는지. 그저 소나기나 한줄기 시원히 쏟아졌으면. 세수한 듯한 파―란 하늘이 나오게.

자살할 만한 기력조차 남지 않았구나. 그저 막연히 아, 기다린다. 나는. 어느 동무의 말이 생각난다. 나에게 대한 저주 같다. "너 그렇게 할 셈 안 쳐도 일생을 선생할지 아니? 누군 너 같지 않은 줄 아니?" 하느님 맙소서. 아, 내일 기적이 안 일어날까? 이 무거운 짐, 돈과 바꾸는 이 짐 좀 내려주소서.

다시 읽기는 부끄럽고 슬픈 기록이다. 슬플 때 그리운 아버지, 기쁠 때 그리운 아버지, 아버지―. 어디서 꿈결에 울음 섞인 나를 보실 것인가. 그러구 보면 내가 제일 사랑하는 것은 다른 아무도 아니고 곧 아버지인 것 같다. 아버지만 오시면, 한 번 그 눈만 보면 우주를 다 안아도 남을 듯한 그 두 팔로 나를 안아만 주신다면 ― 아, 아버지.

사은회(동래여중고)에서 돌아왔다. 잘 먹었다. 목욕까지 하고
—. 버스 창에 얼굴을 내구 싶었다. 무엇을 식히고 싶어선지. 위
자루와 심령! 심령은 사늘한 밤바람에 냉각 되어야 하였다. 멀리
별이 반짝인다. 눈물이 맘속에 어린다. 술이 들어간 선생들의 모
습, 참 귀엽다. 그 어딘지 서러운 그들의 마음 안아주고 싶었다.
— 누워서 —

죽죽 대 보다 시원히 운치 있게 뻗은 단엽백매(單葉白梅)! 그
아름다운 향기! 취할 것 같다. 아버지의 제일 사랑하시는 꽃, 철
은 와 꽃은 피었건만 보기에도 눈물겹다. 새하—얀 손수건을 매
화 가지에 한밤 얹어 놓았다가 그리운 벗에게 보내고 싶은~.

학산여중 여 교장선생님이 오늘 오셨었다. 난 왜 그런지 그분
이 참 좋다. 얼굴보다 더 너그럽고 정을 아는 마음이 있을 것 같
은 어머니다운 어머니 같으신 분, 소학교 육학년 때의 담임선생
님 생각이 난다. 꼭 그 선생과 비슷한 분! 가까운 것 같은 분이다.

삼년을 마치고 나가는 학생! 안됐다. 아직도 공부만이 이 세상
에 제일이려니 믿을 나이, 그 어린 나이로 비리고 구린 사회엘 나
선다니, 가엽고 걸린다. 참 안됐다.

손수건을 들고 콧물 눈물 얼러 흠치는 모자, 동창들! 나만 한
방울도 흘리지 않았다. selfish한 나는 오직 나 때문에만 운다. 혼
자서.

—

그 동안은 뭘 하느라고 그리 바빴는지 머릿속은 정리도 않은 채 먼지가 소복하고, 뒤죽박죽이다. 오늘부터 나는 일의 이의 담임이다.

지구 중심의 시간, 그래도 한갓 인간에겐 자그마한 영구라도 같은 일생! 그러나 우주의 영겁과 대해 보라. 이 몸부림, 이 안타까움 모두가 일순에 지나지 않는다.

슬픔을 지닌 자는 왜 이다지 많은 지, 괴로운 사람은 왜 이리 많은 지. 짓밟히고 물리고 뜯기는 가여운 착한 사람의 여린 마음을 나는 그저 어루만져 주고 싶다.

손양원 목사라고 있었다. 여수순천사건 때 아들 죽인 원수를 아들 삼아 데리고 산다는 것을 듣고 나는 의아하고 시뜻했다. 너무나 그것은 인간이 아닌 행위이고 인간에서 먼 마음이었기에. 그러나 요즈음 어렴풋이 아는 듯하다. 그이의 심중을 그러나 아직 나에게는 내 아들을 죽인 원수를 데리고 살 만한 아량도 없고 또한 아직 내게는 인간이 너무나도 생생히 살고 있다. 그러나 용서할 수는 있을 것 같다. 모든 총을 버리라. 그리고 그저 아무런 흐림없이 우리는 서로 손 맞잡고 참회하자. 눈물로… 그리하여 녹아지는 촛불처럼 우리는 우리의 임종을 빛내자. 오, 사랑! 날카로운 지(智)도 고개 숙다. 이 무서운 난리 속에 나는 왜 죽지를 안 했을까? 무엇을 하려고 나는 남겨진 것일까? 난리가 기막힌 비참한 것인 만큼 나는 나의 생명에 대한 무슨 정말이지 보수가 있어야 할 것 같다. 나는 왜 살아 있을까? 살아야 할 착한 사람, 거룩한 이, 잘난 이, 순한 이, 아까운 이들이 모두 죽었는데? 왜 나는 아직 이리고 살아 있을까? 온 우주에 비해서 얼마나 아, 보이지도 않은 공간이냐? 내가 나고 움직이고 서고 앉는 그 자리는. 그러나 그것이 커다랗게 돋보기로 본 손금처럼 확대되어 보인다. 내가 차지하고 있는 공간이 그 누구에겐지도 모르나 미안스럽다.

나다운 내가 되려는 마음, 나를 너무나 가망 있는 것으로 제 스스로 넘겨잡는 것은 우습지 않은지? 내가 현재의 나보다 보다 근원적인 나에 가까울 수 있을는지. 근원적인 나란 또 무엇인지? 나는 결국 나에게 속는, 내가 되지 않을지?

나는 인간이고 싶다. 어디까지나. 그러나 철인보다 성인이 얼마나 오, 내게는 그리운 것이냐.

지성, 그리고 사랑. 이것이 겸해 있다면 오죽이나 좋겠는가. 만일 그 어느 하나 밖에 닦을 수 없다면 나는 차라리 문맹이고 싶고 천치고 싶다. 마음 아름다운 어여쁜 슬픔에 찬 기쁨을 아는 인간이 되고 싶다.

나의 마음에서 미움이 살아져지이다!

나는 종교를 지닌, 아니 어느 종파를 받드는 그런 교인이나 수녀가 되고 싶진 않다.

인간의 수심자(修心者), 그저 사람들을 무한히 사랑하다 사랑하다 죽고 싶다. 이 왠 선심의 발동이뇨? 곧 누구를 원망하고 미워할 마음의 망령이뇨.

―

　　까치가 깍깍! 깍깍! 반긴다.

　　얼마나 사람이란 가여운지, 무심한 저 들새의 지저귐에 어이
무슨 길흉을 따지느뇨. 가여운 나. 가여운 인간. 오, 얼마나 너희
들은 조그마한 축복에 곧 눈물 흘리고 조그마한 은사에 고마워
하느냐. 그 적은 마음의 족함을 얻지 못 하는 가여움, 측은함. 밖
은 아름다운 봄날의 아침이리. 새잎 나는 신나무는 참마로 무슨
엄트는 꿈처럼 곱더라. 참 곱더라. 아스파라가스와도 같이―. 이
고운 초록 아니 연두색 생명 속에 나의 마음은 너무나 검지 않은
지? 회색이 아닌지?

　　거리에는 봄이 차 있다. 여인네의 옷빛을 보라. 얼굴을 보라.
흰 저고리, 연노랑 저고리, 연분홍, 보라색, 옥색, 연연한 색들이
흐르고 있다. 그 속에 감은 옷 입고 무겁게 걷는 나. 즐거운 이에
게 미안하다. 무거운 이들에게 보탰으리. 오, 언짢다. 그러나 그
검은 옷을 벗은들 내 마음의 검은 옷을 어이할꼬?

　　기쁘고 싶다. 그러나 기쁠 수 있을까? 단념에서 오는 그런 건
싫다. 체념, 달관, 원심, 구심, 원광.

　　자하문이 나올지? 문득 그리워지는 이.

　　달라진 그가 알고 싶고 보고 싶다.

　　꿈속에서 만나 보았다. 그 어느 마음에서 정말 울고 있는지 꿈
에서처럼! 부디 그렇지 않기를…

　　그립다 말을 할까 하니 그리워.

　　그냥 갈까 그래도 다시 또 한 번!

봄을 맞이하여

벌써 앓고 누운 지도 보름이 가깝다.

어디라 짚어 말할 만큼 아픈 곳도 없으면서 시름시름 앓는 것이 이렇게 길어졌다. 내 머릿속에는 깜깜한 밤이 고인 채 그대로 흐르지 않는 것도 같다. 숨이 막힐 만큼 고요하다. 수탉이라도 한 마디 울어나 주었으면. 열어 논 미닫이 밖에는 어렴풋한 꿈처럼 오련한 버들 순이 돋아나온다. 올해도 잊지 않고 봄은 또 오려나 보다. 아니 왔는데 뭐. 공연히 모두가 시들스러워 봄에 오는 것도 대수롭지 않다. 지리한 지도 모르는 채 그럭저럭 겨울도 지냈다. 어느 틈에 이렇게 새싹들이 나는지. 긴긴 삼동 밤을 나는 다 뭘해 보냈던지 나의 어제를 아니 내일을 생각이라도 하고 지났던지 ─ 잔뜩 물오르는 나무를 닮아 포르스름한 꿈으로 부풀어 올라야 할 이 첫 봄에, 내 마음은 왜 이렇게나 우울한 뉘우침과 무기력 속에 파묻혀 있는지.

불러 볼 이름 하나 떠오르지 않고, 불러 볼 노래 한 가닥 입가에 떠돌지 않는다. 쏙쏙 자라나는 듯한 저 버들가지는 밉살스럽게도 나에게 멎지 않고 흐르는 시간을 가르쳐 준다. 찌르는 듯하다. 내가 이러고 누워 있는 동안 그대로 흐를 대로 흐른다. 그저 때의 흐름에 따라 나는 나도 모르는 어느 물가에 떠나려 오게 되었는지. 고개를 살며시 둘러본다. 푸른 물이 그저 망망히 흐를 뿐. 난 지금 어데 있는지도 모르겠다. 봄마다 저러고 피어나고 솟아날 수 있는 나뭇잎들이 새 엄들이 말할 수 없이 사랑스럽다. 부럽기도 하고. 그러나 나무야 나처럼 이렇게 무기력한 겨울을 꿈도 없이 지냈을라구? 말없는 저 어린 싹들이 돋을 때까지. 고목도 얼마나 애들을 썼을까? 화려한 봄을 차리기 위하여 저 이름 없는 새 풀들은 또 그 얼마나 숨 가쁜 꿈들을 안았었을까? 그들의 꿈이 크면 컸을 만큼 그들의 생명은 이지고 푸르를 것이다.

거리를 바라본다. 여인의 옷빛이 한결 엷어졌다. 새침하게도 차리고 다니는 여인네들이 봄을 먼저 당겨오는 게 아닌지.

깜깜한 밤이 고인 채 흐르지 않는 것처럼 내 마음은 이상히도 우울하다. 무슨 언짢은 일 불쾌한 일이 있은 것도 아니다. 꿈자리라도 사나웠다면 혹 몰라도, 또 누구와 말다툼이라도 한 게 아닌데, 지나간 싫은 생각이 문득 떠오른 것도 아니건만 앉아서 머리칼만 문틀었다 따끔하여 빠지는 그 통감이 주는 쾌감! 뽑고 또 뽑았다. 손틈을 잘강잘강 씹었다. 그저. 그저, 정말 그저, 얼굴을 모다 쥐어뜯고 문틀고 싶었다. 숨쉴 공기가 좀 있었으면. 목을 빼본다. 바람 한올이 느껴지지 않는다. 무풍이다…. 이런 때엔 소나기나 한줄기 흐뭇이 쏟아지면 한결 살겠는데. 어쩌면 이렇게 노래 한 가락 입에 안 오르고 사무치는 듯 숨막히는 밤이 있는지. 그런데도 엉! 하고 한 번 울고 싶어지는 것도 아니다. 눈물이야 가신 지 오래라 치자. 울고라도 싶다면 좀 그래도. 맙소서.

땀에 절도록 꼭 쥐고 있었던 손수건을 갈갈이 찢었다.

🍃 1952(4285). 4. 2.

새벽! 선잠 깬 사람의 안정(眼睛)처럼 먼 배 떠나는 소리. 호롱 호롱! 오래된 추억 같이도 어렴풋하다. 쓸 상대자도 없는 편지를 미릿속에 쓰다 깬 새벽. 역시 새벽은 아름다워. 내 당기는 성냥개비에 불붙는 새벽. 어린 때처럼 불현 듯 그리워진다.

나는 무엇을 하고 이리 살고 있는고. 꿈틀거리는 두더지와 같이 땅굴도 아니 파니 두더지만이나 한가? 내 마음 속 싶은 곳이 큰 물결처럼 수을렁인다. 깊고 넓은 그리고 푸른 바다가 생미역냄새 향긋한 마음의 바다가 수을렁인다. 그 속 깊이 혹 산호가 피었는지 진주가 숨었는지. 바다! 바다는 하늘의 미(美)를 갖추고 있다. 거기에 더한 거세고 아름다운 생명을 가지고 있다. 하늘은 가벼운 꿈. 시(詩) 같고 바다는 육중스런 퉁명스런 혼잣말 중얼대는 슬픈 사람 같다. 바다! 남들이 바다를 두고 시를 짓는 것 보고 바다가 퍽 좋은 줄 알았다. 지금 난 바다의 시 한 줄도 없이 몹시도 그가 그리웁다. 만약에 한 줄의 시를 쓰고 죽을 수 있다면 나는 바다의 노래를 하나 써 보고 싶다. 스물넷! 난 뭘 했나. 뭘 할 것인가? 저지음 미친 듯이 찾아 헤매이던 나란 그 무엇인가의 답도 못 얻고 다시 뭘 할 것인가? 우습다. 슬프다. 나는 죽기까지에 내가 살아있다는 살아가야 한다는 그 무슨 변명을 하나 만들어보자. 나의 공부는 어찌될 것인가? 교원 노릇은 언제까지고? 그저 아버지만 오시면 모두가 다 해결될 것 같다. 수선화도 매화도 내 부치만 같다. 너무 징그러운 구데기는 아직 그렇지 않지만.

살고 있다는, 죽으리라는 그것이 저와 내가 같은 탓인지.

"그대 마음 속 깊은 곳이 수—ㄹ렁 할 그러한 음향을 들었나뇨. 하늘과 땅 사이 날 두고 에워쌓는 침묵의 층(層)"

🌱 1952(4285). 4. 2. 낮.

노랑 미색 목련꽃이 이다지도 아름다운 고요한 오후에는 나는 무엇을 할꼬!

불현 듯 죽고 싶다. 어쩌면 하늘이 저리도 곱담. 까닭도 없이 그저 죽어 없어지고 싶다. 노래도 잊었고 꽃도 시들은 나. 이 아름다운 봄을 상하게 하는 꼭 하나 미운 흠 같은 나. 나는 지금 죽을 수 있을까? 무엇을 하여 왔던고? 하고 있노? 할 것인고. 어려서 치던 몸부림이나 남아 있든 들 그래도 좀 후련하기나 하련만—.

정말 말이 하고 싶은 —하기 싫어서— 사람이 깨지는 그릇 같은 음성을 목련 향기 자옥한 방 안에 퍼트리고 나간다. 찢어진 그의 꿈과 애타는 그의 의욕의 아들, 딸을 나는 보고 싶다. 듣고도 싶고—.

이 좋은 향기를 어이할까. 누에게. 아, 하아얀 손수건이 하나 있다면 한밤을 이 향기에 물들여서 슬프고 외로운 마음에 보내주고 싶다. 내가 한 번도 못 본 사람도 좋다. 모르는 이도 좋다. 아니 새끼 난 암토끼에게도 좋다. 햇풀을 되씹는 벌판의 황소에게도 좋다. 모두가 하늘을 우러러 사는 한 가지 짐승, 생물인 정에서인지.

오늘이 충무공의 탄생일이라 한다.

아버지의 글, 아버지, 모두가 나를 슬프게 한다. 맘 아프게 한다.

🍃 1952(4285). 4. 9. 새벽

오늘 순희와 선희가 왔다. 얼마나 기뻤던지 반가웠던지. 그러나 오히려 그리워하고 그리워짐을 받은 양 있을 걸…도 싶다. 순희는 더 고와졌다. 얼굴이 참 더 어려진 것 같다. 무척 지껄였다. 뭣을 그리 지껄였던지.

오는 길엔 딴은 퍽 빈 것 같더라. 고개 넘어 오려니까.

바지런한 참새 떼가 벌써 앞뜰에 와 짹째거린다. 고요한 이 새벽을 진정 기리는 모양이다. 「하느님은 저 새들에게만, 그리고 파릇파릇한 새싹, 엄들에게만 첫봄의 찬가를 올리게 안 하셨으련만, 시인이여 노래하라…」아미엘의 일기의 어느 구절, 퍽 좋다. 나는 지금 무엇을 생각하기에 이다지도 무겁고 어두운가. 나의 그릇 살아온 스물네 해를 울어서인가, 막연한 내일이 두려워서인가? 참새보다도 더 가볍게 푸른 하늘로만 날 수 있던 나의 나래. 햇솔보다도 더 향긋하던 나의 꿈. 잇어졌던가 그 꿈. 그 나래? 모든 Lost라는 것이 나는 퍽 우습다. 나에게서 나온 것, 나에게 있는 것 그것이 뭘 잃어지고 한담. …당한다는 것이 우습다. 당하는 것만은 아닐 것이다. 적어도…. 버리는 것 돌아서는 것, 곧 스스로가, 내가 … 하는 외에는 아무것도 당하는 것은 없을 것 같다. 하긴 돌아서게 되는 것, 버리게 되는 것… 그게 숙명이련만… 그것만은 …

컹! 하고 한 번 짖으면 한참만에 되돌아 올 메아리처럼 공허한 나의 바람. 스물다섯의 연륜이 메어나 보면 내 가슴에 둘러 있을꼬? 무서움이 지나 서글플 만큼 공허한 나의 모든 어제여. 오늘이여…

선생 노릇을 한다는 것, 아는 것 없이 지껄인다는 것, 오… 나를 죽이고 살게 할 그 누구여! 나로 하여금 이 죄 많은 생활에서 하루 바삐 물러서게 하여 주소서. 나로 돌아가게. 이렇듯 뉘우침과 무안에서 허덕이는 나의 마음을 누구에게도 전할 수는 없다. 거기에는 어쩌면 직업조차 싫어하는 양반이 들어 있는지도 모르는 때문도 있겠다. 하긴―. 그것도 사실이고. 전생들이 내 말에 빨려들도록 열 있고 충실된 시간을 나눌 수 있다면, 도대체가 뿌리 든든치 못한 내가 무슨 선생.

선생이라는 말이 곧 죄악이다. 적어도 내 경험으로는. 어서 이 탈을 벗고 싶다. 하루라도 속히.

아버지가 이따라도 오실 지 아니? 기적을 기다릴 수 있는 어리석고 어수룩한 내 마음이여 축복될지어다.

육갑을 따진다고 헤다 보니 내년이 계사년, 아버지의 환갑이다. 올해도 생신날은 돌아오겠지. 연잎은 또 푸르련만. 설마 올해야 뫼시고 그날을 지내겠지. 아버지는 어디서, 아, 어디서 봄을 또 맞으셨을고. 우리가 산 지도 모르시려니, 글로 해 더욱 섧으시렸다.

그래, 이따라도 별안간 문 열어, 양완! 하시고 들오실지 아느냐. 그래, 정말.

부디 우리 아버지를 도와주시고 보호해 주십시오.

나를 죽일 수도 살릴 수도 있는 그 분이여!

잠새들의 저 찬가를 듣기에도 민망스런 어두운 내 마음. 문을 열고 이불을 걷어차고 봄을 안아 볼까.

1952(4285). 4. 16. 밤

솔숲이 물소리를 낸다. 오늘 권일재 선생께 갔었다. 충무공기념사업회로. 중국서 발간한 한국항일명장 이순신(韓國抗日名將李舜臣)이란 책을 받았다. 부수가 적어 차례 오지 못할 것을 당신 몫을 주셨다. 아버지 딸이라니 목이 벌써 메신다. 이 자식이 그 애비 자식이면 이걸 읽어보련만, 완(婉)자 때문에 망신 완(宛)자를 그려 보였다. 비단 치마에 비단 저고리 모두 언니 것이지만 보기에 너무 번쩍이는 거라 항상 무명만 입으신 아버지 딸이라서 부끄러웠다. 얼굴은 그 애비 많이 닮았다만 정신이 그 애비여야지. 어서 어서 가거라.

차마 그리워 애달파 못 견디시겠는 모양이다. 아버지를 그렇듯 사랑해 주고 생각하는 분이 계시다는 것이 나를 딸처럼 생각하고 말하신 것이 참 느꺼웠다. 풀어진 회색 무명 두루마기 고름을 매어 드렸다. 버릇이 없다면 뭣이겠나. 돌아오시면 얘기 보탬 되려니—

그러나 아버지 글을 너무 모르는 딸. 난 꼭 한문 공부를 해야겠다. 곧이라도 시작해야겠다.

🍃 1952(4285). 4. 23.

내가 살아왔다는 것, 살고 있다는 것, 살아도 가하다는 것— 죽을 수 있는 secret를 가지고 싶다. 내 피로 쓴, 한 줄의 시라도 좋다. 오! 쓰고지고! 모든 외로운, 슬픈, 짓밟힌 마음을 쓰다듬고 어루만지고 기쁘게 하고 힘 줄 수 있는 아름답고 힘차고 참다운 너그러운 가슴 같은 글, 태양과 같은 글, 그런 글이 쓰고 싶다.

🍃 1952(4285). 4. 28. 아침.

꽃이 언제나 졌는지 호온자 피었다 싱겁드럽게도 지고 말았군. 어제 고개 넘자니 머리 위에 푸른 가지, 어머니 언제 잎이 피었어요. 늬 땅만 보고 다녔노?… 하늘을 안 보고 지났나 보다. 그리고 보니.

꽃잎이, 아주 늦은 꽃이 진다. 바람이 부유스름 잿빛 나는 하늘에서 분다. 구름이 막 몰려간다. 꽃받침이 흘러진다. 꽃받침 비… 꽃비를 못 맞은 게 이 봄의 유감이다. 긴 소매에, 꽃비에 젖어 걸어나 보았다면.

오늘이 며칠이더냐? 초나흘, 사월도 벌써. 3월이 기다리던 3월이 꿈결에 지났건만 허전한 마음 서글픈 마음 꽃받침이 진다. 마냥 진다. 앞뜰이 붉다. 꽃받침.

열네 살도 열다섯도 아닌 내가 왜 이리 꽃 지는 아침에 서글퍼질까.

🍃 1952(4285). 4. 30.

나는 늙었는지 몰라? … 스물 …… 비가 오신다. 속을 보고 사는 사람의 말을 들었다. 내 영이 막 떨리었다. 나는 어쩌다 이러고 나와는 담 쌓고 살아왔던지.

금시 흐뭇이 울고나 나면?

나는 왜 이렇게 값싼 센티멘털리즘에 빠지고 있을까? 한쪽에서 아니다 한다. 아니다 하고 싶어서인지.

노-트가 있어설까 쓰고 싶다.

왜 사람과 사람은 통하질 않을까.

별로 쓸쓸할 것도 없다 하긴. 그런데 왠지 좀 빈 것 같다. 말벗이 생겨서 무던히 속살거린다. 이 얘기를 하고나선 또 멋없이 쓸쓸하고, 공허하기 위해서 지껄인 것도 같다. 우리들은 망해 가고 있는데 하늘은 곱고 미루나무 잎새에는 하마 어린 매아미의 깃이 굼틀거릴 듯 푸르다.

어리던 앳된 봄이 쇠어가고 있다. 하늘은 너무도 곱다. 슬픈 우리에게 비춰주기에는. 하늘이라도 따로 푸르거라.

비 갠 뒤. 넓은 뜰, 포플러나무가 하나 웅덩이 물에 누워 있다.

🍃 1952(4285). 5. 1.

나는 무엇을 하고 있을까? 나에게 주어진 주어져가는 생(生)의 움직임 아니 급류, 폭포 속에서 무엇을 어떻게 조금이라도 하고 있는지? 커다란 차라리 권태가 그립다. 나는 왜, 지금 무엇을 하고, 아니 생각이라도 하고 있는지 이렇게 막연히 기다리고 있는 그러한 내일도 다음 순간도 있을는지 알 수 없는 노릇이다. 그런데 나는 그저 미루어만 나간다. 이 일순이 곧 나의 짧은 영겁과 통한다는 것조차 잊어버리고. 그런데 왜 나는 발버둥을 치고 있을까. 이 풀 가라앉은 밑바닥에서, 퍼드덕 거렸댔자 소용 없는 이 구렁에서, 목을 뽑는다. 파ー란 하늘이 그리워 아니 한숨 새 공기가 그리워, 바람을 쐬어 보면 내 곰팡이 슬 법이나 한지, 그저 막연히 나는, 이러고 술렁대다 몸부림치다 싸울 용기도 단념할 싱겁들은 마음도 없이 아, 이러다 가야 하리.

1952(4285).

비가 오셨다. 지금 부슬부슬 또 오신다. 비가. 글을 읽다가 붓을 들지. 써 보려고 아니 널 그저 무작정 부르느라.

엿처럼 늘어진 날이 지루하다. 언제 오늘이 끝나고 내일이 되고, 또 그 내일이 오늘이 되고 오늘이 어제가 되고. 기가 막힐 노릇이다. 왜 내가 너를 부를까? 졸리워선가? 또 괜히 심심해선가?

정호도 하숙으로 옮겨갔다. 보리밥만 반찬도 없이 먹인 게 걸리는구나. 가까운 곳이라 좋지만, 학교 앞이라. 난 한결 허룩해졌다. 비었다. 그리고 보면 밤마다 푹씬 잠만 잤구나. 잠잔 것이 후회도 아니 되니 이제는 내야 죽어도 될 거야. 글이 읽구 싶다. 모르면서 자꾸, 글이.

1952(4285). 5. 8.

노량 여행(露梁 旅行) - 아버지 발자취, 동래여고 학생들과

전야(前夜)!

떠난다는 것은 얼마나 좋은 일인지, 제대로 눈도 못 붙히고 조그마한 손가방 하나를 챙기는 마음. 단 사흘을 위하여 나는 얼마나 잔걱정 준비를 해야 하는 거냐. 같이 갈 아우, 여학생들도 지금쯤 아마 곤히들은 못 잘게다. 가느다란 어머니를 가운데 두고 동생 둘이 코를 곤다. 불현듯 어머니 곁에, 바로 곁에 자고 싶은 충동!

바람도 잦은 모양이다. 푸른 기왓골에는 달빛이 고이고 담쟁이 잎에는 밤이슬과 같이 푸른 달빛이 가만히 가만히 나리고 있다. 떠난다는 것은 좋은 일이다. 문득 이런 생각이 킨다. 이 길이 다시 못올 길이라면? 사를 것은 없는지? 정돈이나 됐는지? 대타인적으로(?). 그는 흥클어뜨린 채 갔느니라면? ……

그래도 좀 책을 가지런히 해 놓는다. 누가 자기 죽을 것을 알겠느냐? 무슨 편지 부스러기 같은 것이 나온다면? 그러나 사랑하는 아버지와 어머니, 그리고 형제들은 용사(容赦)하리라. 그리고 오직 나를 위하여 그저 우시고 슬퍼하시리라. 기도하시리라. 문득 아주 가버리는 길이라면 싶기도 하다. 한편 이리도 허수히 게을리 하품만 하다 찌부드득하게 가는 것이 언짢기도 하고.

돌아와 보면 아버지가 와 계실른지?
전보를 받고 내가 돌아오게 되지나 않을지?
허둥지둥 미친 것처럼 배타다 그만 그 소식 듣고 돌아올게 아닌지.
아, 그렇다면 얼마나 좋을까.

나를 극진히 아껴주고 생각해주는 여학생이 있다.
S양! 나는 양을, 위로해주고 정말 사랑해주고 싶다.
그런데 도리어 나를 생각해 주는 게 -
어느 기대의 대상이 된다는 것 슬픈 일일러라.

안됐다.

푸른 가지를 드리워 뜨거운 볕을 가리는 싱싱한 나무여.

불현듯 움추린 목이 부끄러 지향도 없이 솟고 싶어라 자라고 싶어라.

오늘 S양은 안 왔다. 어제의 내 글이 그를 너무도 슬프게 해준 것이 아닐지?

왜 S양은 어제 그렇게 땀이 쭉 흘렀을까? 나를 부를 때?

눈을 감았다. 손을 가렸다. 오-로라가 보인다. 내 오-로란지 영인지. 또 누구의 그것인지.

연분홍이 불빛처럼 노-트에 어린다.

아침에 이런 시가 떠올랐다. 나는 육체이면, 붕어처럼 물고기처럼 고우리니… 아, 왜 썩어진 구더기 끓는 영이 있더란 말이냐. 불살라 버리기엔 너무도 아름다운 불이요. 어쩌나, 아, 어쩌나 저 징그러운 구더기 끓는 영을!

쨍쨍이 쪼이는 뙤약볕에나 그만 강으로 바싹 말려 버릴까?

그러나 그 징그런 껍질은 어쩌잔 말이냐. 이 생각만 하면 아마 미구에 죽을 수도 있을게다.

날이 새면 가야 한다. 하하 가야 할 곳도 없이.

그러나 빌고 바란다. 아무쪼록 마음도 몸도 깨끗하기를. 잘들 다녀올 수 있기를.

그 동안 어머니가 걸린다. 외로움처럼 솔숲엔 잠 못 든 바람이 일다.

그저 허허 넓은 푸른 물.

두둥실 뜬 우리 배는 물 위에 씨이소를 타듯 울렁인다.

반갑게 솟았다간 손짓도 없이 그만 숨는 귀여운 알섬들… 하이얀 은조각이 나불나불 홀연 진다. 꽃잎이냥 물에 멱감는 흰 갈매기떼다.

하염없는 외로움처럼 푸른 물 위를 풍풍풍 풍풍풍 배는 간다. 먼 바윗가에 부서져 흰 안개를 이루고 으서지는 파도, 그래도 미련겨워 다시 한 번 부딪치는.

아득히 멀어진 짐먼지 사람 북세, 뭍이 부련 그리워지다. 배는 흰 포말을 못본 척 하고 앞만을 보고 간다. 몇 사람을 울리고 몇 사람을 희망에 태워 오간 갑판인지.

헤치며 치는 파도 소리, 부서져 그만 몸부름 치는 흰 포말! 하기막혀 히히히 미친 듯 웃는가도 싶고 서로 이 허허 푸른 물벌에서 문틀는 듯도 싶고. 내 가여운 것 잠시 잊고 저 바다가 그저 걸 룬해지는 잠시간.

문득 지새던 달빛과 여윈 어머니의 두 볼이 눈에 어린다. 암만해도 바다는 못 견디는 괴로움 같다. 아침 햇발이 물올에 어리니 그 위에 넘실넘실 앉아 보고 싶어라.

하늘이 너엾고 바다가 너그럽다.

갸웃이 누운 얄미운 섬, 뽀로통해 돌아선 암상난 섬.

퉁명스럽게 버티고 선 섬, 눈섭 같은 섬, 웃입술 같은 섬.

강아지처럼 웅크린 섬, 섬, 섬을 헤치고 배는 헤엄쳐간다.

갑판에 기대어 가노라면 그물친 물말둑에 물새가 떼져 울고 재재거린다. 물고기가 모이는 곳이 물새가 오물오물하다. 이 넓은 어미 품에 스며드는 저 무죄한 고깃떼를 저리 무자비스러히 그물쳐 잡는구나. 내 꽉 쥔 몸일진대 왜 저 깔깔대고 노는 물고기를 잡는단 말인고. 마음 한편 여린 곳에 가여움이 고인다. 물새 울음이 몇 가닥 푸른 어미 품에 안겨 자다.

카메라를 드신 선생님은 연방 어여쁜 산과 노래하는 여학생을 눈여겨 찍고, 교장 선생님은 푸른 섬과 바다를 가르켜 충무 대감 싸우시던 저지음의 일을 생생히 설명하신다. 뺑돌아진 사람처럼 한편가에 기대섰으면 몸소 오셔서 또 말씀하신다. 문득 아버지! 하고 그만… 고 싶은 생각.

이 길이 아버지와 같이 오는 길이라면 노래하는 바다를 볼 수 있겠고 장난치고 웃는 물결을 희롱할 수 있었으리. 아버지와의 뱃길이라면, 아, 이 길이.

푸른 바다고 맛이 아얘고 물새 소리도 시들스럽다. 내 마음엔 밀물처럼 그리움만 몰려든다. 숙자는 좋겠다!

이 다음엔 꼭 한번 와 봐야지. 아버지하고. 둘이서.

상냥스럽게 개었던 하늘이 어느 결엔지 흐리기 시작하고 잦았던 물살이 거칠어진다. 낙동강 하류라더니 선취약(船醉藥)을 안 먹은 나는 켕기기 시작해서 선실로 들어 두 알, 물 달래기도 싫어 침을 괴어 삼켰다. 부끄럼도 잊고 그만 누웠다. 파도치는 소리가 꿈속에서처럼 들린다.

🍂 1952(4285). 5. 9. ③

거칠던 물살이 잦고 바다는 사뭇 더 넓은 듯하다.

하늘은 나즉히 휘어 나린 것 같고. 통영을 그냥 스쳐 노량으로 향한다. 몸은 가늘어도 단단하여 빡빡한 김밥을 물도 없이 꼬약꼬약 먹는 학생도 있고 허위는 커도 녹초가 되어 늘어진 학생도 있다. 나는 배가 가는 동안에는 사과 한 쪽 못 먹었다. 속이 울렁울렁하고 아니꼬아서 뭐라도 먹었단 어쩌나 하고 입을 다물고 있었다. 남 먹는 걸 봐도 구미도 단침도 돌지 않았다.

삿치기 삿치기 삽뽑뽀! 스무고개, one, two three, one two four! 바다로 가자! 바다로 가자!

흥겨운 학생들이 사뭇 귀여워진다. 정말 어린애 같다.

날이 흐리니 노랫소리도 멎고 선실로 기어든다.

의자를 놓고 앉았으려니 두어 선생이 와서 얘기를 한다. 지나간 못박힌 슬픈 이야기다. 사람이 사람을 심판함으로써 지음했고 그로써 짙은 모든 허물들이다.

우리는 이 겨레는 어느 날까지 이리고 싸우고 서로 죽인 뒤 살이 풀릴 것인지. 가슴 한 구석에 흥건히 무거운 피가 고이는 것 같았다. 무력한 나는 그저 바랄 데도 없는 채 구하소서 기도하였다.

거제도를 지났다. 한덩이 작은 섬인줄 알았더니 퍽 큰 대섬이었다. 섬기슭에 고목을 의지하여 추녀를 이은 나직한 초가집이 업드리고 있다. 공께서 소금 고으시고 질오지 구우시던 데도 다 이 어름이니라고 설명하신다. 단하나의 친구인 K양이 살던 곳이라니 그립기도 하고 수많은 피난민! 포로들을 생각하니 내 마음은 다시 먹구름으로 덮히었다. 그들을 그릴 그 수보다 더 많은 사랑하는 이들을 생각할 때 내 마음은 쬐이는 것 같고 할퀴는 것 같았다.

언제 이 누리도 좀 어질어 볼까? 나는 슬펐다. 저쪽에선 그리 잡아다 이리 가두고 이쪽에선 이리 잡아다 저리 가두나라. 모두 잡힌 자는 불의요, 잡는 자는 의니라고.

손가락에 침 발라 뚫은 저 미닫이 구멍에서 본 고 의를 버리고 망〃한 우리의 길을 보라. 탓느니라. 너와 나는. 이리고 한쪽 배에. 두둥실 떴다. 들까불리는 이 배! 소리를 들을 수도 없단 말이냐? 왠 말이냐? 싸움이.

너와 나는 아 멀지 않아 없어지리라. 이 다물 줄 모르는 크나큰 입에 삼켜지리라.

기울은 이 배에서 뒤틀리는 이 배에서 겨누나니, 아, 차라리 이 지옥을 비추어주는 저 태양을 겨누어 쏘아나 떠러트려라. 이 미운 세상을 검은 어둠으로 덥허나 주잤구나. 바다는 시치미 떼고 웅얼대게 하고.

입을 버린 이 바닷속에 그만 풍덩 뛰어들 기력조차 없는 가여운 나를 위하여 나는 호을로 조상을 하였다.

기어코 구름은 비를 나리고 우린 지향해 온 노량에 내렸다. 비가 제법 촉촉이 나렸다. 한적하고 자그마한 마을이었다. 남해의 절이 좋다는 걸 예정 관계에다 도의원선거 통에 버스가 징발되어 우리 목은 없었다. 남성여관에다 짐만 뿌리고 배에서 지친 몸도 풀지 않은 채 우리는 충렬사로 향했다.

비는 나리고 저 이름 있는 노량 싸움이 이 어름에선가 아니 해이한 내 마음도 다시 꼭 매이는 듯 옷깃을 여미게 되었다. 노량 바다는 꿈노래에 취한 듯 순하였다. 푸른 회나무 서있는 곳에 사당채가 보이고, 쪼은 지도 얼마 안된 돌 비가 하나 거북등을 디디 밟고 서 계시다. 저 바다를 제하시던 공의 모습을 담은 듯도 싶었다. 공을 그리워하는, 높이는 마음들이 어여쁘기도 하이. 글로만 보던 비, 이리고 눈 앞에 뵈오니 마음이 퍽 언짢았다. 뫼시고 아버지가 사진 박으시더니, 내 이제 예 홀로 왔읍네. 걷잡을 수 없는 그리움이 파도처럼 몸부림친다.

마음을 달래 그저 좋은 척하고 바다를 바라보았다.

향 피우고 가신 님의 신주 앞에 절하고 님의 가르치심 마음에 사기며 구부정 휘어진 길, 그리운 길을 나려왔다. 아버지가 밟으셨을 이 이름없는 골목. 아버지 눈에 느꺼웠을 저 결없는 바다, 그의 눈에 스치었을 나뭇잎 하나하나가 불현듯 그리워지는 저녁

어스름.

발을 돌려 관음포로 향했다. 이곳이 곧 공께서 전사하신 바다라. 물을 말없이 퍼지는 바다야 그저 푸르러 넓을 뿐이나 그 한 분 위에 온 나라에 맡겨졌던 저 지음을 생각하니 무딘 내 마음도 습벽하였다. 예 와보니 거년(去年)에 새로 사긴 돌 비(碑)가 하나 있었다. 이곳을 이락(李落)이라고 불러왔다 한다. 그러나 그 음에도 글자를 제멋대로 갖다 대어 공께서 지신 곳이라 이락이라 한다함은 차마 죄송한 일이고 무엄한 짓이라. 그는 저리 지키고 그만 혼과 몸이 한가지로 이 나라 이 겨레에게만 있었거늘 후인은 부끄럽다 참으로. 그 원수에게 다시 짓밟히고 먹히어 근 사십년을 숨이 잘렸건만 이곳을 이락(李落)이라니 무식도 무식이려니와 나랏넋이 한탄스럽다. 어째 그들에게 짓밟히지 않으랴. 내 거룩한 어른 높일 줄 모르는, 이 무엄한 죄 많은 겨레이니.

나는 「이락」의 뜻을 진정 알고 싶다.

곳곳마다 비요 비각이요 제당이니 공을 그리는 정(情)과 성(誠)이 어여쁘다. 허나 그 비와 비각 너머 서리었을 국혼이 각인에게 임(臨)하여서 어서 정말 기뻐 이곳에 다시 향 피우고 절할 날 있기 간절히 빈다.

노량 관음포서 돌아와 여관에서 잤다. 주인 이름이 재미있지, 금소몽치(金小夢致)라! 아마 쇠뭉치처럼 단단하라고 덕담으로 지은 이름일게다.

잠이 안 왔다. 비가 오시고. 어머니가 나 때문에 또 바램잦기 비시는 모습 뵙는 듯하였다.

📍 1952(4285). 5. 10.

내가 이름도 모르는 나무, 우거져 있다.

푸른 잎은 비에 씻겨 높을 만치 아름답다.

선경인지 학도 나른다. 학의 울음이 비 갠 뜰에 그득할 뿐. 비가 있는 곳.

📍 1952(4285). 9. 29. 아침.

나와 문학(文學)

나란 얼마나 데퉁적고 나의 작품조차 사랑할 줄 모르는지. 아무에게나 찬밥덩이나 버리듯 내 주고 왔다. 더구나 나를 잘 아는 사람. 나의 생각, 게다가 그것을 희롱하고 웃기나 할. 또는 더 야릇하게 천한 어떤 생각의 기관을 달아 제 혼자 달릴지도 모르는 사람에게 — 아차! 내가 돌지 않았나? 그 사람들도 한 줄의 시 때문에, 한 마디의 말 때문에 일찍이 긴 밤을 울어 새던 사람이었든지. 지금의 그를 따지지 말자. 보이면 어떠냐. 그래, 나의 진실한 노력으로 그들을 아름답던 과거로 다시 키 돌려 새 길을 갈 힘을 줄 순 없을까? 아모에게나 보여주면 어떨까? 내 피와 눈물로 쓰지 않은 몇 십 장의 글장난! 참, 나는 어쩌면 이리도 부족할까? 자존, 우스꽝스런 놈 같으니. 자존! 하하하— 바닷가에 쌓아 놓은 모래성처럼 묻히려무나 우수수—. 자존 나부랭이, 그따위 안 갖는 게 내 자존이다. 아무에게나 보이자. 보이면 어떠랴. 울지도 못하게 굳어진 가슴을 울려야 하는 게 나의 시이고, 바위도 절벽도 뚫고 스며야 할 것이 나의 시가 아니었던지?

나는 우선, 내 마음을, 출렁이는 것조차 알 수 있는 야릇한, 이 물살을 어찌 가라앉혀야 할지 모르겠다.

내일이 가고 모레면, 가 보이야지. 켜 앉은 얼굴로. 나는 그이들을 나쁘게 생각하고 싶지 않다. 그이들도 한 때는 나 같았을 것이다. 무엇이 그들을 그리 만들었는지. 허나, 그것 때문에 그리 만들어지고만 그들이 밉고 싫지만. 내가 또 언제 어찌될지. 나만은 단연―.

김 선생이라는 분이 누굴까? 삼년 전의 나의 글을 어찌 보아줄지, 나는 나의 길이 열리면 싶다. 안 열린다면 내가 혼자, 내가 손수 열고 내가 가지.

하하하하― 나는 어쩌자고 게다가 일기를, 낙서 모두 두고 왔을까? 진지하게 읽고 쌓아 두지 말고 보아줬으면. 곧 화폐로 바꾸어 주마고. 아직 난 팔아선 안 된다. 내 딴 노동을 해서 입에 풀칠할지언정 글은 팔아 못 쓴다.

소위 여류라는 그들 앞에, 찻잔을 기울이며 낄낄대잖을까?

이 앤 이제야 이 고비야. 이 센티하고 못생긴 걸 아직도 쓰고 있으니 딱하지 쯧쯧! 얘가 아무개 딸이지. 우리 아무개와 한 때 좋아했지. 그런 애야. 이런 대목― 난 알 수 있지. 싫다 싫다. 내 가슴을 두어 치만 긁어 버릴까? 진저리가 난다. 입안이 모두 헤지는 것 같다. 나는 이렇게 못 생겼다. 내 나에게 모욕코자 이런 짓을 했다. 다방이 이렇게 나를 못살게 군다는 것, 그것 우습다. 난 그것을 퍽 생각하고 있다. 안 들어가려고. 지금쯤, 그래 심심풀이로 읽고 웃을 게다. 이 앤 왜 이렇게 똑같은 몇 쌍둥이를 내게 앵겼나 하고. 내가 미쳤다. 미쳤어 안 미치고도 배길 수 있더냐? 응.

나에게 있는 이 Romance를 나는 어서 벗어야겠다. 훌훌! 내가 다 끄슬러 타 죽기 전에. 그러기 위해서 난 일인칭의 편지 혹 소설과 일기를 써야겠다. 모두 깡그리 쏟아 버리도록—.

🌑 1952(4285). 10. 3.

나는 왜 굳이 문학을 하겠다는 걸까? 비로드 치마를 한사코 입잔다면 얼마나 비웃을 난데? 난 왜 꼭 쓰고 싶을까? 단 한 줄의 시도 없으면서. 미쳤나? 정말? 영도로 일기를 가지고 간 것, 받으러 간 것, 얼마나 뻔뻔스럽고 반죽 좋은 강화년이야 나는. S와의 관계를 그들이 모르는 것처럼. 스물넷! 반이나 거의 산 나. 하나도 없는 나. 나도 없는 나. 줏대가 될 아무런 인생관도 없이 뎃상 하나 변변히 못 하면서 그래도 문학을 하겠다니, 아서라 그렇게 앙바둥이질 말라. 미학상으로도 젬병이니. 나는 정숙이와 정호의 글을 보았다. 얼마나 아름답고 괴로움을 겪은 글인지 고개가 수그려지고 내가 겁난다. 하도 비어서. 빈 것을 모를 만큼 빈 것으로 찬 나. 하느님! 부디 나의 문학이 비로소 치마처럼 걸치는 게 아니고 내 속에 이글거리는 불이기를. 난 미쳤나 보다. 이게 허영 아닌가? 이러고 한사코 안간힘을 써가며 문학을 하겠다는 것은?

무섭다. 그러나 울려 보고 싶다. 두드려 보고 싶다. 불러 보고 싶다. S가 열심히 공부하여서 참 예술가가 되지 않는다면— 난 새삼스레 슬프다. 그를 도와주소서. 속공부하고 꾸준히 쓰도록. 편지를 쓸까 했다. 몇 줄 머릿속에서 쓰다 말았다.

🍃 1952(4285). 10. 6.

벌써 저버린 일이 있다. 엷은 생각같이 부는 바람에 어느새 져서 구르는 낙엽이 있다. 눈이 부시게 아름답고 가을이 창 밖에 고여 있다. 초침 소리가 내 안에 울린다. 뚝딱뚝딱, 흥모에게서 편지가 왔다. 졸립다. 일직하는 낮은 길 기도하다.

별을 흔드는 듯 맑은 벌레가 내 마음에 운다. 어제 김 선생님 댁에 갔었다. 내 일기에 대한 평이, 비현대적, 무내용, 불균제 그리곤 잘 쓰고 효녀라고—.

어쩌자고 이런 미친 짓을 했을까? 나를 얼마나 뻔뻔한 년이라고 보았을까? 국물도 없는 게 어디라고 가지고 와서 바로 문학을 함세, 이런 오장이 뒤집힐—. 이게 그래 뭐야 개떡 같으니.

여러 가지 조소와 비꼬임으로 나는 흠씬 나를 모욕하고 싶다. 끼얹힌 모욕은 과하여 속속들이 배었다. 세상에 너무 효녀라, 그런 건 없을 것이다. 일기에는 내가 곧잘 나를 미화했나 보다. 무안하다. 정숙이 정호에게 너무나 미안하다. 그 애들은 참 잘 쓴다. 곧 나보다 하고 저울질하는—게다가 내 척수로— 불쌍한 비굴한 내가 밉상이다.

어떻게 하면 이 단 하나의 진실이 또 하나의 허위로 끝나지 않을 것이냐?

🍂 1952(4285). 10. 10.

내가 왜 이렇게 들뜬 것 같고 얼빠지고 그리고 이렇게 우울할까?

원고지를 샀다. 천장이나. 난 날 처음이다. 이런 한 뭉텅이의 종이를 산 것은. 돈이 아깝다. 아니 미안하다. 집에— 부질없는 낙서(樂書)를 이렇게 어려운 돈을 들여 사는 것— 미안하다. 내가 번 돈에서 처음으로 내가 쓰는 십만 환. 과연 이것이 허영이 아닌지! 아! 나의 허영은 아니겠지. 하느님! 내 양심! 나!

허영이 아님만 아니라 유일의 진(眞)이기를 미(美)이기를.

🍂 1952(4285). 11. 3.

되면! 가서 만나게.

어제는 달도 좋았다. 구월 보름이었다. 그저께가 평완이 생일이고. 꿈에 내 글을 보여주고 칭찬받고 하였다. 그리고 "아버지" 세 글자를 손에 쓰면서 제일 좋더라고. 오련한 그리움처럼 푸른 하늘을 흐르던 낮달이 내 마음에 떠오른다. S!

1952. 11. 22(음력).

눈 펄펄 나는 어스름
늙으신 어머님은
기다리시리
길섶을 서성대며
중얼거리시며
오려마 돌아오려마!
이 어미 품으로!

어머님 그립습니다.
뵙고픕니다.
이 아들 내일이면
돌아가리다. 그리운
어머님 내 어머님 품으로!

함박눈이 펄! 펄! 날린다.
땅검은 다가오고 내 생일도 저문다.
나는 기쁘게 기쁘게 이 세상에
처음 태어났을 텐데 스물네 해 전
이날!

지금 나는 여기 있다. 논산집, 초배만 한 방. 뜰에는 달무리 진 새벽 하늘이 써늘하고 이슬 머금은 황국이 함초롬이 젖어 향긋하다. 어쩌면 이렇게 외로이 아무도 없는 곳에 오고 말았는지! 아버지와 떨어져 이 낯선 곳까지 밀려오고만, 물거품 같은 우리 식구. 그럼 이제, 걷자. 눈물도 섭섭도. 곧 달이 돋겠지. 두둥근 달이 고루 비치겠지. 그 순한 빛을. 그때가 다가오는 거다. 새벽이니, 한 자옥 더 바특이.

믿는 마음에 축복을 내리소서.

아직 취직이 되지 않았다. 동래(東萊)에는 인사도 못 하고 와버려서 정말 미안하다. 하루하루 지내는 것이 참 미안하다. 이러고 뻔뻔히 노는 것이… 어서 열흘이 있는 거냐? 무슨 세월을 보겠다고.

너무도 악착스럽고 몹쓸 숙명의 별을 원망 않을 수 없다. 내가 그렇게 죽었다면 그래도 좋다. 하지만 어쩌자고 하느님도 내 동생(흥모)을 그 애를—

그럴 순 없다. 그럴 순 없다.

꿈자리가 밤마다 뒤숭숭하다. 그 애가 오죽 사경을 헤맬고. 오… 하느님… 우리 아버지를, 동생을 살려 주십시오… 수 때문에라면 이 나를 잡아가 주십시오…

지금, 이 순간을 너의 마지막으로 알고 단 십분이라도 살다가 가려무나. 양완아!

이 순간, 그렇다, 바로 지금 내가 죽을 지도 모른다. 내게는 아무런 차림도 마련되지 않았다. 질퍽질퍽한 밤길처럼 내게 죽음은 —.

홍모가 곧 돌아왔으면! 살아왔으면!

"어머니도 그래 내가 죽을 것 같아요? 아이, 참" 하고 빙그레 웃겠지. 그 그지없이 순한 낯으로.

김장을 했다. 목구녕이 포도청이라더니. 너무도 비참하고 악착스러운 생이다. 죽음을 곁에 두고 서로 얼싸안고 입 맞추고 혼례도 지날 게 아닌지. 이리도 이 인면수(人面獸)들은? 소름끼친다. 아이구…

미칠 것 같다. 마구 미쳐 나갈 것 같다. 천사만념(千思萬念)에 내 마음은 갈갈이 찢기는 듯하다.

🍃 1952(4285). 12. 6.

눈

님이여 오사이다
바람피리 가락삼아
새하이얀 수란드리고
님이여 오사이다

오늘 낮엔 이 집도 또 떠난다. 부디 무사하기를—.

홍모가 어서 죽을 고비를 넘기고 있을까 흩날리는 흰 눈 속에 매서운 바람결에, 그래도 이 누이년은 김장도 푸짐히 해 넣고 속 대쌈만 싸 처먹고 고기까지 사다간 꼬약꼬약 궈 먹었으니… 홍모는 어찌 있는지도 모르면서 몹쓸 년… 누이가 다 뭐냐 그럴 우애가… 더럽고 악착스런 목숨이다. 짐승처럼 먹고 자고 날을 달을 허술히 보내고 만다.

연일 아버지 꿈을 꾸었다. 여위고 파리하실 아버님의 모습이 떠오른다. 별이 둘로 셋으로 얼뵈인다.

첫닭도 홰치기 전, 모든 혼과 영이 어울려 안겨 한창 달겠다 꿈도 잠도. 오, 이 새벽을 기리기만 할 수 있던 그리운 옛날이여 어린 날이여…

수많은 편지를 쓴다. 보내기 싫다. 그저 아무렇게나 읽기 민주 댈까봐, 아름다운 나의 슬픔을 마주 다뤄 버릴까봐 아깝고… 남에게 내 정을 편다는 게 싫다. 도모지, 알뜰히 누가 느껴줄라고, 누가….

무엇하러 노트를 없애가며 편지를 애써 써야 하나? 들쳐보고 무안했다. 무엇 때문에 남에게, 꾸며가며, 싫은 것을 편지해야 되나. S의 딸이 지원이라 한다. 이름도 곱다. 이쁘겠다. 닮었다니… 이달 그믐께나 새해 정초에 결혼하겠다고… 아조 멀어져 이름도 떠오르기 드물어진 벗…

너는 무엇을 적어 보겠다는 것이냐? 대체, 이 "떨림"을 어떻게 그래 적어 보겠단 말이냐? 울렁거리는 마음, 떨리는 마음, 왜 나는 초비상경계의 촉각을 솟구쳐 이러고 서 있을까, 아니 안절부절 못할까? 왜 이렇게 두려울까? 왜, 나를 데려간 그이가 두려움의 "마스크"를 쓴 그이가 드디어 나에게, 이 나에게 다가옴인가? 아무것도 아무것도 거두지 못한 상기 심지도 않은 나를— 그렇듯 시틋한 이승이언만도… 난 왜 이리 떨고 있는고. 이 무슨 피나는 풍자이뇨? 이내 그만 죽어버린다면! 아찔하다. 가엾은 나. 너무도 가엾은 나…

살며시 덧문을 여는 기척에도 그만 오장이 울리고 쏟아지는 것 같다. 놀란 가슴, 말재주 부린다던 동무의 말이 얼마나 허사로우냐, 내겐 한 개의 단어도 없다. 이 가슴을 표현할!

흥모가 산화했다는 신문을 본 것이 스무하룻날(1952. 11. 21)이었다. 찬밥을 막 달게 먹고 술을 놓던 순간이었다. 아이구 하느님!

나는 왜 이렇게 생생히 혼자 살아남아 무상한 우정이다. 하하.

어제 난 미쳐나갔었다. 모두 나 보고 정신병자 광인이라고 야단들이었다. 초연히 나는, 천재나 이러니라고 모두를 비웃으며 중얼대며 거리를 헤매고 있었다. 꿈이었다. 꿈. 내가 생시와 꿈을 분간할 수 있을까? 모르겠다. 난, 이게 꿈인지 생시인지.

아름다운 J.H가 귀여웁다. 나보단 어른이 아닌지? 단 한모로는? 우습다 모두가. 이러고 내가 있음 여기… 하염없어라.

보고 싶은 벗도 없다. 떠오르는 이름도 없다. 벗이란 것도 다,

내 방정에 멀어지고 없어지는 것… 그만두자 애초에 도무지 벗이
니 마니를—

이십오! 이러고 난 여기, 어쩌자고… 이러고, 이십오… 녀자도
아니고 남자도 아니고… 공부도 않고 아무것도 못쓰고… 이러고
난… 하하하. 넌 달아나며 비웃는. 저 너의 기다리던 내일의 시
체, 오늘을, 어제를 못 본단 말이냐. 그래도 눈귀를 싸매고 또 내
일에 턱을 치받친단 말이냐 반죽 좋은… 아! 내일광아…

🍃 1952(4285). 12. 10.

내가 왜 미쳐나갔을까? 꿈이지만도… 내가 미치고 말 것인가?
언젠가는? 머잖아서? 죽으려는 건가? 내가? 난 이러고 허술히
영글 줄 모를 키만 커도 될까? 무엇을 정말이지 죽을 수 있는 무
엇을 가지고 있어야 텐데… 하… 단 관두고 배짱이라도…죽을 수
있는, 이러고 능청히, 늦장을 부리는 나에게 성화같이 재촉할 사
자가 오면? 내 불려갈 사자를 위해 짚신과 밥덩이 물을 떠 놓고
검은 글씨 쓴 조등을 밝힐 자는 누구일까? 그리운 이도 이젠 없
다. 정말 보고픈 이도 이젠 정말… 혈연 이외엔…. 내 아버지, 홍
모 그 둘 이외엔! 나는 돌아온 듯하다. 어쩌면— 허나 난 그릇된
듯하다. 아, 얼마나 내가 「다숨」에서 뭐—냐? 인간, 생물, 모든
것… 멀다. 멀다…「다숨」금방 샐쭉해지는, 노여워지는 그런 사
랑… 하하… 헛되다.

눈이 치닷분은 실히 왔다. 함박눈도 아니었지만 싸락눈도 아니었다. 새하얘진 온 누리. 앙상한 가지가 소복이 흰 눈을 입고 금시라도 고운 가락이 울려 나올 듯 눈이 부시게 희다. 하늘은 늙은 이의 얼굴 같다. 웃는 것도 아닌, 우는 것도 아닌….

이렇게 몸을 쓰지 않고 먹고 자고 먹고 자고 나는 이렇게 나날이 아니 각각으로 늙어가는 것이다. 이새따라 갈라서 땋아 느린 검은 머리가 내 얼굴에 어울리지 않는 것 같다. 올려 부치기 싫어서 어머니와 아귀다툼처럼 억지까지 쓰고 따졌더니… 이제… 내 눈에 안 어울리는 어린 티 나는 내 머리. 나는 이렇게 늙어가는 거다.

🌰 1952(4285). 12. 22. 동지.

혼인날 색시의 눈빛과도 같이 맑고 깨끗한 빛. 자고 깨니 온통 눈 천지다. 어쩌면 저렇게 새하얀 웃음을 누가 간밤에 웃고 갔을까? 눈이 부시게 흰 누리. 햇빛이 애인의 웃음처럼 퍼져 흐른다. 땅은 돌려 웃음 짓는 행복한 색시같이 웃는다. 어젯밤엔 그렇듯 우리를 어르는 듯 무섭던 바람이 누그러지고, 어쩌면 저리도 해사스레 웃는지. 빛, 눈부신 빛, 빛 새하얀 빛의 홍수! 참새 하나 까치 하나 없어도, 추녀에(지는 고드름 녹는 소리) 낙수 물소리. 아무도 즐기는 이 없는 빈 하오의 향연을, 나는 주인인 듯 손도 없이 잔을 들고 이 아름다운 자연을 즐긴다.

노트에 먼지가 뽀얗도록 붓과 함께 멀리하던 나. 어쩔고. 이제, 난. 이리다. 무어나 하나 써 볼까?

기침이 하도 나기 들써 쓰고 누웠다가 고개를 들었다. 마주 뵈는 거울에 내 얼굴이 들었다. 찡그려진다. 어쩌면 저렇게 흉할까? 그 미운 코가 더 부어터진 것 같다. 우둥퉁 살만 찐 내 얼굴. 주문이 있었으면! 내가 날 아니 볼 수 있는, 남이 날 아니 볼 수 있는 그런.

…

왜 꼭 먹어야만 살게 마련일까? 왜 꼭 태어나고 말았을까? 왜 꼭 살아야만 마련일까? 다같은 찌꾸산이 없는 물음이다. 그건 내겐. 하지만, 어쩌자고 불쾌한, 아니꼬운 그런 걸 먹고도 병 들지 않고 사람이 살이 찔까 말이다. 난 이렇게 놀고 모름지기 먹어선 안될 인간이 먹고 있다. 일 안 하고. 엊그제는 성 씨가 왔었다. 서무과장이라는 이가 돈 십만환을 마루 끝에 놓고 가더란다. 성 씨가 주는 거라고… 같이 와서 왜 몸소 주면 어때서 남을 시켜 주고 갔을까? 같이 서서? 왜? 그야말로 거렀부정에 침 뱉듯이, 시! 그러면서 하는 말이 진 씨가 지나실 테니 시간 없으시고 할 테니까 길에 나와 기다리라구. 우리 어머닐 뭘로 아는가? 권세가 지금 없고 의지를 지금 잃었기로, 그래 거리로 나서 낯 모르는 그이를 그저 지금 당장 세도가 없다는 걸로 기다리라는 그런 거꾸로 된 예절. 놀라웁다.

그러다 늦게야 진 씨가 지냈다 한다. 어머니는 물론 나갈 리 없다. 저녁에 오빠가 돈 십만환을 들고 들어왔다. 진 씨가 주고 갔느니라고.

강아지같이 장바닥을 쏘다니는 강아지와도 같이 이 사람 저 사람이 질겨 뱉는 고기 힘줄 같은 것을 그나마 허겁지겁 받아먹고 살다니…

우애라는 걸 생각해 본다.

난 지금 이집에서 가시 같은 존재 같다. 왜 그런지. 식구들이 한결 같이 날 사랑해 주고 아껴주건만도. 난 한 푼도 벌지 못 하고. 그리고 끼니마다 사발밥을 퍼 먹는 나. 밥을 안 먹을 수 있다면! 그리고도 먹고 싶지 않다면! 오빠는 볼이 핼쑥하다. 삐쩍 마르기만 한 오빠 목을 얽매 놓고 죽자고 악착 것 매달리는 겨우살이 밤느저리 같다. 나는 몹쓸. 형제간이 어른 되면 멀어지는 게 이리도 서운한데 부모의 원근법이 어떠할까? 사람이란 도시, 모두 쓸쓸만 하게 마련일까? 왜 사람은 독점하고 싶을까? 그래야만 속이 뿌듯하고 시원하고, 얼굴에 웃음이 돌고 느긋할까? 얼마나 천하냐. 우리들은, 이 중생은. 섭섭한 생각이 내게 없었으면… 흥모가 죽었을까! 십일월 이십오일 경에 유 선생님께 편지 오고 허 선생님께도 음 십월에 편지했다던데…. 꿈같이 살아오렴. 흥모야 웃고 돌아오라. 흥모야.

…

어떤 상처 입은 사람의 안과도 같이 길이 질퍽인다. 눈에서 자꾸 그저 눈물이 나온다. 아무고 간에 볼 수가 없이 어인 액운이냐. 이 모든 것이 다, 아 어쩌잔 액운이냐. 내가 이리 팔짱만 끼고 그놈의 액운 앞에 쥐죽은 듯함이야말로 지금의 나를 무엇에 비할까? 문득 성냥개비 생각이 난다. 켜다가 황만 반짝 불붙다 꼭지만 약간 그슬린, 새 성냥. 그러다 황은 타서 다신 못 그을—. 그 불론 누리를 볼 수 없었다. 나를 볼 수 없었다. 이렇게 나는 젊은데, 나는 아무짝에도 소용이 없다. 고기 밥으로도 연하든 못할 것 같다. 늘 속이 상했는 걸, 고기가 즐길까…

그렇잖다. 성냥은 황이 닳았다만도 너는 성냥이 아니다. 다른 성냥을 켤 수 있다. 다시—

벼루를 사고 붓, 먹을 갖추니 글씨 쓰고 싶다. 하지만 돈이 없다. 난 못 버는 걸, 뭐.

난 뭐가 되는 걸까? 글이냐 글씨냐? 죽도 밥도 아니냐? 그저 공부꾼이냐?

어머니한테 나는 너무 불손하다. 몹쓸 딸이다. 그저 늘 네 네. 하고 살 수 없을까? 왜 성미를 부릴까? 발끈할까? 어머니가 얼마나 섧고 마음이 걷잡을 수 없으실 텐데 얼마나 하염없고 슬픈 삶이냐. 제 난 자식조차 그 어버이를 위하지 않고 절대복종 아니 하니! 하염없고 서글픈 삶이여.

담배장사를 곧 시작하게 될 듯하다. 나이 많은 처녀라고 누가 수군대지 않을까. 남 뵈기 싫어서 남이 보는 게 싫어서. 그렇다고 머리를 올리고 과부나 남편 없는 여자처럼 그러긴 더 싫고. 왜 여자 됐을까? 남자는 총각이라도 그럴 것 같지 않은데, 남자도 자기 자신은 그런 거 싫은지 몰라도— 도대체 왜 난 이런 것까지 생각하고 있을까? 구지레하게스리. 한 가정을 이룬다는 게. 한 집안을 깨뜨리는 것 같으니. 아무래도 애정의 동무이니까. 그리고 또 덧붙이기, 떼거리를 만들고, 또 여의고, 멀어질 모두가 슬픔의 조짐 아닌 게 없다. 홀홀이 그저 사는 게 얼마나 좋으냐, 게다 대면, 양모가 올라나?

🌰 1952(4285). 12. 23. 새벽.

털 뽑힌 참새와도 같이 떨리는 가슴을 조여 가며 기다린다. 기적이 일기를. 오, 쇠북소리여 그 무엇을 아뢰는고. 흥모가 살아오게 하옵소서. 그 어진, 그 착한 내 동생, 이 몸의 죄 하 많사와도 오, 부디 살아오게 하옵소서.

🌰 1953(4286). 1. 2.

미국 공사로부터 편지가 왔다 한다. 우리 형제 중의 한 사람을 유학 보내라고… 흥모가 있으면! 그 애가 갈 것을— 큰오빠, 둘째 오빠 가기 어렵다. 가족 때문에… 그 어린 몸들을 한 식구들 때문에 매인 게 걸린다. 양모가 가야지 한다. 나도 가고 싶다. 오랜만에 …싶어졌다.

영어도 배우고 한문도 배우고 불어도 배우고… 그러고 싶다. 아버지가 강연하시면 내가 통역까지 하게— 나는 나의 사명—얼마나 어려운 그러나 빛나는 사명이냐만도—을 느낀다. 깨닫는다. 나로서의 내 창작 말고 난 한문, 영어, 불어를 해서 아버지의 글을 넓혀야 한다. 잿속에 묻힌 보패. 얼마나 많은 영혼이 아버지의 글로 위안 받고 구함 받고 또한 생기를 얻고 손잡을 것이냐. 미국 가고 싶다. 지지배가 뭘—. 미안하다. 내가 간다면. 허나 아버지만 집에 계시다면 우선권은 내게 있다… 하긴 또 가면 뭘…

편하고 나은 것은 아무에게 돌려야 할 것이다. 우린 이렇게 갈 궁리를 하건만 평완이는 가만히 모두 단념하고 돌아앉았다. 그의 눈앞에 흐릿할 세계가 불면걸룬 눈물이 날 듯 불쌍하다. 나에게 평생 지지 않으려는 그. 다리를 잘 못 쓰는 그 괴로움—

난 너무 호강하고 싶어 한다. 그저 꾹 참고 기다리지 모든 것을— 상판집이 지어졌다. 내일부터라도 난 담배나 팔지. 좋은 생각이 꿈에라도 떠오르걸랑 쓰지. 언니도 포천 갔다. 애기 데리고. 삐쩍 마르고 인조 홑치마에 두루마기 하나 없는 어머니를 생각한다. 어머니! 너무도 고생하시고 걱정만 많은 우리 어머니. 난 왜 벌지도 못할까? 어머니가 저렇게 뼈만 남았는데, 어머니… 아버지— 어떻게 하면 평완이는 다리가 완치될까? 나는 어떻게 하면 골을 안 내고 어머니한테 퉁명을 안 부릴까, 그 슬픈 우리 어머니. 약하고 착하고 아픈 어머니한테—.

어머니의 마음을 조금도 상함이 없이 나는 어떻게 하면 공부할 수 있을까? 양주동 선생한테 부쩍 가고 싶은 생각이 간절하다. 가서 아주 뫼시고 공부하고 싶다. 사실 그분이 허용만 해 준다면 난 미국 가는 것보다 몇 곱 공부될 것이다. 장난으로 제비를 뽑았다. 첫 번에 문필가. 그리곤 거지. 깡통. 시집…… 내가 정말 시집가게 된다면 어떻게 할까? 원통하고 억울해서 분해서, 난 정 싫다. 누구의 종이 된다는 건. 난 날 위해서 나대로 내 길을 걸어야 할 것이다. 양주동 선생의 고가연구(古歌研究)를 대강 읽고 있다. 그러나 한문을 몰라서 얼추 밖엔 모르겠고, 까다로운 곳은 잘 몰라 어름어름 넘긴다. 답답하다. 생각해내는 머리, 또 사전과 같이 분화된—종합이 아닌— 머리. 경향. 하나의 종합이 아님이 벌써 예술가는 아니다. 학자다. 나도 그러한 나의 경향을 느낀다. 반가운 건 아니다. 그렇기만 하다면, 그러나 공부를 흐뭇이 하고 생각하고 쓰고 난 백 살쯤 살고 싶다. 만일 그렇게 공부하고 쓸 생각만 하면—.

🌑 1953(4286). 1. 3.

꿈결같이 해는 바뀌었건만 그리는 우리 아버지, 흥모 언제 만날 지—

양모가 돌아오고 유 선생님의 글, 숙표의 편지 느꺼웠다.
내 마음은 노여운 듯 화가 치밀 듯 심상치 않다. 공연히 신물이 난다.

소대상이라고 빈정대도 두 수 없이 꿀 먹은 벙어리 노릇을 할 수밖에 없던 내가 이렇게 반반히 밤을 밝히다니… 불을 켜고 셔츠로 가려 은은하게 하고 글을 쓴다. 콜록콜록 잔기침을 하시던 어머님도 좀 잠이 드신 모양이다. 벌써 멀리 닭이 한 번 울었다. 「나 같은 할머니가 집안에는 있어야지 한다고, 애들 기르는 데도 그렇고, 살림에도 그렇고 도움이 된다고 퍽 부러운 듯이 얘기하더라. 다들 싫어하고 민주대는 시어미를 부러워하는 이도 있으니. 딴 사람이지. 별 사람을 다 봤어. 온 시어미 맛을 못 봐 멋모르고 그러는 겐지, 남의 시어미라 그저 보고 부러웠던지 겪지 못해 그런지─」 얼마나 쓸쓸한 가슴 아픈 이야기냐. 나는 귀에 말뚝이나 박은 듯 이불을 덮어쓰고 함구하고 있었다. 왜 어머닌 벌써 「할머니」라고 불리고 또한 자인할까. 아무런 대꾸도 없이 다소곳이. 왜 어머닌 주재하는 걸 그만둔 양 그냥 돕기나 하신단 말인가. 난 싫다. 어머니가 돕는다는 게 정말 싫다. 우리가 돕고 어머니가 주가 돼야지. 왜 모두 딸은 여위게 마련이고 제 각각 어머니를 그리는 남의 딸을 생으로 데려다가 정을 짜내고 그럴까? 우리 어머니같이 시어머니에게 정이 들고 일컫만 하면 질금질금 목 메이는 것이 정말 며느리가 아닐까? 그렇지 않다면 정말 나쁜 마련 같다. 그런데 어머니 외의 다른 사람에게선 시어머니에 대한 정이 그렇게 진정된 이를 보기 드물다. 어머니가 정말로 착하고 진정인 때문일 것이다. 아마. 가정이라는 것에 염증을 느낀다. 모두가 남의 살 떼어다 붙인 것 같고 조금만 하면 곪고 터지고 모두 아름답지 못한 습관 같다. 어떻게 하면 세상은 좀 덜

번거럽고 덜 고달프고 덜 섧을까?

담뱃가게를 시작했다. 호주머니께만 흠척거린 행인을 보아도 우리 담배 사려나 싶어진다. 난 벌써 세상에 제일 싫어하고 미워하던 「장사」가 내 속에 웅숭그리고 앉았음에 흠칫했다. 이렇게 천한가… 그만.

흥모만한 군인이 지났다. 빤히 쳐다봤다. 부끄럽도 않았다. 혹시 그 앤가 어스름 속에 돌아오는—

기적이여, 미쁘소서.

🍂 1953. 1. 19. 어스름에 가게에서.

하늘을 보고 싶다. 고개를 들기가 귀찮다.
마치 눈 녹은 물이 땅에 흥건하다. 얼룩진 땅의 갓에
하늘이 얼빈다. 구름도 흐르고.

귀여운 아해, 찹쌀떡 파는 아희, 허기진 할멈에게 두어 쪽 팔며
그 웃는 얼굴. 귀엽다. 측은타.

머언 내일로 기다리어 오던 그날, 오늘이다.
허술히 땅검은 어김없이 내릴 차림을 차리는데
그리운 이 아버지는, 오시려나 언제—.
섣달 초엿새! 초엿새. 머언 듯 너무도

아득한 듯 그러나 참아온 기다려온 날, 오늘
오늘이 되고 말았다. 오실까? 아버지가.
그치, 아직 저녁… 밤이 있거니…
얼마나 반가울 것이냐 —비록 헙수룩한 모습에… 아버지—.
이야기를 오랜만에 했다. 입맛이 텁텁
마음이 사뭇 쓰리다. 왜 사나…

🍋 1953(4286). 2. 22. 낮.

계사 정월 초팔일(癸巳 丁月 初八日)

벌써 해가 바뀌고도 여덟 해나 된다. 기다림에서 음력을 세어
온 우리. 그마저 아무 소리 없이 다 갔다. 얼로 갔을까? 내 마음
은 정말 골 덩어리, 화 덩어리… 밉다. 금방 분하고 싸우고 싶고,
사회에서 물든 새 버릇으로 남을 대하고, 남과 입다툼까지 했다.
떨리는 소리로. 고은한 초저녁 가게에서 담배 사러 온 관청 사환
하고. 난 무언을 지키지 못한 나의 값싼 자존에 화가 치민다. 분
하다. 얼마나 우스운 불쌍한 내 심상이냐.

그래도 벨그손을 읽는다고… 좋아한다고.

어머니가 섣달 그믐날 토혈하시고 처음으로 며칠 누워 계시다.
난 여전히 공순치 못한 딸이다. 슬프다.

…

난 철학하는 게 나을까? 창작보다? 쓰는 것보다 행하는 게 나은 사람인가? 한 줄의 시도 못 가진 시인이 있다니⋯ 한 줄도 못 쓰는 시인이 있다니⋯

편지 쓰고 싶다. 다 뱉아 버리려고. 그러나 십환이 없다.

분한 건 왤까? 대들 순 없고 참자니 덕이 없는 때문일 것이다. 용서하기엔 너무 좁고 싸우기엔 거쿨지들 못 하고 남는 건 짜증, 가슴의 떨림, 꽤씸함. 없어졌으면 한다. 구름이 서듯, 바람이 가듯. 그렇게 스을쩍 소리도 없이 가뭇도 없이.

가엾은 것아, 스물여섯이 된 가엾은 것아. 난 어쩌면 노여워 않겠니⋯

걸핏만 하면, 아니 아주 살짝 닿기가 무섭게 금시 꺼지는 비누 거품과도 같은 내 마음. 흐리멍텅한 검은 땟물 속에 불어터진 썩은 생선 같은 내 기분.

🍃 1953(4286). 11. 22(음력).

정말 역겨웁다. 살뜰히도 심술이 난다. 이렇게까지 해서 살아야 한다는 나의 본능은 참으로 위대도 하구나 온 종일 분하고 몸이 아프고 ⋯ 터무니도 없는 래일을 그래도 은근히 바라는 비지덩어리 같은 짐승! 날이 갈수록 짙어지는 증오! 진저리가 난다. 이젠. 그래도 한 땐 푸른 하늘을 우러를 수도 있었거늘, 어찌하여 난 이다지도 비굴한 비루먹은 사람이 되고 말았나? 그래도 가시지 못한 감정이 너무 고맙구나. 쳇! 애 진작 없어야 할, 적어도 이제쯤은 가뭇도 없어야 했을 나의 감성. 느끼기 싫은 너무도 무겁고 짓누르던 나의 모든 것 나를 에워싸는 오동꽃이 언제 피었었는지도 난 몰랐다.

애기씨 꽃이 피었다. 체한 것 같은, 그것도 미루체가 된 듯한 나의 위장과 정신 상(狀).

벗어야 한다고 한다. 넘어야 한다고 한다.

처음 보는 상급생에게 난 나의 말을 실컷 지껄였다. 돌아오는 길엔 속이 퍽 후닥거렸다.

정말이지 몇 관 되는 이 몸뚱어리 밖에 내가 또 뭘 지니고 있을까? 정신적 병마와 같은 허영심 외에? 나는 창작에 대한 나의 무가치한 의욕과 내일에 대한 믿음성, 부르지 못한 헛바람 … 그 모든 데 대한 노력 없는 몸부림에 또한 나의 허영을 따지고 나무라지 않을 수 없다. 허영이 아니고자 하는 허영! 너무도 슬픈 가엾은 허영.

스물다섯 되는 내 생일(음력) 이튿날 새벽 2시 반

🍃 1953년 11월 23일(음력).

떨리는 촛불 밑에 함박눈이 멋지게 날린다. 참 상쾌(爽快)하다. 차고 바람이 눈을 모시고 오니 마음이 밝아지는 것 같다.

밖에는 함박눈이 폭폭 나리고 있다.

고요한 밤에 하느님의 축복의 손길이신가! 우리에게 희망의 내일을 약속하실 기쁨의 조짐이신가?

하느님! 부디 우리 아버지를, 동생을 무사히 귀가하게 도와주옵소서… 그 두 분을 남달리 축복하옵소서.

누나! 하고 들릴 듯 들리는 듯 함박눈 나리는 밤엔 싸릿문 소리가 나는 듯도 하다.

홍모야! 너 어딨니? 벌써 닭이 운다.

왜 그런지 이번 내 생일은 자고 보내기가 싫었다. 왜 그런지. 하루가 가는 게 아까웠다. 설날이 되는 게 아까운 섣달 그뭄보다도 더—

이렇게 내 생일날을 밝혀 보기도 처음이다. 왜 이럴까! 자꾸 마음이 키이고 함은? 내가 혜임이 생기려는가? 철이 좀 들려는가?

🍃 1954(4287). 1. 1. 낮에.

울구 싶어졌다. 허는 것 없이 먹히는 나이가 억울해서도 아닐 텐데. 벌써 이젠 나인 주워 먹어 주는 지 오래니깐 뭐. 쑥 대리는 냄새가 난다. 내 머릿속은 자옥하다 빈 상이 차.

일 년의 계획이라니, 나는 내일의 계획도 아니 내일은 고사하고 이따 일도 도모지 걷잡질 못 하겠으니 …. 공연히 어지럽고 체한 듯한 기분, 심정. 결코 외로워선 살 수 없을 것 같은 취약한 밉상인 나. 어떠한 무서운 고독이 와도 참아야 하고 견디어야 할 미지의 내 마음의 황야에 바람이 인다. 휘파람도 없이 외투 깊숙이 두 손을 처박고 타박거릴 것이 어리인다. 더 내가 못돼져서 그런지 글 한줄 말 한마디가 이어지들 않는다. 이 크나큰 공허를 내가 누구에게 호소할 수 있을까.

사람은 아마 그래서들 곧잘 사는가 보다. 으뜸가게 좋은 친구가 아니라도 같이 있고 친하면 견딜만하니깐 … 좋아 내치지 않아도 비둘기처럼들 지내나 보다.

다만 자기의 정열을 쏟기 위한 그런 상대자를 … 그렇다 요는 내가 쏟는 거지 상대는 아무래도 거의 상관이 없고 … 적어도 과히 상관이 없는지 …

심리학 실험관 같은 내 마음의 장속을 난 들여다 본다. 1이 아니면 2라도 2도 못 되면 3이라도 아니 9라도 그대로 참아지는가 보다. 컹컹 짖고 싶은 웃음이 뼛속에 퍼진다.

🍃 연지동에서 1954(4287). 3. 22.

나는 또 무엇을 해야 될까.
하늘이 젊어오는군
버들이 부드러지고.
되는대로 돼 주지
돼지겠지 밀다가도

문득 아찔해 주춤할 때가 있다.

그게 짧고 긴 내 일생일까?

그게 일순이고 영원인 내 하루일까?

우울 버리러 거리에 나갔다가 슬픔을 보태어 와서 눕는다. 친구가 좋다. 남자고 녀자고 그저 흐뭇이 얘기할 수 있는 친구는 더 좋을 게다. 난 그런 친구가 있다. 위선 경숙이도 … 또 정숙이도.

그런데 왜 난 외로워했나! 몹쓸 것이.

무엇을 쓰고 싶은 허욕.

누워서 이내 갔으면 하는 허무.

그래도 묘하게 의아의 탈을 쓴 희망 그놈!

하하하!

아버지! 아아버어지이이이…….

흥모야! 흐응모오야아아아…….

반드시 이름을 부쳐야 사람은 더 정이 두터워지고 같이 있어야 더 아틋해지는 걸까? 그저 아무 명색도 없는 노방 문인이 천년의 지기 같이 여겨지는 건 무슨 일일까. 사람의 탈을 벗을 그날까지 이 탈을 쓴 오굼으로 받아야 할 벌이 또 얼마나 있을까! 가을은 하늘에 있지 않고 마음속에 벌레 깃들인 풀밭에 있나 보다.

나는 왜 이렇게 쉽사리 골이 나는지 모른다. 참말이지 깜냥 없는 화니라. 나는 이승에서 누구에게고 화를 내고 말 아무런 건데기도 없는 것이다. 다 같은 수난자, 그 불쌍한 이 삶의 수난자! 그어느 한 사람에게도 아무런 기쁨도 즐거움도 주는 일 없이 그들에게 가시와 같이 얼음과 같이 대한다는 것은 확실히 죄이다. 부드러워지고 싶다. 착해지고 싶다.

허나 이런 생각, 말 그런 것이 정말이지 위선 같구나. 난 독의 간판을 지고 선을 행하고 싶다. 선의 간판이란, 그 자체가 벌써 악이요 위선 같다.

뭐니 뭐니 논하고 기력이 없다. 벌써 죽었어야 할 인간이 오래도 살아 있다는 기적을 누가 알까. 옴치고 뛸 틈사구니 하나 보이지 않는다. 텅 빈, 아니 횡 뚫린 구멍이 난들 난 벌써 뛰기는 새려 기어갈 힘도 없을 것이다. 진이 빠진 걸 뭐. 그래도 누구와 약속을 하고, 인사를 하고 웃기도 하고 그럴 수 있는 내가 가끔 신통해진다.

누가 꽃이랑 곱다 했나? 누가 하늘이랑 푸르다 했나. 시는커녕 산문 한 줄 못 쓰는 자칭 시인이 있소. 나무랄 것이 아니라 슬픈 그의 환각을 위하여 당신도 구슬픈 조가를 부르슈. "네로"를 읽고 난 울었다. 가엾은 그의 환각에 난 한없이 슬퍼졌었다. 내가 쪼그마한 또 하나의 자칭 사이비 … 아닐까 두려워졌다. 두렵

다 함이 벌써 뒤를 두는 희망을 주는 말이니 어처구니없다. 이것
도 낙서[1](樂書)에 속한다.

---

[1] 만든 말. 글을 좋아한다는 뜻으로, 낙서(落書)와 동음.

2

편지와 수필

1950. 12 – 1955.

—

나희균 씨에게

펑펑 쏟아지는 우중에도 수건을 쓰고 사무실엘 나왔다. 희균이 편지 받았어.

그래도 병이 없다니 정말 천만다행이야. 동생도 역시 그러한지? 내 동생 평완이는 발 때문에 병원에 입원하였는데 아마 결핵일 것 같대.

가여워. 아무 것도 모르는 착한 어린애가 그런 병이라. 약도 맘대로 써 볼 수도 없고, 남의 적선 끝에 그렇듯 호강을 요하는 병을 앓잖니 …. 딱해. 지금도 입원실에서 날 기다리고 있을 거야.

그 시집은 다 보거든 돌려주어.

순희가 한 번 나한테 왔었지. 또 만났으면 아무 때라도. 신통한 말도 신기한 일도 없으면서 기다리고 있어. 혹 누가 올까. 그날은 난 병원에 있었어. 사무실에도 나오지 않고.

편지도 쓰기 싫어. 다아 귀찮기만 해. 하지만 받는 건 좋아.

바닷바람이 몸에 좋다니 조용한데 골라서 해변에서 지내 봐. 퍽 좋대 …

내일부터는 꼭 나도 병원에서 살게 돼 …

철도병원에서 …

1951(4284)년 봄, 부산에서 정양완

—

영희에게

여기까지 오느라고 얼마나 고생을 하였어? 어떻게 주소를 알았나 하고 의아할거야. 학교연락사무소에서 태첩을 무심코 뒤지니깐 영희 주소가 있겠지. 나도 여길 와서 맛없는 한 살을 먹히고 말았어. 아버지가 집에 안 있게 되니깐 학교만 다니던 우리 몇 형제들도 그래도 무슨 벌이를 아니 하고는 배기는 수가 없게 되고 말았어. 일자리도 구하자니 어렵고 무안하고 싫기만 하더니 우연히 여기 와 있게 되었어. 이름은 그럴 듯하지만 나의 하는 일은 아주 — 난 여기서 인간 타이프 라이터의 구실을 충실히 하나, 반드시 기꺼이는 아니야 — 하고 있는 셈이야.

1951년 봄, 부산에서

—

그리운 오빠에게

입교(경찰학교) 후 하신 오빠의 글월 받은 지 벌써 두어 달도 더 된 듯 교육받으신 뒤의 전속이 어디로 되셨는지 늘 궁금 안타깝더니 반가운 오빠의 편지 꿈이런 듯 기뻤습니다. 건강하신 몸으로 충실한 교육 과정을 밟으시고 시범생으로 그곳에 계시다니 고맙고도 든든합니다. 그 동안 저희 집에서는 토벌 갔던 오빠가 병으로 대단하고 어린애가 화상을 심히 입어 온 집안이 경이 없고 걱정 중에 있삽더니, 천행으로 두 식구 다 쾌유하여 이제 좀 숨을 돌릴 수 있게 되었습니다. 서울 아저씨 댁에도 별고나 없으신지 궁겁기도 하면서도 뭘 하느라 그러하온지 헤어나들 못 하였습니다. 정말은 그 모든 것이 마음의 우울과 비수에 인한 것임을 오빠는 잘 아실 것입니다. 아무리 앞날의 기쁨으로 달래 보려 해도 달랠 수 없이 보채는 마음을 걷잡을 길이 없는 때문입니다. 지금 겨레가 모두 사경을 방황하고 사랑하는 조국이 불길 속에 있으니 누구고 마음은 편할 수 없는 것이니, 오히려 상심하는 저의 감상이 부끄럽기도 합니다. 어찌하면 우린, 이 민족존망지추(民族存亡之秋)에 조금이라도 도움이 되고 힘이 될 수 있을는지 민족을 위한 지상 최선의 길을 걷고 싶습니다. 어찌하여 우리의 처지가 이다지도 비참하게 되었는지. 말뿐이 아닌 자주의 정신으로 겨레가 한데 뭉쳐 오래도록 그리던 손을 잡고 새로운 건설에 맥진(驀進)할 수 있었으면 하는 꿈이 실현될 수 있을는지 … 좁은 가슴을 스치고 파고드는 온갖 상념을 다스리기 버거웁습니다.

오빠가 계신 곳에 한 번 가 뵙고 싶습니다.

어쩌면 이번에는 부산으로 학교 다니러 가게 될 듯합니다. 남에게 기생하여 … 참으로 밉고 부끄러운 말입니다. … 과연 남의 돈에 공부할 만한 자격이 있는지 양심이 부끄럽습니다. 이제 동기생이 다들 졸업한 학교에서 남의 놀림감이나 안 될는지. 이 또한 허영이라 부끄럽습니다만 … 만일 가게 된다면 계신 데 한 번 가 뵙겠어요. 양모도 부산서 잘 있으며 강경 오빠네도 별고 없습니다. 자주 상서하겠습니다. 불신했던 누이동생 많이 나무라시고 또 너그러이 용서해 주세요.

불합리한 감금생활 속에서 조국의 위기를 눈물로써 보고 오던 한인 포로가 이곳에서도 많이 백일을 보게 되었습니다. 얼마나 우리들이 「겨레」를 아끼는지 눈물겨울 만큼입니다. 모자라는 보리밥에 찬 없는 조석이나마 형제 같이 다정한 모습 느꺼웁고, 이러면 우리나라가 이젠 소생할 듯합니다. 다시 미국인에게 붙들려 가는 동포를 보았습니다. 맥이 멎고 간이 다 졸아드는 듯, 분하고 원통하고 불쌍하여 차마 볼 수 없었습니다. 이 모든 세계적인 공동 미명하의 죄악을 —약소국에 대한— 씻어 없애기 위해선 우리에겐 힘이 있어야겠습니다. 저도 이 목적을 위한 저의 길을 취해 보겠습니다. 인류의 역사를 거짓과 죄악에서 건져 의롭고 아름답게 만들기 위한 우리는 모두 투사인 것입니다. 그럼 오빠! 힘껏! 힘껏, 싸우고, 살아나갑시다.

오빠의 동생
1951(4284). 6. 24. 부산에서 양완 드림

아버지

우스운 일이지요. 아버지 제가 이제 제법 여학교(동래여중고 1951. 9 – 1952. 7)의 선생이 됐어요. 아버지,

아이들이 땅바닥에 앉아 붓을 놀리고 있어요. 밖에서는 좀 쓸쓸한 가을비가 오고요. 저도 한 모퉁이에 앉아 먼데 아버지를 부르고 있습니다. 그래도 보면 귀여운 학생들, 아버지가 보시면 날

더 귀엽게 보시겠지요. 한없는 응석을 부리고 싶은 마음, 밖에선 가을이 오나보다. 나뭇잎을 적시는 비가 그만 모래밭 같은 나의 마음에 함초롬히 스며옵니다. 아버지.

1951년 가을, 부산

—

언니에게(부산여자고등학교 허경일 선생 여좌)

(언니, 글씨도 망칙하고 글도 잘 못썼습니다. 용서해 주세요. 그리고 저를 좀깨우치는 무슨 자극, 충고 좋은 말씀 기다립니다.)

밤새도록 비는 나렸나 봅니다. 싸늘한 마음을 잠자코 녹여주신 언니의 따뜻한 손. 감사합니다.

진눈깨비에 쌓여 넘은 고갯길은 험하였으나, 많이 배우고 갔었습니다. 어제 수고하신 여러 선생님 한분 한분께 사례하고 치하하고 싶은 마음이 간절합니다. 붓이 짧고 겸연쩍어 그렇듯 당돌한 짓은 못 하나마, 어제 모인 수많은 사람 가운데 입 다물곤 갔으나 여러 선생님께 진정의 사의와 경의를 품은 한 조그마한 작자도 묻혀왔다 갔느니라고 언니께서 통하시는 어느 분이 계시다면 전해 주십시오. 참관자로서는 너무나 주제넘은 비평들도 섞인 듯 저도 하는 수 없이 그 축에 낀 셈이고 보니 죄송스럽기 짝이 없습니다. 단점이라 쳐든 것 짧은 채 그 수업의 장점으로만 돋보였습니다. 아마 저는 너무 무식하고 무성의해서 한 마디도 못 했는진 모르지만도.

하 반갑기 응석인 양 이글을 보냅니다.

가지런히 앉아서 활기 있게 배우는 소녀들이 부럽다 못해 샘나고 미웠다는 구경꾼이 있었다면 그 수업이 성공 아니었든지… 저는 이렇게 생각했습니다. 저는 그 소녀들이 부러웠습니다.

1951년 가을, 부산동래여자중학교 정양완 상서

1951(4284). 11. 11. 새벽.

이자(利子)

아주 참 그러려니, 하다가도 하도 얼떨떨해서 그만 또 놀래군 한다. 얼굴이나 몸짓이며 그 음성을 흔히 닮듯이, 혹 마음씨도 닮는 수가 있으련만―. 그의 아버지로 말하면 그야말로 이름 없는 성인이었고, 어머니 또한 유명하신 분이건만, 허긴 그의 할아버님이 좀 사나우셨다지. 그래도 이웃이 굶으면 제사에 쓰려고 꿰어 매달은 돈 꾸러미도 선선히 내 주시더라던데. 참 이상한 일이다. 비록 손가락 하나 움직인다 치더라도 으레 저울질을 해 보는 것이다. 이로워야, 비록 그것이 눈곱만 하더라도, 오밤중 아니라 진눈깨비가 와도 참 잇속만 있다면야 선선하지. 허긴 그것도 용한 ― 뭐랄까― 하나의 습성이다. 어떠한 철인도 그가 그의 이기주의에 사무치듯 그렇듯 자신의 철학에 철저할 수는 없을 것만 같다.

천연스럽게 잡아떼는 것이다. 거절하는 것이다. 아무런 차릴만

한 잇속이 없을 때는, 또한 이상한 것이 그것 아주 예사로히 무슨 철리에 따라 행동하듯 아니 스위치 누른 불 켜지듯 행동하는 것이다. 또한, 모든 타산과 저울질은 묘하게 꾸며진 그의 머릿속에서 번개 같이 이루어진다. 만일 빚에 얽매이고 쪼들리는 불쌍한 붙이가 있다손 치더라도 그는 얼마든지 자기의 백만환을 채우기 위하여 그이의 만환을 이용할 수 있는 것이다. 후일에 그이가 이자를 또 어느 귀신한테 무리꾸럭 하건 말건, 허긴 여경을 위해서 적선하는 사람. 베푼다는 자랑에서 올라서 던져주는 사람. 그게 뭐 이이기주의자와 다를까마는. 어느 듯 무어라 말을 하면 좋을지 모르겠다. 다만 이상할 뿐이다. 목적을 위해서는 수단이야 어쨌든 그만이란 말이다. 이로운 자는 튼튼히 못질한 그 목적을 위해서는 아무튼 철두철미한 인간이기는 하다. 가끔 그의 이기가 얼마나 해가 되나 하고 막연한 생각에 혼자서 머리를 자옥히 하곤 한다.

그야말로 이 부산 광복동의 거리에는 이들의 무리가 그 얼마나 많은 것이냐고. 수체에 우물우물한 장구벌레들처럼— 딴은 그들의 염주인 돈뭉치의 헤아림을 어느 고승의 염불의 황홀감에 으, 모두가 모두가 이자, 이자. 비겨 볼 것이냐만—.

허긴 우린 얼마나 많이 무의식, 의식 중에 이기 행동을 하고 있느냐. 가령 헌옷을 잘 어떻게 해서 입을 만큼 만든다든지. 석유통을 부셔서 물통으로 쓴다든지… 아니다. 모두가 모두가 「이자」 이것 아닌 게 없지 않나도 싶다. 허지만 어떻게 그것이 그렇듯 철저할 수 있단 말이냐 말이다. 쓰는 게 좋다. 하는 게 좋다. 치자. 그 이자 위주…

아무리 친구아냐일망정 역시 이 이자와 더불어 연상된다는 건 뭐 그리 반갑진 않지. 모두가 모두가 성인의 세상이라면 오히려 난 하나의 사탄이 됐을지도 모른다. 이자로 배가 부른 사람의 시장에서 난 어쩌면 이렇게 천연스럽게 이자를 멀리 떠난 도인과도 같이 혼자 우두히 서 있단 말이냐. 이 힘없는 두 다리를 땅에 붙이고… 우스운 노릇이다.

🍂 1951(4284). 12. 2. 새벽

소중한 나의 학생들에게

꿈이 달아난 새벽이기에, 첫닭도 회를 친 지 알 수 없으나 불을 켰습니다. 여러 분의 글을, 사랑스러운 글을 읽고 있습니다. 불평이 그렇듯 아름답고 착하다면— 하고 내 마음은 느꺼웠습니다. 그렇듯 벅차고 커다란 제목을 학생들에게만 씌우는 것이 안됐기도 하고, 왜 나에게는 그런 글을 씌우는 선생님이 없을까 부럽기도 하여서 나도 하나 써 보겠습니다.

확실히 나는 좋은 환경에 태어났습니다. 남의 어머니보다도 더 자애가 깊고 다정한 아버지를 가지고 있으며 사랑스러우나 남의 아버지 못지않게 나에게 차고, 매섭게 올바른 길을 가르쳐 주는 어머니를 가지고 있습니다. 나를 위하여 눈물 흘리고 나를 위하여 나보다 기뻐하는 언니도 오빠도 동생들도 있습니다. 나의 선생님들도 나를 사랑해 주었고, 그리고 나의 벗들, 참으로 나에게 벗이었던 사람들은 모두 나를 귀여워하고 사랑해 주었습니다.

아름다운 나, 사랑스러운 나, 참 나 ……

그 미래에 나는 내가 되는지 … 그것을 바라며 이것이 혹 자기 과대평가에서 나오는지도 모르지만 나에게는 외계에 대한, 부모, 형제, 학교, 동무 등에 대한 불평은 참으로 보잘 것 없습니다. 그 것은 하늘이 내게 주신 복일지도 모릅니다. 눈을 돌이켜 보면 모 두가 나를 극진히 사랑해 주고 있습니다. 모두가 고맙습니다.

그러나 하나, 꼭 한 가지, 나는 왜 내가 아닐까?

그 슬픔, 그 불평이 내 사랑받는 이들을 위하지 못 하고 깊이 사랑하지 못 하는 데 대한 나 자신의 불만과 더불어 언제까지나 떠나지 않을 불평인 듯싶습니다. 나는 나이고 싶습니다. 현재의 나도 또한 과거의 나도 내가 아닌 것 같아서 섧습니다. 쓰고 보니 소학생의 글처럼 유치합니다. 자기의 글을 남에게 보인다는 것은 벌거벗은 자기를 보이는 것 같이 부끄러워서, 편지도, 그렇듯 그 리워하는 벗에게의 편지도 길게 쓰들 못 하는 내가 이런 글을 여 러 분께 봬드린다는 것이 이상스럽습니다.

여러 분의 글은 나에게 참으로 많은 감격과 교훈을 제시해 주 었습니다. 어두움 속에서 그래도 조금 숨을 돌릴 수 있는 순간을 베풀어 주었다는 게 한없이 기쁘고 감사합니다.

한때 숲속을 지나는 밤바람 소리처럼 듣고는 잊어버리십시오. 혹 남거들랑 마음에 스쳐간 물결소리나처럼 생각해 주시든지 ….

* 앓는 마음에 자장가를 불러주고 어두움 속에서도 빛을 기리

는 끝없는 노래를 부르고 싶습니다. 사랑과 아름다움의, 착함과 어질음의 찬가를 부르며 가고 싶습니다.

🍋 1951(4284). 12. 6. 새벽.

꿈과 붓

새벽 달빛이 솔잎에 부서지어 바라다 뵈는 미닫이는 섧고도 아름답고 꿈이나처럼 파아란 빛이 오련하다.

내 앞에는 커다란 벼루상이 놓이고 조그만 벼루에는 고매원(古梅園) 먹이 갈리고 있다. 큰 붓 작은 붓 할 것 없이 수십 자루의 붓이 붓두껍도 없이 누워 있었다. 나의 손길은 하나씩 하나씩 만져 보았다. 굵은 글씨를 쓰고 싶은 붓, 잔 글씨를 흘려 쓰면 하는 가는 붓, 중붓 …. 그런데 내 손에는 방금 먹을 듬뿍 찍은 붓이 쥐어져 있었다. 무엇을 쓰려 했는지, 아무런 욕망도 없이 다만 붓이 들리고 쓰고 싶어져서 써지는 글을 쓰려는 것처럼. 그러나 꿈이었다. 꿈에처럼 아무 생각 없이 그 무엇을 쓸 수 있다면 몸부림치다.

누구하고 나란히 이야기를 하다가 ─모두 무슨 미에 대한 이야기였다.─ 어느 방에 들어갔다. 난롯가에 미술 선생도 앉아 있고, 또─ 그러고 보니 그것은 동래여중 같다. 좀 어색하였다. 그가 누구기에 그렇게 나란히 앉았던지… 아무리 생각해도 누군지 모르겠다.

조각이 하고 싶다. 진흙을 떼어서 얼굴도 만들고 싶다. 아까 막 내 손에 쥐었던 먹을 듬뿍 찍은 붓이 지금 내 마음엔 있다. 이것으로 무엇을 쓸 것이냐? 내가 하도 낙심하고 풀 없는 게 가여워서 아버지가 내게 주신 그 무슨 gift의 상징일까? 아, 아버지의 사랑보다도 받고 싶은 그 gift 심령과 그 미의 용솟음.

아버지가 내게도 나누어 주셨는가? 어젯밤에 그 꿈은 이상하다. 아니 새벽녘의 꿈인지, 또 무언지.

붓이나 하나 사서 글씨 공부나 할까?

혹 내가 글씨 쓸 수 있는 것일까?

글도 짓고 글씨도 쓴다면.

🫟 1952. 2. 2. 아침.

장사

아주 능큼능큼 나는 상인이 되어버려야 하는가!

담배를 판다. 이(利)를 생각한다. 에누리… 얼마나 얄미운 수작이냐. 이게 서툴다고 식구에게도 난 타박을 받는다. 장사 아닌 게 없는 듯도 한 세상. 하지만 맞대 놓고 뻔뻔스레 장사하진 더 못하겠다. 지금 금방 도망해 버리고 싶다. 난 이리고 화로를 끼고 주인임세 가게에 앉혀 있건만.

상인을 싫어함은 무얼까? 허영일까? 이도? 깨끗함세, 잇속 안 차림세─ 과연 난 아무런 잇속도 차림 없이 살고 있나? 살 수 있나? 만일 그저 정도의 문제를 위한 눈가림이라면 드러내 놓고 고약하고 이기적이니만 못지 않는가?

또 취직은 장사 아닌가? 괴롭다. 얼로 그만 없어져 버리고 싶다. 시틋하다.

—

흔이나 봤으면 말이라도 하련만, 언제나 만날지.

어머니가 날마다 노래하고 있습니다. 흔이 보기를.

허 흔 학형 보시압.

기다리던 하서 받으니 기쁘고 반갑습니다. 바쁘신 중 두루 살펴주심 더욱 감사합니다. 홍모가 이월 십칠일경에야 비로서 광주보병학교로 간 모양이온데. 참모장도 거기 계시겠지요. 그 애는 보병과로 가 버렸사오나 어찌 잘 보아주시겠지요. 아주 앞이 콱 막히다가도 늘 트이고 트이는 것 보아도 아버지 돌아오심 분명하와 느껍고 기쁘면서 한편 마음 이를 데 없이 섧습니다. 모든 것을 되는대로 되라는 나이지만 홍모가 그런 경우에 처하게 되니 측은만 하여 견딜 수 없어 철부지처럼 흔이에게만 졸라댔던 것입니다. 용사하시겠지요. 아버지 오시기까지 집안 식구들의 건강과 마음의 맑음 그리고 홍모, 오빠들의 다행하기만이 나의 좁은 소원입니다. 여기서들은 한여름 날을 못살게 굴던 저 열 오르는 악성 감기가 한축 또 다녀갔습니다. 어머니가 한 일주일 너머 호되게 앓고 나셨습니다. 그리고 양모도 새언니도 모두가. 어머니도 아직 완쾌치 못 하시며, 새언니 역 몸 충실치 못 하여 다리 앓는 평완이 조석을 끓이는 형편입니다. 제일 게으르고 얄미운 것은 나뿐입니다. 재희도 양모도 무사히 통학하오며 부숭이도 더욱더욱 귀엽게 자랍니다. 어서 오셔서 이 모든 재롱, 아버지께서 보셔야 될 텐데. 일마다 모두가 그리움과 가슴 아픔뿐입니다.

우리의 길이란 "천부의 인간성의 최대신장"이란 말 알겠습니다. 그런데 과연 우리가 걷고 있는 지금의 이 길은 그곳으로 향하고나 있는지 의심스럽습니다. 우리는 한 민족입니다. 그따위 "코백이"들의 사상 부스러기로 칼로 예듯 나뉠 수는 없는 한 겨레입니다. 그 겨레가, 무엇 때문에 싸우고 있는지. 이 민족을 위해서라면 그따위, 인간을 파리만도 못 하는 사상의 노예가 될 것이 대체 무엇인지? 어떠한 사상이 그 무슨 승리를 얻건, 전쟁의 목적론이 있다건, 전후의 어느 논객들의 전쟁의의론이 나온다든, 나는 그 모든 전쟁의 대가가, 과연 한 진실한 인간의 목숨 하나나 한지, 나는 오히려 한 사람의 인간(우스운 말입니다만)이 귀합니다. 나는 무기도 그따위 사랑 없는 사상도 모두가 인간성을 무시하는 야수의 아가리만 같이 미워졌습니다. 나는 오직 인간이 그리울 따름입니다. 우리가 싸우지 않고 산다쳐도 얼마나 괴로움과 슬픔이 많을 이 일생을. 한 인간으로서 나는 사외어가는 죽어가는 인간들을 애도하고 구슬퍼합니다. 허약한 나의 마음의 두 팔을 버리고 모든 슬프고 외로운 마음들을 아늑히 안아주고 싶습니다. 이 미어질 듯한 가슴을 안고.

공명이라든지, 부귀라든지, 이런 말 써 보는 것도 처음입니다. 관조라든지, 체관이라든지 하는 지고한 생각에는 아득히 미치지 못했으나마, 일찍이 나에게는 이 세상의 공명이라든가를 버릴 만큼 아무러한 욕심도, 노력도 열도 없었습니다. 나는 다만 나답게 인간답게 살다 갈 뿐입니다. 나에게도 욕심이 없진 않습니다. 의욕이랄지? 그것이 나의 글이랄지(곧 내 생명과 통할). 그러나 결국은 그것도 인간성의 신장의 한 모습인 줄 압니다.

나는 모든 것을 하는 수 없이 버리는 게(미련을 지닌 채) 싫습니다. 아무런 허욕도 내 마음에 없다면 물론 좋겠지만 쪼그마한 나는 그게 안 됩니다. 내가 커다란 슬픔 속에서 일찍이 지니지 못했던 기쁨 즉 믿음을 얻었다는 것을 알립니다. 지금 나는 모든 빛을 기다리고 있습니다. 그날이 올까, 오리라. 꼭 온다⋯. 그날이 오면 나의 모든 것은 숨을 쉬게 될 것이요, 그날이 없다면 나도 없는 것입니다. 아! 나는 지금 그날이 미칠 듯 그립습니다. 그날을 생각할 때, 어서 이 밤도 새어라. 합니다. 이것이 환상일지, 광상일지. 이 걷잡을 수 없는 마음에 이 빛조차 없다면 어찌 살겠습니까. 광상에 환상에 사로잡힐 수 있는 내 마음이 가엽기도 하고 또 축복됐느니도 싶고.

정말이지 쓸데없이 지껄였습니다. 이런 말 써 버리기에 이 종이와 펜이 너무나 불쌍하고 아깝습니다. 어느 시인에게 갔더라면 이 펜은 사랑스러운 시를 썼겠거늘⋯.

날마다 날마다 나는 선생 노릇 그만둘 날을 기도하고 있습니다. 그리하여 하루 바삐 마음의 짐을 풀고 나의 길, 내가 갈 길을 걸고 싶습니다. (왜 걸 봉에도 전임강사 …라 부치셨어요? 하도 나 초라한 내 이름이 가엾어서 그랬어요? 그렇게도 무슨 title을 붙여 주고 싶었어요? 군에는 계급이 있으니까 할 수 없이 쓰지만 내야 병정도 아닌데ㅡ. 나는 흔에게도 그런 title 붙이기 싫습니다. 마치 그 title에 짓눌린 진인의 얼굴을 보는 듯싶어서.) 하루 바삐 그런 소위 title을 안 쓰고도 무방할 때 오기를 기다립니다. 물론 그때에는 뭐니 뭐니 쓸 일도 없겠지만. 뭐 골이 난 것은 아니지만 모든 그런 군더더기 떼 주시기 바랍니다. (내가 쓴 걸 봉의 「육군 소위」 그건 군에서 써 줬거니, 내 글씨 아니라고 생각해 두십시오. 안 쓰면 안 갈까봐 그러는 거예요.)

또 하나.

이번의 종중에서들 새로 무슨 종회를 여는 모양. 몇 파가 있는지. 광주 일원리에 있는 책 짐을 보러 간답니다. 종중 문서 없다 해도, 그러니까, 우리야 아무 힘도 대항하고 말릴 기력도 없습니다. 책을 위해서, 그리고 그것이 사랑하는 아버지 책인 때문이지, 그렇지만 않다면 구구히 말하고도 싶지 않지만, 혹 틈 있으시면 거기 김명식 씨에게 그런 사연 적어 보내 주셨으면. 아무쪼록 잘 보아 달라는, 우리가 감사하고 있더라는.

나는 편지 쓸 힘이 없습니다. 이런 두서없는 글 보내도 허물없는 형제 외에는. 그럼 부디 몸조심하십시오. 흥모 일은 흔이에게만 의뢰합니다.

우리가 모두 싸 놓은 짐을 다 풀어서 가뜩이나 낙질(落帙)됐을 아버지의 책들이 없어질까 두렵습니다. 흔이가 어떻게 해 주세요.

꾸지람이나 흠뻑 맞을 말만 깟뜩 썼습니다.

1952(4285). 3. 4. 밤.

—

선생님!

(너무 길고 횡설수설 읽으시기 힘든 난필을 정말 용사해 주십시오)

쏴쏴— 바람이 개울처럼 솔숲을 굽이쳐 흐르고 있습니다. 무서운 새날이 또 밝기도 전에 지레 호롱불을 당겼습니다. 선생님께 글을 쓰고 싶어서. 선생님 이렇듯 간곡한 감정으로 이 말(선생님이란 말)을 입에 올려 본 적도 있었던지 모르겠습니다. 선생님께서 오신다는 대엿새 전부터 저의 마음은 공연히 기쁘고 좋으면서 또 한구석 어두워지고 서러워짐을 참을 수 없었습니다. 마음이 들뜬 것처럼 푸른 하늘을 쳐다보며 혼자 있노라면 어느덧 중얼거려지고 울음이 터질 것 같고, 며칠 동안 그러한 감정의 사나운 결을 외부에 나타내지 않기 위해서 무지무지 애를 썼었습니다. 그러나 저는 미칠 듯이 기다리고 있었습니다. 마치 기적이나 일어날 날 같이.

학교의 다른 분 예측으로는 사회적으로 분망하신 선생님께선 천만 오실 수도 오실 리도 없고 필경 다른 분께서 대신 오시리라 섭섭히 넘겨 잡고 있었던 터입니다. 저는 꼭 오시리라 믿었습니다. 선생님을 꼭 뵈옵고 싶어서 마음속으로 간절히 기다리고 빌고 있었기 때문이었습니다. 마음 속 깊이 빌고 원하는 것은 모두 어느 날이고 이루어지리라 하는 것이 저를 이 생에 붙들어 매어 주는 연한 체 질긴 그 무슨 줄인가 합니다.

그렇듯 기다리던 선생님을 뵈온 순간, 무뚝뚝해지고, 남 앞에서 울지 말자. 시치미 떼자 하던 모든 감정의 무장이 소리도 없이 무너짐을 느꼈습니다. 아무리 돌이 되자 하고 타이르고 나무라도 저의 철없는 감정은 마구 보터논 물처럼 콸″ 쏟아져 나왔습니다. 또 한 분의 선생님이 아니 계셨다면 많은 학생들 앞에서 저는 선생님을 얼싸안고 몸부림 칠 뻔 했습니다. 천만다행으로 그러한 짓을 못하게 해 준 그때의 환경에 백배 사례하는 바입니다. 아무 말씀도 안 하시고 그저 저의 손을 꼭 쥐어 주셨지요? 아버지 말고 다른 손에 그렇게 마음이 녹을 것 같이 쥐어진 것은 처음이었습니다. 촛농처럼 녹는 눈물이 마음에 뚝! 뚝! 흘러 가슴이 찝찔해지는 것 같았습니다. 왜 이렇게 자꾸만 감정으로만 흐르는지, 그것을 막기 위해서 며칠 밤을 붓도 놓고 새웠건만도. 고지식한 감정을 어찌할 수도 없습니다.

선생님 말씀에는 아버지의 말이 섞여 있는 것 같고 선생님 모습에도 뒷짐 지시는 그런 때는 더욱 여복한 아버지 같고. 저는 취했습니다. 만일 그나마 사회에서 배워 온 슬픈 범절과 예의를 터득하지 못했던들, 저는 결코 선생님 곁을 떠나지 않았을 것입니다. 무대 위로까지 마음은 선생님 곁에만 앉고 싶었습니다.

무엇을 쓰려던 것이 이렇듯 장황한 글이 되었는지. 진정 바쁘신 선생님께서 이런 되잖은 횡설수설을 읽으실 틈이나 있으실지.

아버지가 멀리로 끌려간 뒤 매화도 혼자서 세 번을 폈습니다. 어머니는 나날이 약해져서 이제는 차마 다리 팔을 주무를 용기조차 안 날 만큼 뼈만 겨우 앙상합니다. 어머니가 신기가 좋지 못하다고 누워나 있게 되면 정말 사는 것이 야격해집니다. 재주도 없거니와 배운 것도 없이 무턱대고 지껄이고 돌아오려면 양심의 가책과 굴레 벗은 말 같은 감정의 달음질을 어찌할 수 없습니다. 교육이 신성하다는데, 마땅히 신성해야 할 텐데. 선생님, 저는 그런 신성한 것 꼬물도 없이 싸겠다지도 않는 짐을 떠안기다시피 부려놓고 돌아서는 지게꾼 노릇을 하고 하찮은 목숨을 끌고 있습니다.

날이 밝는 것이 섧고 무섭다가도 어린애처럼 기뻐지는 새벽이 있습니다. 날이 샌다. 아버지 오실 그 어느 내일이 한발자국 다가서거니, 손뼉을 치고 웃고 싶습니다. 그런 날에는.

선생님, 저의 계집애 동생(막내)이 결핵으로 앓고 있습니다. 이병천 선생님께 가서 두 달 가까이 공으로 약을 갖다 먹어 퍽 나았었습니다. 벌써 너덧 달 더 됐습니다. 대여섯 달 먹어야 한다고 우리 처지를 퍽 살펴주셔서 죄송스레 그 약을 먹어왔던 것입니다. 그러나 아버지가 돌아오리라 믿는 것은 믿을 수 있는 것은 우리말이지, 선생님께서 믿으실 수 있을는지. 못 믿으신다 해도 대들 아무 이유도 없는 것입니다. 너무 미안해서 이 몇 달 약을 거르고 있습니다. 척추카리에스가 발목으로 내려온 것이 이 선생님 약으로 파종은 되었으나 약을 계속하지 않은 탓인지 아물질 않고 통통 부은 채로 있습니다. 돈만 있다면!

　선생님, 이런 때는 양심과 체면을 어찌하면 좋겠습니까? 아버지가 돌아오시는 그날까지 어머니의 건강과 동생의 건강이 유지되어야 될 터인데, 이러다 만일 오시기 전에 무슨 무서운 일이 일어나면, 그때에 저는 양심과 체면을 잘 지켰다 만족할 것인지. 선생님께 다시 가서 약을 거저 주십사고 할 용기도 양심도 없습니다. 그런데 동생의 병은 겨우 나으려다 되 드러누운 셈입니다. 선생님께 이런 말씀 여쭙기도 정말은 싫습니다. 아버지를 내세우고, 아버지 친구를 내세워서 살기는 정말 시틋합니다. 그런데 동생이 하도 가엾어서, 약이나 소원대로 먹여 보면 싶어서.

　선생님, 아버지 오면 갚겠다고 이런 약속으로 나을 때까지 먹을 수 있는 약 좀 얻을 수 없을까요? 이 선생님 말씀에는 선생님도 잘 아시는 것 같아서. 혹 선생님께서, 아니 꼭 선생님께서 어떻게 해 주실 수 있을 것 같아서 이렇게 염치없이 양심 새빨갛게 홍조 해 가지고 이런 어이없는 말씀을 올립니다. 이 선생님이 얼마나 고맙고 고마운지는 가슴 속에 지녀두었다 아버지 오시면 다 풀겠습니다.

　이렇게 구구하게 돈도 없이 흐리게 비양심적으로 남의 약을 거저 달라는 이런 버릇은 아버지가 가르치신 일이 없거늘, 그 딸이 이렇게도 비굴해져서 친하신 친구 어른께 이런 말씀까지 아뢰게 됨을 마음 속 아버지에 대한 마음이 한없이 꾸지람 받고 나무람 듣고 있습니다. 차라리 죽으면 그대로 하느님 뜻대로 다소곳 죽어가는 것이 낫지 않을지. 선생님, 그것이 저 자신의 문제라면 서습지 않고 그러고 싶습니다. 그러나 그것이 동생만 되고 봐도, 제 자작으로 그렇게 아우를 죽여도 좋다는 권리는 없을 것 같고, 오히려 아우를 살려야 할 의무가 있는 것만 같습니다. 그런데 저에게는 용기가 없습니다. 또 다시 가서 약을 달라고, 빈 손 들고.

선생님, 너무나 사모하고 존경해 온 선생님께 별별 부끄러운 소리를 다 아뢌습니다. 선생님의 뜨거운 사랑이 저의 모든 허물을 살라 주시려니 믿으니 마음이 덜 괴롭습니다. 저는 별로 여성이라는 자각도 없습니다. 남녀동등이니 할 기력도 없습니다. 가능하다면 가장 인간답게 참답게 아름답게 살다 가고 싶은 어렸을 때부터의 조그마한 생각이 있을 뿐입니다. 선생님을 도와드릴 아무 힘도 없는 것이 섧습니다. 그러나 후일에라도 혹 저를 써 주실 수 있으시거든, 선생님 언제든지 써 주십시오.

세상의 인사처럼 수다하지 않아도 선생님 손목에 꼭 쥐어서 그저 밤을 새워도 좋은 것을. 너무나 선생님과 있고 싶었기 때문에 반사적으로 저는 선생 곁을 물러 나와 버스를 타고 도망해 버렸습니다. 눈물의 폭포가 감정을 타고 쏟아질까봐서. 선생님 너무 난서를 길게 하였습니다. 결국은 무엇을 썼는지 다시 읽기에도 부끄러운 이 글을 올리오니 어리광 삼아 받아주십시오.

선생님께서 저의 학업 때문에 걱정해 주시는 것 차마 황송합니다. 선생님께서는 좀 더 나라에 유익한 사람, 유망한 젊은이의 장래 때문에 걱정하셔야 될 것입니다. 저 같은 것에 대해서 걱정해 주시지 마십시오. 학교엘 못 가는 것보다 학교엘 안 가곤 공부 안 하는 썩은 저의 심령이 더 슬프고 불쌍합니다. 그러나 어떻게 하든지 하다못해 독서라도 게을리 않겠사오니 하려(下慮) 마옵소서. 실력이 없으니까 내세울 졸업장이 저에게도 필요합니다만, 구태어 졸업장을 받고 싶진 않습니다. 같이 앉아 공부하던 학우들은 싸우다 죽고 다치고 잡혀 가고 했는데, 목숨이 팔딱 팔딱 살아 있는 것만도 무안하고 안됐는데, 혼란기를 이용해서 학점이나 톡톡히 따서 졸업을 한다는 것은 동무에 대한 수치일 뿐 아니라 자신에 대한 모독인 것 같습니다. 허긴 이런 것이 다 학교 못 갈 지금의 형편이 빚어 준 엉터리 변명이겠죠만도.

선생님, 너무 지저분하게 늘어놓았습니다. 무언지 모를 횡설수설 퍼 부어서 내가 골치를 앓았소 하고 아버지 만나거든 웃어 주십시오. 그럼 부디 귀하신 몸에 하느님의 축복이 같이 하시기 빌면서.

(선생님! 동래에서는 교장선생님께서 특별히 사랑해 주시고 또 착한 학생들이 저를 오히려 귀여워해 줍니다. 저에 대해선 걱정 말아 주십시오.)

1952(4285). 4. 1. 새벽
선생님의 친구 위당의 셋째 딸 양완 상서

🍃 1952(4285). 5. 14.

밤의 노래

대밭에 싸인 충렬사 참새소리에 잠든 충렬사

아침 안개 꿈처럼 나리고 동백꽃, 반만 피어 잠간 웃고.

박석 깐 흙틈마다 봄풀은 푸르러 햇볕에 곱기도 하더라

하도나 날은 눈부시게 고와
잎사귀마다 잎사귀마다
빛에 차 하늘을 우러러
찬미하는 포플러—
화타(華陀)의 이야기를 주책없이 지껄인 날, 하늘은 하도 고와.
화타, 그리고 아우이(阿友夷)

———

영순에게

하 오래 편지를 안 하니 아마 나를 꾸짖는 증거일 듯 어젯밤엔
영순과 실컷 울었습니다. 나를 책하는 듯 원망하는 듯한 … 내가
가책을 받는 그러한 … 나는 참 나의 소홀함과 매몰스러움에 울
지 않을 수 없으리만치 진실로 할 바를 못 해왔습니다.

영순이, 잘 있었어요? 이샌 앓진 않았는지, 육학년이 되어서
여러 가지로 더 머릿속이 고달플 듯 …. 얄미운 얄미운 나를 용서
해 주십시오. 아니 용서하지도 말고 아주 영, 용서하지도 말아 주
세요. 너무도 너무도 나쁜 나를 ….

모—든 것을 어떻게 해야 할지 모를 만큼 나의 생활도 곤하고
어지럽습니다. 이곳으로 그야말로 귀양 오다시피 외롭게 와서 아
는 사람도 말벗도 없이 몸과 마음이 한 가지로 힘에 부치는 일 속

에 파묻혀 있습니다.

이새는 고박이 책 하나 글 한줄을 보고 쓸 새 없이 신도 없이 지내고 있습니다. 문둥이와 같이 간지러움도 뜨거움도 모르고 지나고 있습니다. 온종일 손과 마음이 바쁘다가도 문득 떠오르는 그리워지는 영순, 몇 번이나 써 놓고도 못 보낸 편지들. 허긴 이런 아무 것도 없는 편지 보내는 것 보단 아니 보낸 편이 덜 우습지만 …

그래도 여자인가 나도. 세—타를 짭니다. 하루종일 앉아서 고박이 …. 여학교 땐 세도나 부리듯이 집어치우고 안 하던 수예! 여러 가지 뜨개질을 배워야 했습니다. 익숙해졌습니다. 몇 가지는. 이제.

하도 붓을 든 지 오래라 글씨도 더 바스러졌습니다.

부산에 가질 듯도 했기 편지 안 부쳤다가 이건 부칠까 합니다. 혹 가게 되면 만날 텐데 ….

마음엔 봄이 벌써 쇠어 버리는 줄 알았더니 이제 게으른 벗꽃이 웃기 시작입니다. 가을 아니건만 말숙한 하늘 … 꽃을 시새우는 바람이 제법 매섭습니다. 살 터지기 알맞게.

귀겨운 몸 잘 아껴주기 바랍니다.

1952(4285). 봄. 양완 드림.

이슬보다 더 적은 물망초가 피일 무렵 …
게으른 나는 옛날에 쓴 글을 보내드립니다.
부디 부디 잘 있기만을 ……

1952(4285). 5. 12에.

근영아!

나흘만에 학교에 오니 반가웠다 너의 편지가 와 있구나. 그동안 네 어름대로 앓고 있었다. 몸살이 호됐었다. 그리고 나는 요새 네게 보낸 편지에서 알았겠지만 그래, 난 아무튼 옹골차게 실되게 살질 못 하고 있다. 난 이번에 학교도 그만두겠어. 돈벌이를 할 다른 선후책이 발견된 것도 아니나 나는 그만둘 수밖에 없게 됐어. 자격 문제로. 새록새록 살기는 귀찮아만 지는구나. 돈 때문에 교사 시험을 치르기도 싫고. 난 아무튼 그래.

이제 어디로 또 굴릴지 모르지. 학교만 졸업하면 준교사는 된다는구나. 칠월 하순경에는 이곳에서 물러가게 될 것이야 그 후가 걱정야 어찌될지 그러나, 내일도 걱정인데.

너는 어찌 살고 또 오빠들은 어찌 지나는지. 내 걱정에 싸여 죽겠는데 치마폭 넓지?

근영아 어떻게 사는 게 이성적이냐. 하하. 난 그저 어서 그냥 끝장을 내는 게 옳지 않나 한다. 어디로 갈까? 또. 누구에게 천대를 받고 나를 팔고 죽어지내야 할지.

너한테도 가고 싶다. 정호가 가자고도 한다. 내가 또 게까지 가면 뭘 하누. 하하. 진이 빠졌나 보다.

근영아 그래도 그리워.

난 글도 안 써. 그러면서 요샌 걱정 투성이에서 숨이 막히겠어. 어떡하면 좋니?

나의 오늘은 너무도 서글프다. 눈을 떴으되 하늘도 안 보이고 나뭇잎 하나 얼굴 하나 눈 하나 아니 보이는 날.

왜 붓을 들면 편지를 쓰고 싶어지는지. 언제이고 이리 부를 수 있는 벗은 있어 줄는지. 왕! 하고 울기라도 할 수 있다면 아니 왕 하고 울고라도 싶어진다면 지금의 나는 좀 구해질 상도 싶어.

내 옆에 Miss 선생이 하나 앉았지, 그이가 문득 이런 말을 해. 「서근대」(우리반 학생)가 서울 아이냐고. 그것은 서근배(서근영 오빠)를 아는 때문이야. 나는 무심결에 깜짝했어. 왜 그럴까?

그러더니, 흘러갑니다 를 쓴 누이가 있지 않느냐고 경기여고 다니던, 그러지 않아. 그 사람 동국대학 다녔지 해. 조금 놀랐어, 저절로. 그리고 알진 않지만 글을 읽었대. 언제나 책을 펴면 먼저 읽었대. 그 글이 마음에 들어서. 萩原朔太郎를 퍽 좋아하는 사람 이야. 나는 정신을 잃고 경계심도 무장도 없이 부끄럼도 없이 오 빠 얘기를 막 했어. 내 볼이 너무 화끈해서 놀랐을 땐 내가 무슨 말을 했던지 하고 있던지도 갈피 잡을 수 없던 때야.

불쑥 가만히 있다가 결혼하셨다고 했지. 반드시 좋은 사람일 거라고. 정말 복되게 그리고 오래 살았으면 해. 그 선생이.

오동꽃이 다소곳이 보랏빛으로 피고 아카시아도 하얗게 핀 오 후, 무작정 마음이 슬퍼지는구나.

오빠의 예술을 인간을 사랑하면서, 굳이 그 어느 한 곳이 안 통 하던 우리 아버지 생각이 나는구나. 아버지는 오빠를 사랑하셨단 다. 몹시나. 그러나 어딘지, 그 어딘지 나와는 통할 수 있으면서 도 아니 통하던 그 어느 곳이 있었다. 그것이 다시금 나를 슬프게 한다. 나는 둘을 다 이해할 수 있다. 둘을 다. 둘이 다 나에게는 정말, 정말 귀하다. 귀했다.

근영아, 오동이 갓 피었는데 갓 피었는데 오동 지는 어스름 보다 구슬프구나.

밤의 노래를 꺼내어 읽다 도로 넣어 둔다. 이 직원실에선 읽기 싫구나. 네 이름을 부르는 것도 난 참 … 오늘은 이상하게 마음이 어디로 흐르는 것 같다. 왜 자꾸 흐르는지 응, 죽겠어.

1952년 여름, 부산에서

—

숙자에게!

정에 넘치는 아름다운 글 구슬피 비 나리는 내 마음의 문을 흔들었습니다. 고맙습니다. 허물만 많던 나에게 그렇듯 너그럽고 고운 마음씨가 향하고 있으니 부끄럽습니다. 오히려 …

귀하신 아버님 어머님 뫼시고 여러 형제가 모두 안녕하신지 그곳 서신 받잡지 못 하여 마음에 궁겁더니 차마 반갑고 오랜만에 날짜 헤아리니 벌써 예술제는 지냈군요 … 부디 잘 되십사고 멀리 빌기만 했더니 …

헤아릴 길도 없는 슬픔의 심연에서 매일 웅크리고 지나던, 하느님께마저 버림받은 듯한 나에게 한 올 햇빛이냥 그리운 편지였습니다. 내가 죄 많은지라 모든 게 이리 됐는지! 하느님도 나나 혼자 괴롭히시든 죽이시든 하지 …

나의 가장 사랑스런 아우 같은 숙자에게 처음 보낼 편지가 왜 이리 신신치 않나?

　그래 시 낭독은 어땠어요? 물론 좋았을 텐데 … 음색도 그렇고 시에 대한 향념도 이해도 또한 그럴 터이니 의당 효과 있어야 하지만 … 알지 못하는 관청중 앞에 아름답고 고귀한 그 참다운 시의 한 구 한 절이, 숙자의 열정이 난 도무지, 아니 종시 아까워져 … 혹 이번은 전 같진 않았는지 몰라도 … 그들이 그래도 뭐 마음 있는 사람의 심금을 울렸겠지 … 유난히 빛나는 숙자의 눈, 죄악을 모르는, 보지도 못한 어린 애기 같은 맑은 눈 … 아무도 차마 죄 지을 수 없고 부끄러워지는 아름다운 눈에 한층 광채가 더했겠지 …

　삼학년 미스 강의 낭시도 고왔겠지? 침착해서 퍽 은근했을 거야 … 그리고 그리움이란 순자의 춤 무척 보고 싶어. 얼마나 좋았을까?

　그리고 "연극"도 ….

　해가 빵끗 하는 날도 난 차양을 깊이 쓰고만 싶고 ……

　　　　　　　　　1952년 여름, 부산에서 논산으로 와서

—

동래여중 숙자에게

　달빛이 이렇듯 아름다운 밤, 풀벌레 울음 속에 맑은 가을이 서리인 이 밤! 숙자를 잊은 양 얼마가 되었는지… 아버님 뫼시고 어머님 품속에 여러 남매분 모두 안녕하신지 궁금합니다. 편지를 받아 읽은 지 벌써 한 달이 가깝도록 일자 회답 없었으니 궁겁긴들 얼마나 하였으며 걱정까지 하였을 것 미안하오이다. 좋은 시에 대한, 그리고 또 논문에 대한, 휴가에 대한 여러 가지 감상, 걱정, 프랜 등… 얼마큼이나 하셨는지? 논문은 써졌는지? 프랜은 얼마나 이행되었는지? 그럼 만일 궁금한 것, 그리고 기쁠 것은 숙자의 성장! 시에 대한 그 순수한 티 없는 감상! 얼마나 기뻤는지. 시가 순수한 숙자가 시를… 어떤 것을 먼저 쓸 거였던지?

아무튼 나의 숙자가 그렇듯 시를 좋아함이 나는 퍽이나 기쁘군요. 나는 숙자만큼 시를 이해 못 해! 숙자의 생활, 숙자의 꿈, 생각 그 모든 것이 곧 시이지! 읽을 수 있는 대로 읽고 읊고 느끼고 하기를 축복하고 있지. 멀리서 좋아서 싱글벙글 하면서! 또한 그 윽이 한쪽 마음 서글프기도 하면서.

이 정의 한 달이, ─아니 더 얼마가 갈지─ 난 광증에 걸리다시피 했어. 그때 나와 숙자와 거제리 오던 밤! 기억 나지? 도로 가서 나는 그 애를 데리고 마음 아픈 밤을 새운 일이 있었지, 숙자는 집에서 나는 그와…. 그 애가 왔었단 말이야 날 아니 보고 편지만 놓고 귀신처럼 나를 홀린 듯이 남기고 갔단 말이야. 난 그를 찾아 이른 아침 이슥한 뒤 혼자 할 일 없이 거리를 헤매었지만 찾을 수도 만날 수도 없었어. 극장으로 물었는대로 갔었지… 부여가 가까워서 구름이 덜했어 내 마음에… 만나면 하루라도 데리고 자고 은진(恩津) 부처님 구경이나 같이 가고 연산 대부도 구경시

키고 이야기나 하다 보낼 걸… 찾지 못하고 부산까지 가서 그의 안부를 알지 못한 나의 죄는—. 난 결코 선생은 아니지. 지금에 와선 아주 사람도 아니야… 내 마음은 슬프고 아프나 모두가 모두가 다 헛되인 것 나는 거짓의 뭉탱이.

이러한 거짓이 영순을 부를 수 없고 이러한 거짓이 숙자를 부를 수 없었습니다…

물론 학교의 논문을 진솔하게 생각하는 게 좋지만, 속의 인격이 아니거든 아예 쓰지 말지… 학점 같은 것은 전혀 염두에 둘 게 못 돼. 다시 서울로 가게 된다면 난 문리대는 안 갈 셈야. 동국대학 같은 데 야간이나 나갈까 해. 학교도 가고 싶은 마음이 없어졌어 인젠. 난 탐닉하고 있어 태정(怠情)에. 멸망에의 막다른 골목일지, 희망에의 언덕길일지…

"벨그손(ベルグソン)"(佛)의 종교와 도덕의 "원천"이라는 책을 읽고 있어, 몇 번째나… 참 좋아.

그런 것 읽으면 좋을 것이야. 그런데 나는 「인격」학의 학자는 인격자보다 못 하게 여겨져. 도대체 논리학자 따위에 나는 증오를 느낄 정도야… 나에 대해 또 누군가 그리 증오하리라….

1952년 여름, 논산에서

어느 외국분에게

이렇게 멀리 떨어져 있는, 더군다나 한 번 인사도 않은 외국인이신 선생님께 오래 전부터 왠지 붓을 들고 싶어지는 것은 무슨 까닭일는지요. 우리의 사랑하는 조국이 이렇듯 무참하고 서글픈 피바다가 되고, 싸움의 불길 속에 휩쓸린 지도 벌써 돌이 지나고 몇 달이 됩니다. 우리나라의 이 비참한 몸서리나는 형편은 직접 보시지는 못하셨겠지만 신문, 잡지, 방송으로 역력히 아실 것입니다. 우리가 바로 괴뢰에게 쫓겨나서 거리로 나오게 된 그 집이 바로, 그 얼마 전 선생님과 가친이, 허튼 세상 같지 않게 유한한 예술의 흐름 속에 통하지 않는 말을 필담으로 즐기시던 남산 기슭 그 집이었습니다. 늘 가친을 찾는 객이 많았고, 글 좋아하는 이들 혹 정치인들 제자들 많이 있어, 그윽한 속에 서로 통하고 이해하는 것을 본 적도 드물지는 않았건만, 선생님과의 필담이 어쩐지 머리에 살아 있어 슬지가 않음은, 물론 선생님이 외국인이었다는 사실도 있겠지만 그 나라도 언어도 벗어나 그윽한 마음 한구석이 마다처럼 어울려 맞는다는 게 퍽이나 좋고 느꺼웠던 까닭인가 봅니다.

몹쓸 싸움의 불길이 서울을 삼키고 정부가 서울을 버리고 남하할 지음, 정세는 말할 수도 없이 악화하여만 가는 일로이었으나 원래가 꼿꼿하고 의만을 믿어 온 아버지는 불길에 자옥한 서울을 버리고 울며 허덕이는 가여운 백성을 버리고 차마 혼자 남을 따라 남하할 수는 없었습니다. 그것은 한갓 비굴하고 더러운 듯이 우리에게 느껴지었던 것입니다. 원통함과 비분에 못 이기어 이어 와병케 되고 어느 병원 한구석에서 앓다가 그만 그들 손에 잡히어 간 뒤 우리에게는 몇 중의 괴로움이 내려 눌렀습니다. 아버지 같이 납치된 인사의 수는 헤아릴 수도 없거니와 우리의 조국을 위하여 진심으로 뼈아파 할 지사요, 애국자요, 일꾼인 그들의 기적이 우리에게 묘연하니 참으로 한심한 노릇입니다. 기적을 기다리는 우리의 마음을 혹 헤아리실는지요.

아버지를 좋아하시던, 아버지와 통하던 선생에게 이 슬픈 탄식을 전합니다.

아버지를 멀리 어느 북방에 두고 저희끼리 홀몸으로 부산까지 내려 온 서운함, 슬픔, 책 하나 못 가지고, 타달타달, 쓸데없는 저희들만 남아 살아온 게 부끄럽고 섧습니다.

1952년 가을, 부산에서

—

전재옥 선생님!

선생님 떨어져 지나온 지 벌써 돌을 바라보옵도록 상후 아뢰옵지 못하와 죄송도 하오려니와 사모님께서도 세 아기네들 다리시압고 청안하옵신지 궁겁사옵고 또한 멀리 따뜻하오시던 정 그립사옵나이다. 사변 뒤 더욱 저를 격려도 해 주시고 위로도 해 주신 선생님과 사모님! 퍽이나 신세만 지옵고 아무러한 의리조차 모르온 저.

선생님, 서울이 어떻습니까? 모두들 들먹이고 환고향하여 눈에 파묻힌 깨끗한 서울에서 푸근히들 쉬려는가 보아요. 모두가 다 간다하와도 저희는 가고 싶은 서울도 없고, 저희를 반겨 줄 아무도 없사온 듯… 그 동안 선생님께서는 얼마나 괴로움을 겪으시고 또 진정 저희들의 나라, 저희들의 앞날을 위하여 슬프시고 아프셨는 지요.

선생님, 저의 생활은 참 우스웠습니다. 돌아보면 부끄럽고 원통스럽습니다. 정숙이 편지에 선생님께서 제가 상경만 한다면 취직을 시켜주시겠다고…. 선생님, 저는 정말 쓸모가 없기 때문에 선생님께 여쭐 정말 면목이 없습니다. 혹시나 제가 쓰일 곳이 있다면 선생 노릇 같이 무겁고 무섭고 그런 것이 아니라면 모두 하겠습니다.

취직만 된다면 갈까 합니다. 선생님 댁 가는 것은 물론 저는 좋지만, 어쩌면 저만 가게 되면 어머니도 가게 되고, 평완이와 저와 양모가 어머니와 같이 살 집은 어쩌면 하나 조그만 것 구해질 듯도 합니다. 될 수 있는 대로 울지 말자고 이를 악 물어도 눈에 고이지 않는 눈물은 가슴에 흥건히 고이옵는 듯…

자꾸만 자꾸만 마음이 이상해지는 것 같습니다.

선생님과 저의 동무들은 모두 저의 학교 계속 문제를 생각해 주시는 것 잘 알고 있습니다. 선생님, 전, 혹시 서울 취직만 된다면 가겠어요. 그래서 남의 힘에 너무 매달리지 않고 제 힘을 좀 빌어서 야학 같은 데 갈까 합니다. 그리고 선생님께 이젠 정말 배워야 하겠습니다. 그렇게 엉터리로 장난삼아 하지 않고 이젠 어쩌면 좀 참되게 공부하려고 합니다.

선생님, 그럼 선생님의 하서 기다리겠습니다. 너무 저에게 넘치지 않는 곳에, 선생이 아닌 곳에 해 주시기 바랍니다. 뵈올 날까지 귀하신 몸 부디 보중하옵소서.

1952년 구월 초팔일 저녁 부산에서, 양완 올림.

—

근영이에게.

어머니 숨소리가 왜 별안간에 안 들릴까?

내 귓속에서만 뭐가 자꾸 울 뿐.

나의 모든 낙서 부스러기를 이 편지와 함께 깡그리 살라다오. 내 허물과 함께.

나야말로 이루 민망스런 사연 쓸 수도 없으나 내 잘못에 대한 나의 눈물은 부끄럼 때문에 그리고 미안이라는 그것보단 훨씬 더 슬픔 때문에.

오빠의 글을 받았다. 나의 부질없는 추악한 감정에 대한 진정의 충고를. 나는 그렇게 할 셈이다. 애쓰겠다. 너무나 무안스럽다. 나는 왜 가만히 못 있었을까? 아니 나는 왜 그런 추악한 탈바가지였을까? 폭포 같이 운대도 후련하진 않을 거야.

그럼 정말 언제까지나 언제까지나 잘 있어.

아버지에게, 어머니한테 그리고 너와 너의 여러 식구들한테 또 나한테 나는 얼마나 몹쓸 것이었는지. 하나님이 있대도 나는 용사 안 될 거야. 용사받아선 안 될 거야. 안 돼.

미안하기보단, 그런 예절보단, 내 마음은 너무 슬픕니다. 나의 잘못 때문에.

– 죄 많은 사람의 글 –
1952년 가을, 논산에서

근영이 오빠에게.

장지 너머로 어머니의 숨소리가 들려옵니다. 몸도 마음도 지치시어 고달픈 어머니의 숨소리를 나는 밤내 들었습니다. 얼마고 얼마고 망설이다가 불을 켰습니다. 어머니와 조그마한 샛문 같은 덧문을 거쳐 그것도 열어 놓은 골방에 누워서 나는 여러 가지 생각을 하였습니다. 개구리 소리와 또 귀뚜라미 소리가 내 귀에 삭막하게 들려왔습니다. 지금 문득 아무 소리도 아니 들립니다.

나는 이런 글을 쓸 셈도 아니었습니다. 그런데 이렇게 못마땅하게 이런 글이 되어버렸습니다.

나의 모든 감정의 자취가 한없이 부끄러워 내 몸은 닫는 듯 아니 얼어붙는 것 같았습니다. 온몸의 피가 솔깃 모두 발끝으로 쏟아져 내려온 것 같았습니다. 그런데 다리도 막 휘청 휘청 온몸의 피가 모두 머리 끝으로 뒤끓어 올라오는 것도 같았습니다. 그런

데도 나는 아무것도 생각하지, 아니 느끼지도 못 하는 것 같았습니다.

죄스럽게도 죄스럽게도 기다리었던 글이었습니다. 그 글을 읽을 때의 나의 마음은 뒤섞인 눈보라 같았습니다. 눈물도 안 나왔는데도, 나는 울지 않기로 결심했으니까. 글자가 자꾸만 얼뵈었습니다.

아버지와 어머니의 제일 사랑하는 딸로서, 아버지와 어머니 말고 또 다른 사람을 사랑(思)한다는 것은, 얼마나 서운한 일인지 모르겠습니다. 어머니한테 또 아버지에게, 그렇듯 괴로움에 슬픔에만 시달려 온 두 분을 버리는 것 같고 언짢고 슬프고 해서.

또, 남이 곧잘 지나는데 먼 데서라도 그 사람을 생각한다거나 그리워하는 것만으로도 얼마나 그이의 행복에 화근이 되는지. 나에게 결핍된 이지 말고 내게서 범람하는 감정으로 나는 알 수 있었습니다.

나는 너무나 죄 많고 추하고 뻔뻔한 짐승이었습니다. 짐승입니다. 아니 짐승은 참 신통한 것인데 모두 나보단 정말 곱고 또 착한데. 생각하실 수 있는 제일 나쁜 더러운 것을 내 이름으로 정해 주십시오.

나는 너무나 뻔뻔스런 몹쓸, 고약한 그런 것이었습니다. 나는 용사해 달라고도 이젠 말이 아니 나옵니다. 나한테도 용사를 받을 상 싶지 않은데요 뭐. 나는 나에게 씻을 수도 가져질 수도 없는 커다란 모욕을 끼얹고 말았습니다. 내가 아주 나를 버리는 날까지도 그 후에도 잊힐 상 싶도 않은.

파란 하늘에서처럼 잘랑 잘랑 은방울 소린지 은경 소린지, 별들이었습니다. 비가 오십니다.

근영이와 근영이 오빠를 비롯한 여러 사람의 생활에 난데없는 요마처럼 모든 생활을 어둡게 하고 훼방하고 상처가 될 그런 노릇을 해 왔다는 것 그지없이 섧습니다.

그리고 근영이와 더불어 우리 집을 걱정해 주신다는 것 고맙습니다.

각서의 요청대로 부질없는 낙서는 아니 보낼 것입니다. 한없이 부끄럽습니다. 얼마나 나에게 침 뱉고 싶고 짓밟고 흠씬 때려 주고 싶으실 것인지. 나는 나의 악에, 추에 으스러질 것 같습니다. 골갱이가 빠질 것 같습니다. 정말이지, 누가 이 세상에서 제일 나쁜, 나쁜 욕을 나한테 실컷 퍼부어 주었으면!

나의 이글을 하나도 꼬이지 않고 곧게 읽어 주실 것을 믿습니다.

아듀—.

1952년 가을, 논산에서

—

석중이에게

그리고 그리던 너의 글 얼굴 대하듯 반가이 읽었다. 읽고 또 읽었다. 신설동 삼구일로 편지는 부치고도 가기나 했는지 종시 마음이 안 뇌더니 답장이 날 반길 줄야 참 너무도 꿈 같이 기뻤다.

네 편지를 받고 당장 답장을 하려던 것이 붓을 들지 못 했으니 어찌 나무람을 아니 받겠느냐. 그동안 선생이 되었다니 너나 나나 우습고 참 어이없다. 나도 너와 같기에 무어라 할 말이 없다.

이리고 종이를 멍하니 바라고 앉았으려니 여윈 네 모습이 자꾸만 자꾸만 얼뵈는구나. 그 전에도 말랐던 네가 그 흉악한 난리에 오죽 말랐겠니. 이렇게 쓰자니 또 눈시울이 더워진다.

이곳에 나려온 지 설이 두 번 지냈건만 언제나 서울에 가게 될는지. 아버지 오셔서 뫼시고 서울 갈 일을 구름 타듯 꿈처럼 기다리고 있다.

낯설던 말씨 음성이 어느덧 귀에 익고 "피난"이란 어의도 내 마음 속에 무뎌 가고 있다.

나야 무슨 애국자가 되겠니만도 어찌하면 세월이 둥글어져서 모두들 제깃으로나 돌아가 푹들 쉬어나 보려는지. 가여운 사람은, 불쌍한 사람은 나만이 아니고 모두가 모두 어찌들 될는지—. 이럴 때 부를 수 있는 주여! 나 나도 가졌드면. 더듬어 보아도 비비고 보아도 보이지 않는구나. 떠오르지 않는구나. 어떻게 하면 우리가 좀 구청될는지. 이 가엾은 인간들이.

1952년 가을, 논산에서

―

강 교장선생님 전상서

귀엽던 꽃이 다아 지고 어리던 잎들이 젊어 무성하옵도록 문안 아뢰옵지 못 하와 참으로 죄송하옵나이다. 그 사이 입학 졸업에 얼마나 심려 많으셨사올지 뵈옵는 듯하옵나이다.

꿈길에는 곧잘 동래길을 더듬고 인자하신 선생님도 뵈옵고 그리던 숙자 양도 만나옵건만 보람도 없사온 하루하루가 어찌 그리 고달프온지 문안 아뢰옵고 뵈온 듯이 말씀이라도 하올 마음의 기쁨을 누릴 겨를조차 잃은 듯하옵나이다.

선생님! 부르옵니다. 아버지! 부르고 싶사옵도록 그립사옵나이다. 못난 저를 남달리 귀여워해 주시고 보살펴 주시던 선생님과 또 여러 다른 선생님께서도 다 안녕하시오며, 제가 죄 많이 진 저를 사랑해 주던 많은 학생들도 다 충실하온지 궁겁사옵나이다. 국어과가 저 때문에 못 가르친 탓으로 입시에들 큰 타격이나 없었던지 몸이 부릇는 듯하옵나이다. 일의 이도 진급 성적이 양호하였는지 모두가 늘 마음 한 구석에 잊히지 않사옵건만 붓을 들 기력 부치도록 손 팔이 아프옵고 글 한줄 못 볼만치 눈도 곤하옵나이다. 하려면 무엇 못 하올 게 있겠사옵니까만도 가고 싶은 길, 가야 하올 길도 아닌 그런 것으로 저는 다시 못 찾을 아까운 시간들을 어처구니없이 낭비하옵는 셈이옵나이다. 몇 백 길 우물 속에라도 빠지온 듯한 절망 속에서 그래도 한땐 물결을 거슬러 헤치고 가던 지느러미도 떨어져 없이 비늘만 빛 잃고 뜬 듯한 저의 꿈이 할딱거리고 있사옵나이다. 이미 숨이 아주 지고 말온 겐지, 또는 혹시나 그래도 남아 있는지.

1952년 가을, 논산에서

더위가 퍽 여문 듯하온데 귀하오신 몸 청안하옵신지 문안아뢰옵나이다. 지난번 돌연히 찾아뵈옵고 두서없이 지껄이고 온 뒤, 혹 언사가 또는 예모가 너무나 흩어지온 듯도 하와 소심에 죄송하온 느낌 금할 길 없었사옵나이다. 아버지의 글을 그렇듯 좋아하시고 아껴주시는 선생님께 제가 드려야 할 모든 말씀이란 감사 그것뿐이어야 하였사옵거늘 … 마음에 머흐온 이저것 처음 뵈옵는 분께, 너무 무뚝뚝하게 그리고 외람되게 거친 그대로 여쭈었사옴 다시금 부끄럽사옵나이다. 허기는, 저와 같은 생각이 선생님께도 꼭 계셨을 듯도 하옵니다만은 이것이 저의 면죄로의 한 자위의 교묘하온 방패인지도 모르옵니다만은 설마 ….

유치응 선생님 전상서

선생님, 그동안 기력 만안하옵신지 문안 아뢰옵나이다. 친아버님처럼 뫼시고 있사와 늘 든든하옵더니 계신 곳 떠나와 이곳 논산에 이르니 차마 허우룩 의지를 잃사온 듯 마음이 허전하옵나이다. 이사라기보단 봇짐 든 피난이오라 고쳐 뵈옵도 못 하고 허황히 물러와 버리고 보니 죄송하옵기 이를 데 없사온데, 더구나 저희를 보시고저 그 고개를 넘어 친히 오셨더라는 걸 뵈옵들 못 하와 차마 그립사옵고 죄만하옵나이다.

이곳은 곡가도 좀 헐하오며 구수하고 순한 사투리도 비위에 당기와 그곳이 그리울 것 별로 없사오나 그곳에 계신 모든 그리운 친지 식구 일로 부산 생각 떠날 날 없사옵나이다.

백지 한 장 바른 덧문을 미오면 마당이고 뜰에는 황국이 향기롭사옵나이다. 울도 없사오나 후한 인심이오라 오히려 첩첩이 달고 잠그고만 지내오던 못 믿고 의심하는 미운 마음 저윽이 부끄럽사오며 사람의 본연의 모습이라도 만난 듯 이렇게 믿고 지나옴이 기쁘기도 하옵나이다.

다시 서울로나 가기 전에 어떻게 또 다시 선생님을 뵈올지 아득하옵나이다. 그러나 선생님께서 하옵신 높으신 말씀 제 몸엔 겹사오나 받들고 나아감에 불을 삼겠사오며 늘 뜻이 되옵고 힘이 되고 있사옵나이다. 아버지 오시는 그날까지 아무쪼록 어머니 속 썩이지 않고 잘 지내도록 온 정성을 다하겠사오니 때때로 좋은 말씀 하여주옵소서. 선생님 글씨 받자와 공부하고자 하오니 써 주시옵소서. 아직 이곳에서 취직 못 하였사와 걱정이오나 분주하와 정돈될 때까지는 주선도 하올 겨를 없사옵나이다.

동래여고에는 강 교장선생님의 극진하신 애호 밑에 잘 근무하옵다가 학생들에게도 한 마디 인사도 없이 왔사와 이번 열흘 경엔 사임 인사하러 부산엘 갈 예정이오라 선생님 뵈올 것 생각하오니 참새마냥 기쁘기 한이 없사옵나이다.

쓰고 싶사온 말씀 많사오나 하도 붓이 지질하옵고 사연도 모자라기 짝이 없사와 차마 낯을 붉히지 않곤 쓰올 길 없사와 그지없사온 그리움 참사옵고 이만 줄이겠사오니 부디 부디 귀하오신 몸 건강히 여일하옵시며 어서 속히 뜻하오시고 바라오시는 좋은 날 있사옵기 멀리 비옵나이다.

1952(4285) 십일월 초이일 밤 논산에서, 위당의 삼녀 양완 상서
(이렇게 망칙하온 글 읽으시게 하온 저를
용사하여 주십사 하기에도 정히 낯이 없사옵나이다.)

—

석중아!

너의 글을, 외롬에만 동그만이 둘린 나에게, 그렇듯 귀한 너의 정을. 난 두 번이나 받고도 이리 맹송맹송 글 한 자를 아니 보냈구나. 석중아. 다시 불려 이곳 논산들에 나는 와 있다. 여기도 싸락눈이 나리고 멀리 둘린 순한 산들도 새 치장을 하였단다. 문고리에 손이 붙는데 서울은 하늘이 매몰스리 찰 걸? 춥고 귀찮지? 응승구려지고? 모두가?

한때는 일부러 슬퍼보고까지 싶던 이 찌꾸산이 없는 계집애. 지금 난 슬픔에 절을 지경이다. 너는 모를지 몰라… 내 동생이 일

선에 갔단다. 지난 이십일 경향신문에 육이오로 말미암아 이북으로 납치된 정인보의 아들 정흥모가 사자고지 싸움에 산화했단 보도가 났다.

나는 울지도 않았다. 기도 막히는 줄 모르겠다. 후유! 그 애가, 아니 그게 정말이라면, 그래도 난 요러고 생동생동 살았단다. 이 몹쓸 년은.

아직 본대에선 아무런 소식도 없다. 기적이 일어나리라 매일 떨리는 마음으로 기다린다.

나라면 죽고 사는 내 동생, 그 동생의 생사를 모르고도 난 끼마다 목구멍을 추기고 배를 불린다. 이 무도한 년은, 이 미치고 몹쓸 년은… 정말이라면…. 그럴 리는 없겠지!

형제, 부모, 곰곰이 생각해 본다. 내 몸을 바꿀 수 없다면 내 몸으로 사랑하지 못 한다면, 왜 난 이 거룩한 깨끗한 반대에 얽힐 게 없지 않나? 차라리 벗고 동그만히 사랑받지 않고 살다 가지.

거짓된 내 우애.

거짓된 내 효심.

거짓된 내 모든 마음 불사르고 싶다.

1952년 12월 논산에서

—

　편지를 —그렇듯 그리던— 받은 지 벌써 달포나 넘어 이제 붓을 드니 참으로 면목이 없고 미안합니다. 붓을 들 수 없도록 호되게 앓지도 않았건만 하루하루의 생활에 헤어나들 못 하였던 것입니다. 글씨체가 다 못 알아볼 만큼 —기중 한 장— 앓은 줄도 모르고 편지 오기만 기다렸던 어린 이 몸 용서하십시오. 설이야 나에게 있으리만도, 기다리노라 음력을 지켜온 나. 내일모레면 그마저 그뭄이라니 이 해도 아주 그만 가버릴 듯 영순과 벗 —가장 믿음직하다던—을 진심으로 축복하고 싶어졌기 이 붓을 드나이다. 난 그림도 시도 없으니 호화로운 연하장은 드릴 수 없고 연약하고 곱도 못한 마음만 보냅니다.

　가여운 나로 하여금 무거운 죄의 짐을 조금이나마 벗게 하고자 하느님은 선생 취직을 안 시켜 주시는군요. 아직 정한 건 없는 셈입니다. 원숙이 수술은 결과가 좋았는지, 어련히 영순이 잘 알겠지만, 원숙은 나 보기엔 가장 참된 학우일 듯 … 자존심이니 그따위가 무엇일지 … 원숙은 한갓 자존심 때문에 벗을 저버릴 사람이 아닐 것이고 영순 또한 으레 그럴 것을 구구히 적는 노파심이니 그리 아시오.

　그동안 무슨 공부를 하고 —배운 것만 공부는 아니겠지요— 또 생각을 했는지, 요사이 나는 무얼 좀 써 보려고 무진 애를 쓰고 있습니다. 그러나 너무도 부족한 공부 없는 나. 내 머릿속조차 —아니 머릿속을 창거린다는 게 얼마나 큰일인지— 다스릴 수가 없으니 더 말할 것 없습니다. 삶의 비약에 대하여 또한 사랑의 비약에 대하여 쓴 벨그손이라는 이의 글을 읽고 있습니다. 얼마나 놀랍고 높은 부름이 나를 손짓하는지 … 어려워서 알 수 없는 구절이 태반이지만, 모르는 채로 미칠 듯 기뻐지는 그 책. 영순에게 얘기하고 싶었습니다. 나의 무딘 붓으론 그의 아름다운 사상을 적어낼 수도 없을 듯 어린애처럼 난 엉엉 울고만 싶습니다. 나의 무지, 아니 나의 부덕! 동경이 나를 부르는 줄도 모르는 듯이 얼마나 헛되게 잘못, 미(美)하지 못 하고 선(善)하지 못 하게 살아왔던지 나의 가난에 나는 통곡하고 싶었습니다. 어떻게 하면 나는 올바른 인간이 될 수 있을까? 어떻게 하면 첩첩이 닫아걸은 마음의 문을 열고 사람을 대할 수 있을까? 모든 생명을 대할 수 있을까? 설사 내가 이 붓을 놓는 순간 나는 다시 장사치가 되고, 인간의 허물만을 쓰게 되더라도 —얼마나 고귀한 순간일지 … 나는 벌써 다른 아무것 때문에도 울진 않습니다. 어째 나는 이렇듯 가난할까! 아니 어떻게 하면 나도 그렇듯 아름다울 수 있을까 하는 그것 때문 이외에는. 동경이란 말이 얼마나 뭇 입에 헐고 이울었는지, 그러나 이 동경, 나는 바람을 타고 뜨는 연과도 같이 날고 싶습니다. 위압이 아닌 동경이 나를 착하게 아름답게 참되게 만들려 합니다.

1953(4286). 정월.

박 선생님.

그날 경숙이 집을 찾아주셔서 참 반가웠습니다. 가실 때 하셨을 약속(전람회에 가자신)은 아니 들은 걸로 치부나 한 것처럼 다시 뵈올 기회 못 가져서 "실없는 아이군" 하셨겠습니다. 수요일 양 선생님 시간에 한 번 더 들어가고 싶은 생각이 실은 며칠이고 더 저를 서울에 머물게 하였던 것인데 어찌된 영문인지 그 시간에도 아니 가고 목요일 새벽 그만 후울적 떠나와 버렸습니다. 저벅거리는 듯 주춤거리는 신소리가 온통 새벽에 찬 것이 송구스러워 잔뜩 마음을 찌푸릴 때 달빛이 마냥 물처럼 퍼붓는 것 같았습니다.

감상의 사태나 만난 사람 같이 휘청거리는 저를 퍽 딱하게 여기셨을 것 돌아와 생각하니 조오금 좀 부끄럽기도 한 것 같습니다. 하긴 뭐……

선생님이라 불렀다고 귀에 거슬리시지나 않으실지 하지만 용중학생의 부름으로 쳐두세요 그냥.

무슨 편지에 안부도 안 물었을까?

공연히 —종이가 있고 펜이 잡히니, 그리고 마침 조카들이 다 코오 자니까— 웃음의 소리로나 해 버리고 속절없는 말 껍질로나 까버릴 것을 이러고 적으니 우습습니다. 책이나 좀 빌려 올 것을.

오늘 강경서 사천오백 환 전별금을 보내왔습니다. 두둑한 편진 줄 알았더니 종이엔 글 아닌 글씨 일금 …也가 쓰였을 뿐… 어머니는 신을 사 신으라시고. 나는 야릇한 감상에 잠기고.

그럼, 혹 모든 게 순하다면 쉬이 뵈올 수 있을 것도 같습니다. good dream to you!!

R.S.V.P.

(중대 용건을 잊어버릴 뻔했습니다. 친척 언니 아들이 거기 학교 친대요. 어떻게 하든지 들었으면 좋겠어요. 그 아이 이름은 이광길.(부산 피난 초등학교 출신) 이후에 더 어려운 청을 할지도 모르겠지만요… 이름이랑 그런 것은 나중에 또 알려드리겠어요. 혹 가게 되면 뵙고 떼쓰고요.)

1953(4286). 2월 22일. 양완 드림

그래도 안 부칠까 하던 것을 아무튼 부쳐야겠는데 중대 용건 때문에… 편지라고 생각하지 마시고 무슨 고지서 같이 읽고 버리십시오. 종이에 쓰지 않고 편지할 수 있으면 좋겠습니다.

그 아이 이름은 이광길.(부산 피난 초등학교 출신)

🍃 1953. 4.

성재 이시영(省齋 李始榮 1969 1. 3 – 1953. 4. 17)

"어서들 앉거라."

숭배와 경모의 정만은 가슴에 버겁건만 변변히 문안도 아뢸 줄 몰라 절하곤 서 있는 우리를 보시고 웃으며 안경을 고쳐 쓰신다.

사뭇 어루맞으시는 듯한 눈길, 음성이시다. 오로지 이 나라와 겨레를 위하여 갖은 풍상을 다 겪어 이기셔 홀로 그 절개와 지조가 높으신 팔십오 세의 노 혁명투사. 우국 애족의 권화이신 성재 이시영 옹(省齋 李始榮 翁)은 비록 체소하시나 정정하시고 신색도 말쑥 깨끗하시다. 이 분이야말로 꼭 이 나라가 다시 빛을 입음을 보셔야 할 텐데 … 가슴이 습벅 눈시울이 뜨거워짐을 금할 길 없다.

"시커먼 떼구름 잡은 우리의 하늘을 뒤덮고 빛을 잃은 이 땅 위엔 피바다가 흐르니 우리의 운명이 실로 바람의 촛불이라 너희들 젊은이 곧 아니면 누가 있어 가물거리는 이 나라를 바로 잡고 울부짖는 저 백성들을 다스려 나간단 말이냐 … 모두가 다 우리 늙은이들이 어리고 부족했던 탓으로 철없는 아이들까지 …"

겪으신 옹의 만고풍상은 면면하다. 붓과 입이 멀리 미치지 못할 높으신 옹의 거룩한 생애를 입 붙인 채 귀띔해 줄 듯도 한 누런 두꺼비 연적이 어루만지시는 주인의 머리맡에 틀숙하게 엎드려 있을 뿐 방 안은 싸늘하리만큼 맑고 깨끗하다. 옹께서 하신 말씀을 속 깊이 새겨가며 한때 저자를 이루던 지금 쓸쓸한 동래의 객사를 뒤지고 나온 게 바로 엊그제인 듯한데 이레 만에 옹은 이미 설움과 절망에 신음하는 가엾은 이 겨레를 남기신 채 차마 눈을 못 감으시고 이 진세를 떠나셨던 것이다.

나에게 사랑스런 동생들이 이백여 명이나 더 생겼다. 게다가 나는 담임이 되었다. 한동안 인쇄소에만 다니느라고 학교엘 안 갔더니 공부가 손에 안 걸린다. 오·육학년을 맡아 공부를 해 가며 애를 써 볼까? 그만두고 일·이학년이나 재미있게 하다 그만둘까?

책임이 무섭고 나의 게으름이 또한 무섭다. 나는 어떻게 하는 것이 옳을까? 공부를 해 가면서 가르칠까? 그러나 나의 열만으로도 안 될지도 모른다. 난 책임이 무섭다. 책임이 … 무섭다.

강경여중고에서 1953(4286). 4. 25.

희균에게

정말 뜻밖이었습니다. 아무에게도 편지 한 장 쓸 수 없이 까슬까슬해졌기 고대되는 글월 받기 누를 지난 지 벌써 몇 해째라.

그래도 모올래 받고 싶고 그리워지던 벗들의 글, 희균이 고맙다기보다 기뻤어.

몸은 아주 좋아졌는지? 무슨 그림을 그리는지, 보고 싶어. 평완이 일 그렇게 기뻐해 주니 정말 고마워.

참, 순희와 선희가 그립군. 어떻게들 있는지, 선희 주소 좀 가르쳐 줘. 순희는 아버님도 안녕하신지? 보고 싶어.

경숙이가 앓는다는 말을 인편에 듣고 정말 마음이 어두웠어.

좀 낫다니 얼마나 좋은지, 한번 가 볼 수도 없는 나.

이십팔일이 졸업이었군. 신문 보고 알았어. 화려하게 성황히는 못해 줄 망정 마음의 꽃 한아름 드리지 못한 나의 가난을 울고 싶어. 희균이야말로 얼마나 거룩히, 묵묵히 괴로워하며 그리고 있을지. 자능력에 절망했으나 그려보겠다는 그 말… 제일 좋은 말인 것 같았습니다. 글 한 줄, 아니 일기 한 줄, 편지 한 장 안 쓰고 몇 해가 지났습니다. 너무나 벅차서 붓을 놀릴 수도 없습니다. 이제 난 돌, 돌도 철근 콘크리트 같은, 그런 여인이 되었습니다.

강경선 또 엉터리 영어 선생.

나의 백 몇 배나 되는 인수… 인해전술… 그들의 시끄러움, 놀림 속에 힘없이 웃는, 무기력한 의욕도 잃은 나, 모두 약하다고 합니다.

이번에 이곳에서 같이 사는 여선생, 한 방에서 미국 계신 오빠와 리-베에게 크리스마스 카-드를 보내고 싶어 하기, 희균에게 좀 그려달랠려고 했습니다. 예술가를 간판쟁이로 아냐고 화내지 말고 고운 그림 두 장만 그려서 보내 주십시오. Ohio까지 가려면 이를수록 좋으니.

경숙이 아프지 않으면 나 주는 것을 아무것도 쓰지 말고 만들어 달래겠는데 아프니까… 아주 나쁘지 않거든 꼭 그려 보내 주어

그럼 이만—

1953년 4월 논산에서

—

　나는 아무것도 알 수가 없습니다. 참, 내가 거짓에 차 있다는 외에는.

　어젯일이 불쾌할 줄 나도 같이 느낍니다. 죄스럽습니다. 용서해 주십시오.

　지금 휙 이리고 돌아서 오는 나의 발자옥마다 구름처럼 엉긴 생각이 멈출 듯 멈출 듯했습니다. 지금껏 좋은 친구나 딸이 누이가 되어 보들 못한 내가 어찌 누구의 좋은 선생이 되겠습니까. 과거의 나라면, 내가 이렇듯 무능하다는 것이 얼마나 애 닳고 분하고 약이 오르겠지만, 지금의 나는 그것이 커다란 한 설움으로 번져 버린 듯 싶습니다. 어쩌면 이렇게도 지닌 것이 드릴 것이 없는지―.

　어젯일은 모두가 나의 잘못이었습니다.

　그러나 백 마디 가운데 두어 마디라도 마음을 여며 주고 어루만져 주는 그 무슨 말씀이 계시었다면 나는 다행이라 생각합니다.

　할 말이 아니 하고 싶은 말이 많사옵니다. 글이 짧습니다. 그런데도.

　남 선생님을 기다리는 동안 어떻게 마음 평안히 지내 준다면 욕심 많은 나도 더 걸터듬질은 안 할 것입니다. 남의 자유를 빼앗다시피 한 나의 모든 허물을 천만 사죄하옵니다.

　건강과 행운을 빕니다.

　여러 선생님과 벗들의 극진한 사랑을 많이 받기 바랍니다.

1953년 봄, 논산에서

—

낙서(樂書), 울음

솔숲이 굉장히 울립니다. 웬 바람이 이리 샘을 부리는지? 잎 피는 데에?

자려고 누웠었습니다. 아까 들은 얘기를 옛날 일처럼 생각하고 있습니다. 비도 오시는 모양입니다. 밖에선 무슨 말을 어떻게 쓰면 좋을지 도무지 모르겠습니다.

쪼끄마한 캄캄한 방에서 혼자 괴로워 못 견디는 모습이 내 마음 속에 어립니다. 안타까워, 한없이 안타까워 어찌할 줄 모르는 그 마음을 내가 어떻게 해 주면 좋을까? 내가 무력하다는 것이 섧다는 이기적 입장에서 떠나 나는 진정 걱정이 되고 아니 그보다 내 마음도 막 확 확 내는 아궁지처럼 연기와 불길이 섞여 나는 것 같습니다.

인간이라는 것, 나라는 것에 대해서 이렇게 미지근하고 또 실없이 참 욕되게 거짓되게 살아 온 내가, 한 번도 「나」를 보지 못하고 「나」를 처박아 버리고 감추고 살아 온 내가 정말이지 이 편지를 쓰려는 것이 잘못입니다. 나는 많이 깨우쳐졌습니다. 좀 더 나도 「나」에게 충실해야 되겠다고 …

막 울고 나면 이게 어떨까? 어리석은 일이지요.

울면 뭘 하고, 아… 아찔합니다. 나는 무섭습니다. 나는 비겁하고 더러운 인간이었습니다. 무엇보다도 나 스스로에 대해서, 그 죄로 아니 그 죄로 나는 이리고 영겁을 뉘우치고 안타까워하고 울고 괴로워해도 쌀 것입니다.

결코 인생에 대해서 더 아무렇게나 생각하라고 하고 싶지는 않습니다. 병적이니 광적이니 하는 것은 실상은 그 말 하는 사람이 모자라다는 증거일 것입니다.

너무나 진지하게, 충실하게 「나」에, 대하고 있습니다. 참 나는 그 점을 높이 여기고 있습니다.

밖에선 비가 오십니다. 바람도 막 일고 이런 밤에 왜 나는 괴로워하는 마음과 같이 이 밤을 새지 못 할까 슬퍼도 집니다. 아무 도움이 되지도 못 하고 아무 힘도 아무것도 못 될 것이 그저 이런 낙서(樂書)를 해 보았습니다. 이런 것을 남에게 주어도 될는지? 그러나 그저 주기로 결심했습니다. 왜? 말하고 싶진 않습니다.

"난필! 떼!" 용서하십시오.

(다시 읽어 보면 보낼 수 없을 것 같아서… 하긴 보내는 게 정말 좋은 건지도 모르지만 아무튼 봉하고 부치겠습니다. 담배 부치실 때 종이도 사르시고 여기 쓰인 찌꾸산이 없는 말도 머릿속에서 사르시기를…)

1953년, 논산에서

—

해는 반짝 눈이 부신데 병아리 솜털 같은 눈이 나리고 있습니다. 고요한 겨울의 낮…

정원이에게 오랫동안 소식을 전치 못해서—

듣지도 못해 궁금도 하구

새해를 맞았는지? 벌써 4286년(1953)짜리 달력을 벽에 붙인지 며칠 되니—

방학을 했겠지요? 그 동안 몸은 쾌했는지?

그 전처럼 집이나 멀지 않았으면 좋련만.

뫼시고 있는 식구들도 안녕하시고 학교 권 교장선생님께서도 청안하오신지 늘 잊지는 못하면서도, 논산으로 온 뒤 집에서 놀면서도 평안치 못한 심사에 붓을 들 만한 참한 겨를이 없었댔습니다. 취직만 않으면 공부도 하련만 그때엔 그렇더니 집에 있어도 별로 공부도 안 하고 자기만 합니다. 도대체 어디까지 떠내려 갈 셈인지.

—

나의 타락의 첫 층.

가속도로 떨어질 내 영혼!

나는 너를 위해서 징글맞은

조사를 하나 써 주마 …

히히 넌 뭘 그리 궁리하나

거기 그리 길게 머물었더냐.

대체 뭘 했누 … 히히 …

가속도! 멸망! 나의 모든 것의

? … 히히히 … 이상하다.

—

아카시아꽃이 하나 진다. 하늘은 으스러지게 곱다.

내 손톱으로 박박 할퀴고 싶다. 실컷.

이런 하오엔, 미칠 것 같다.

근영아, 좋은 사람하고 같이 사는 사람은 동무한테 아니 동생한테 편지도 하면 안 되는 거니?

근영아, 나의 부질없는 모든 생각이 아니 감정이 죄스럽거든 (죄야 죄야 그런데, 마구) 나를 불로, 응. 정화해 다오.

오빠가 그립다. 보고 싶다. 꼭 한 번 보고 싶다. 왜 안 올까.

내 마음이 이렇게도 슬픈 오후에, 왜 안 올까 오빠는.

※ 우리 학교에 약대에서 화학 선생님이 전임으로 오셨어. 아마 그러니까 자리도 없을 것 같아. 그러나 부산 어디로 네가 오면 오죽 좋겠니. 기다리던 정호도 보이지 않고 나는 그만 죽을 것 같다. 네가 한결 적적하겠다. 정호가 없으면.

　　　강경여중고 교사(1953-1954) 시절 1953년 여름, 논산에서

—

선생님께

잘못된 글과 글씨 투성이인 이것을 선생님께 다시 한 번 읽지도 못한 채 드리게 됐습니다. 쓰기는 어제 저녁 후까지 다 썼습니다.

가다가 ※ 표를 종이 구텅이에 부친 곳이 하나 있습니다. 선박명에 관사 붙이는 것에 관한 예인데 우리나라 배 이름을 모르기 때문이었습니다. 선생님께서 꼭 다시 읽어 보시고 다른 사람에게 전해 주시면 낯모르는 다른 사람에게 저의 허물을 덜 뵈올 것입니다.

그리고 선생님, 이 책에다 선생님 함자 쓰시지 마셨으면, 적어도 직접 "저(著)"라는 자는 안 붙이셨으면 합니다. 아무리 흐린 이 세상이지만 선생님께서 창작이 아니신 책에다 한갓 제자 하나 때문에 이름을 더럽히시는 것 같아서 내내 마음이 언짢습니다. 감수라든지 그런 정도가 나을 것 같습니다. 어련히 아시겠사오나, 왜 그런지 자꾸 마음이 킵니다.

—

선생님께

선생님 한 번도 못 가 뵈서 죄송합니다. 기일내에 써야만 되겠다 싶사와 가 뵙지도 않았던 것입니다. 어제 저녁 후까지에 쓰기는 다 썼사오나. 다시 읽어 보지도 못 한 채 그냥 드리겠습니다. 잘못된 점, 글씨 많을 듯 걱정입니다.

그리고 그 책을 그대로 썼으니까 선생님 함자를 위에 실리는 게 저에게는 아무래도 언짢을까 싶습니다. 암만해도 선생님의 이름에 관하는 일이니까 선생님의 감수라든지 하면— 어련히 선생님께서 그런 것은 다 좋도록 하시겠는가도 싶으면서도, 너무나 그런 것에 무관심하신 선생님이시라 그러는 것입니다. 다만 한 제자 때문에 한 번도 부끄런 일 하지 않은 선생님이 이름을 더럽힌다는 것은 정말 안 된다고 생각합니다. 왜 그러냐 하면 이 책은 창작이 아닌 때문입니다.

교장선생님 전상서

상후 아뢰옵지 못하온 지 수삭이나 되온 듯 하정에 적이 그립사옵나이다. 벼 빈 그루에 햇살이 기울음이 마음에 한결 적적하오니 고동색 세-루 두루마기 입으신 선생님의 모습 곧 뵈옵는 듯 불연 느껍사옵나이다.

사모님께옵서도 여러 자제님 거느리옵고 기체후 청안하옵신지 어머님 같으셨기 더욱 그립사옵나이다. 윤경자 선생님께서 주신 글에 이번 삼학년(高)이 한산도에 갔었다 하시니 더욱 그립사옵고 먼 옛날에 어리고 설던 저에게 과분히 주셨던 선생님의 따뜻하신 은혜와 정 다시금 사무치는 듯 물거품 튀기며 흐르던 배 위에서 먼 곳 가르치시며 하시던 말씀, 모습, 귀와 눈에 어제런 듯도 하옵나이다.

벌써 한 해가 넘었사옵나이다. 더 거칠어지온 제 마음의 기슭에 아름답던 추억으로 삼삼하옵나이다.

예술제는 어느 때쯤 하시는지, 혹 성왕히 지나지나 않으셨사온지 궁금도 하옵고 감상도 하고 싶사옵나이다. 마음이 거칠어지온 탓이온지 붓을 드는 즐거움조차

1953(4286)년 가을, 논산에서

—

경숙아

누구를 부르고 싶어졌다. 오래간만에도. 씌어진 이름이 너고 보니 문득 그립구나, 못 보고 와 버린 게 퍽이나 마음에 언짢고.

퍽 덥다. 옴츠러질 듯 춥더니 또 이렇게 찌는구나.

너는 지금 그리고 있겠지. 머릿속에 좋은 구상도 떠오르고. 바빠도 보람이 있고 괴로워도 기쁨이 있겠지.

난 덥다. 첫마디에 자격 부족으로 딱지 맞은 학교에 다시 이력서 한 장을 써 냈었다. 무던스러운 위대한 둔감이다. 인젠 자부 따위가 내 게 아닌지 오래다만 모두가 섭섭하다.

그동안 벌써 한 이백여일은 될 거야. 내가 뭘 했는고! 그게 문제도 아냐 지금에 와선. 헤일 수도 없는 … 또는 내 두 손가락도 모자랄지 모를 나의 내일들을 난 어찌 맞을 것인가. 다아 썩어진 삭으러진 그런 구렁에서 무슨 망칙스런 내일! 씩! 내겐 내일이 없느니라 …

경숙아, 내가 가진 단 하나의 문학 형식이던 편지조차 난 이제 지니지 못 했다. 토막나는 생각과 끊어지는 문장들 … 난 널 부를 수도 없구나 지금 …

언제까지 내가 이 소아병에서 헤어나들 못 하고 못나게 짜기만 할지. 그것이 적으나 따나 나의 일생이고 만다면. 의문으로 희망을 몰래 보존하는 나의 본능은 참으로 지궁도 스럽지.

경숙아! 썼다. 너를 부를 수도 없는 마음인데도. 요새는 꿈도 유난히 뒤숭숭하더라. 지겹고 끔찍스러운 요망스러운 그런 꿈들이 날 죽일 듯이 벼르는 것 같다. 골이 쪼개지듯 아프다.

머언 하늘에 늘 나를 지키듯 빛나던 너의 눈조차 흐려진 내 눈동자엔 어리지 않는구나. 네가 날 잃지 않았으되 내가 널 잃었나 보다.

벌써 난 너를 여읜 슬픔을 깨닫지 못 할 만큼 백치가 된 것 같다. 며칠만 못 봐도, 아니 하루에도 몇 차례 보는 족족 반갑더니…. 한 여든은 더 된 것 같애. 그렇게 고단하고 슬프구나.

여기 앉아 호온자서 멀리 내가 떠나온 동무들을, 정들을 회상한다. 얼마나 아름답고 깊던 그들의 정을 난 헌신같이 훌훌히 벗고 던져 버렸던지! 죄 많은 마음 그들에게 가시와 상처만을 안겨주고.

너를 만나기가 모든 동무를 만나기가 부끄럽고 두려웁다. 게으른 나는 이러니라. 난 널 볼 수 없을 게다. 다른 모든 동무와 같이 정말은 부를 수도 없지.

지금에 와선 절망이 날 게으르게 했는지, 게으름이 날 이 구렁에 볼았는지 분간하기 어렵구나. 권태에도 지쳤다. 무감각도 확실히 하나의 악이구나. 딴은 벌써 난 느끼들 못 한다. 그것조차.

잘 있어라.

양완 드림.

1953. 9. 14. 낮 늦게 논산 여우에서

남경숙에게

머릿속에 뜨거운 용암이 흥건히 흐르는 것 같다. 겨울 든 잿빛 돌는 하늘에는 무수히 무수히 락엽이 지고.

너를 그린 지 못 본 지 벌써 돌도 넘는다. 오늘 갑자기 뜻밖에 너를 아시는 어느 미술 선생님(강경)께서 나를 찾으셨다. 기가 막히는 것 같다. 가슴이 뭐가 콱 막히는 것 같이 이상스러웁다.

경숙아, 누웠다니 어디가 편치 않으냐? 배가 아프다니, 못 먹을 것, 옳지 못한 것들 먹어 속을 버린 거냐? 가슴이 내려앉는 게 야릇하구나. 방금 뛰어가서 그냥 널 볼 수 없는 나는 이제 아주 불행한 것이 되고 말았구나. 경숙아 어디가 어떻게 아프냐. 어떻게 하면 낫는 거냐.

소문엔, 미국으로 가게 됐다는 게 올봄 들어 들은 말이기 너를 위해서 좋은 일이라고 생각했는데… 벌써 갔는가 속으로 궁거웁더니.

경숙아 내 낯이 이리도 닳느냐. 내 마음이 이리도 열에 뛰느냐. 벗이고 뭐고 다 버리자고 버린 줄로 비틍그러져 너까지 아니 부른 이 무뎌진 내 감성이 이제 왜 이다지도 먼 옛날 같이 들레이느냐.

1953년 겨울, 강경 논산에서

김 선생님께

더위에 어찌 지내십니까. 어제 써 주신 소개장 가지고 이 선생님께 오늘 갔었습니다. 특별히 선생님께서 친히 왕진해 주셨는데, 원래가 쇠한 데다 더위가 겸하고 폐도 점 나쁘니까 보약을 잡숴야겠다는 말씀이온 바, 신 선생님은 댁이 시끄럽고 공기도 좋지 못 하다고 어디 병원엘 입원하시고 싶으신 모양이오나, 군 관계의 병원은 지방인으로는 입원이 어렵고 또 개인병원으로도 가시기가 형편에 닿지 않으실 듯하여, 혹 선생님 아시는 절(寺)에, 가깝고도 공기 좋은 곳에서 잠시 휴양하시면 좋을 것 같아서 의론하는 것입니다. 다시 한 번 뵈오러 오든지 전화로라도 말씀하겠습니다.

선생님 제자, 양완 올림.

—

비가 하도 잘 오시니 붓이 들고 싶습니다.
그보다도 내 속의 그 무엇이 붓을 들게 합니다.
한 시간 내 나는 그 무슨 슬픈 웅변을 종알거렸든고.
무엇을 생각하고 있었어요? you told me something.
(이런 엉터리 말 용서하시겠지요. 참 괘씸하지요?)
얼마 전부터, 쭉 you were thinking something.
그렇지 않은지?

이런 편지를 준다는 것이 우스운 일일지.

그리고 시간마다 하도나 얄밉고 해로운 독설을 많이 퍼붓기 때문에.

If you have anything to talk about with me please tell me.

그리고 나도 말하고 싶은 그 무엇을 내가 지녔다면 말하렵니다.

이것은 봄비가 시켜주는 장난입니다.

봄비가 낡은 등걸을 말없이 씻어주듯

다─. …하여 주시기를

─

흔 형 보시압

혜신 받잡고도 오래도록 답장 드리지 못 하와 죄스럽사옵니다. 학교선 수선스럽고 부산하여 붓을 들 겨를도 없고 그렇게 신통한 쓸 것도 없고 해서 오늘까지 주저해왔었나이다.

부산엔 단풍을 모르는 플라타너스가 밉상으로 땅 위에 굴겠군요. 물론 범어사 그 어름은 단풍도 있다지만. 여기도 서울 같이 타는 듯한 단풍은 볼 수 없습니다. 다만 노─란 은행잎이 지고지고 날릴 뿐입니다. 서울의 어스러질 듯한 하늘과 타는 듯한 단풍이 가을이 짙을수록 그리워집니다. 그것도 뭐 태우고 말 듯한 그리움이 아니고 가을, 벼 빈 그루에 타는 연기처럼 어렴풋이 오련히….

외국어를 하고… 이런 게 무슨 그리 큰 나의 소원이 되겠어요. 형에게 무어라 과장을 했었던진 잊었습니다만 우습고 퍽이나 공허합니다. 나에겐 아무 소원도 바람도 없습니다. 요새 내게 간절히 절실히 느껴지는 것…

남다대 거쿨지게 살지 못 하려면 애당초 낳지나 말든 않고….

약이 오르고 분하고 그러나 그것도 버얼써 옛날의 감정이 되고 말았습니다. 모두가 저렇게 영악스레 똑똑하게 살아나가는데 나는 왜 혼자 뒤져서 비틍그러져서 고개 숙이고 눈물 머금고 이러고 우두커니 서 있을까 흘려 나려지는 줄도 모르는 듯이―.

이십육일에 북과 교환될 분들의 명부가 온다니 또 꼬박이 기다립니다. 사람이기에 사람으로 믿고 사람이기에….

너무나도 원통스럽고 숨 막히게 슬픈 현실이오라 할 말이 말문을 찾질 못하는 것 같습니다. 여기서 낙오가 뭐고… 다 하찮은 참 속절없는 그런 것도 같습니다. 사람이 사람을 저희가 꾸미는 죄도 없이 잡아두고… 아아, 난… 흔 형!

하늘이 무너지라고 통곡을 한들 이 속이 후련하겠어요? 이십육일 발표에 아버지가 오시게 되었으면 우리도 서울로 가야지… 이런 생각을 합니다.

저 많은 씩씩하고 또랑또랑하고 잘나 뵈는 나의 한부치 인간들의 행렬 속에 왜 난 낯익은 얼굴을 찾을 수 없을까? 아버지를, 흥모를….

복잡한 서울 거리, 분비는 군중 속에 나는 퍽 외로웠습니다. 그 많은 동족 인간의 웃음과 말소리를 들으면서도, 키 큰 사람이 지나면 혹시 하고 멈추고 돌아다보고 하였습니다. 기가 막히게 초라한 꼴을 한 나를 보이고 싶지는 않지만 서울서 만나 뵈올 수 있었다면 정말 반가웠을 것도 같습니다.

진주 선생님의 하서 받자왔습니다.

그럼 이만 붓을 놓겠습니다.

R.S.V.P.

—

흔 형에게

오랫동안 조개와도 같이 입을 다물고 지나왔습니다. 마음의 문을 여닫은 일도 없었습니다. 말하자면.

붓을 든 이 눈이 다시금 눈물에 흐려집니다. 한참 동안 글월을 기다리고 있었습니다. 혹 또 다른 곳으로 전속 되셨는지, 귀하신 몸 늘 건강하시기만 빌기에 편치 않으신 일은 없으실 것 같으면서도 ….

우리의 힘으론 다스릴 수 없는 크나큰 숙명 앞에 그만 팔다리 무거인 산송장으로 하루하루를 넘겨 온 저희들에게도 하늘은 이쁘사 먼동이 트이려는가 하옵니다. 지난밤에 너무도 지루하옵고 어두웠기에 가슴이 사뭇 먼 발에 들리는 여명의 발자취에 떨리옵나이다. 우리와 꼭 같이 진심으로 기뻐해 주실 형에게 우리의 가장 기쁜 소식 아버님의 돌아오실 기쁨을 나누고 싶어 오래간만에 붓을 들었습니다.

아버님의 생진해인 계사년이 저물어 올 때 얼마나 가슴이 아팠던지. 그러나 기뻐해 주세요. 그믐 전엔 꼭 돌아오셔 우리의 품안에 안기실 것 같습니다.

죄 많은 이 딸에겐 너무도 눈부시고 거룩한 이 하늘이 나리신 복 어찌 받자올지 모르겠습니다. 겪으신 고생, 상하신 마음 생각하오면 습벽 쓰리옵나이다. 이 눈부신 복을 … 다시금 제 마음이 눈물에 흐려집니다. 우리 홍모는 … 그애도 꼭 살아올 것 같건마는―.

오래간만에 그리고 아주 마음에서 우러난 기도를 축복을 올리고 싶어집니다.

크리스마스라고 모두들 카―드 보내기에 바쁩니다. 예쁜 카―드가 둘 있었는데 저는 여기 여선생에게 드렸습니다. 그분의 오라버님과 그리는 분에게 드리기를 퍽이나 원하시기에 … 크리스마스 축복의 카―드 하나 보낼 온정이 없다는 마음의 가난에 울고도 싶었지만 저는 모든 사람에게 온 누리의 생물에게 불타는 간곡한 축복을 드리고 싶어집니다.

머지않아, 어쩌면 아주 곧, 서울로 모두 가질 것도 같습니다. 작은오빠 취직이 되는대로 …

참, 저희 집안은 어머님 모시고 모두 잘 있습니다. 부숭이 남매도 새언니도 그리고 평완이도 저도. 강경 큰오빠는 천안으로 갔습니다. 식구는 아직 이곳에 처져 있습니다.

언제쯤 뵈옵게 될지는 모르옵니다만 부디 귀하신 몸 보중하옵시고 새해에 복 많이 누리시기 비오면서…

진주 허 선생님께서 하서 내리셨습니다. 댁내 제절 고루 안온

하옵시고, 아버님의 돌아오심에 대한 기쁨에 넘친 글월 받잡고
마음 저윽 느꺼웠사옵나이다.

이글거리는 난로 불꽃의 노래를 들으면서, 1953. 12. 18.

—

흔 형께!

서울 간 동안에 보내 주신 편지의 답장을 서울 갔다 와 다시 근
열흘이 되도록 못 드려서 죄송합니다. 정말 소문만 몇 달 전부터
퍼진 "서울행"을 하였나 조금 궁금하셨을지도 모르겠습니다. 아직
저희는 다 여기 있습니다. 옮기신 부대에서 귀하신 몸 건강하시고
향긋한 새 봄의 기쁨과 희망, 형의 가슴 속에도 가득 차실 것 축복
하나이다. 돌아와서 곧 형께 편지 썼던 것이 그대로 책갈피에 들
어 있습니다. 쓸 때에는 또박또박 쓰려던 것도 쓰고 보면 그야말
로 횡설수설이라 늘 못 부치고 못 부치고 해왔습니다. 설이 두 번
지났으니깐 변한 것도 피차간 적지 않을 것입니다. 가끔 서신은
오고 갔지만요.

우선 집안에서 변한 일들을 알려드리겠습니다. 평완이가 경기
고녀(일의 이)로 복교했습니다. 다동 경록이오빠한테서 유숙하고
있습니다. 양모가 이번에 문리대 사학과를 칩니다. 재희군은 연
대 이학부를 지망하고요. 그리고 저는 강경여중고를 그만두었습
니다. 벌써 사변 이후 몇 차례 그만두는 직장인지 생각하면 측은

도 하고 가소롭기도 하고. 떠돌아다니며 굴러다니며 구도해야 할 나이에 저는 구직에 바빴습니다. 이번엔 또 어디 가서 무엇을 하고 돈을 벌어야 할지! 이러고 한 스무나문 날 놀고 있으니깐 마음과 몸이 한 가지로 더 곤하고 아픈 것 같습니다. 오히려⋯. 서울 가서 어쩌면 책사에 취직이 될는지, 공부를 못한 탓이고 안한 탓이고 재조가 없는 탓입니다. 이러고 비루먹은 말처럼 지싯거리는 것은⋯

1954년 3월, 논산에서

———

흔 형께

오랫동안 형께 글월 드리지 못했습니다. 서울 갔다 와 보니 이삼부대에서 하신 형의 글이 기다리고 있어 퍽이나 반가웠습니다. 강경여중을 그만두고 서울로 갈까 하고, 방이나 하나 우선 구할 량으로 섣불리 갔었던 길이, 참으로 감상도 감회도 많고 많지만 홍수 같이 쓸리는 감상도 어찌할 수 없었습니다. 죄 없이 얼굴을 숙이고 쫓기는 것처럼 뒷길로 발을 몰고, 전차도 안 타고 아무와도 인사도 안 하고 그렇게 며칠을 있다 왔습니다. "고향에 고향에 돌아와도 그리던 하늘만이 높푸르구나"의 노래가 목쉰 가슴 속에 홍건히 흘렀습니다.

그동안 형께는 무슨 아무 변동도 없으셨는지. 집에선 어머니, 오빠가 한차례 또 대단하시나 지금 그만하시고, 평완이가 경기여고 일의 이에 복교하여 다동 경록이 오빠 집에서 유숙을 하고, 양모는 문리대 사학부, 재희군은 연대 이학부를 각기 지망중 병합고시에는 합격되었는데 삼월 오일 ~ 팔일에 걸칠 본시험에 입격돼야 할 터인데 걱정입니다. 내가 만난 나의 벗들은 모두가 그 전의 벗들이 아니었습니다. 모두가 다 얼마나 용감히 그리고 진지하게 살아왔는지 나는 혼자 울 안에 서서 밀물 같은 행진을 바라다보았습니다. 낙오자라는 것을 알았고 뜻을 새겨 느끼고 깨달았습니다.

서울 가서 만난 사람이 몇 명 안되지만 나와 같이 낙오된 사람은 하나도 못 보았습니다. 모두가 모두 싱싱한 담쟁이 같이 뻗어나가고 윤택해 보였습니다. 나만이 봄이 온 거리에 철 늦은 옷을 입고 바람 맞은 병신 같이 뒷길로 뒷길로 발을 몰았었습니다. 학교(서울대 문리과 대학)에 가 봤었습니다. 정말 말할 수 없이 스스롭고 열적고 야릇했습니다. 나보다 몇 해나 어린 학생들이 모두 거기에 가득했습니다. 여학생은 동기생이 없지만 남학생은 더러 있는 듯 부끄럽고 약 오르고 해서 모두 모른 척하고 그냥 나와버렸습니다. 들어가는 데도 수위가 부르지나 않을까 조마조마했습니다. 여자란 마음이 그렇게도 좁은가 형이 웃으실 듯…. 물질 지상 주의자도 아니건만 등록 않고 수강(도강이지요 박하게 말하자면)할 넉살이 없었습니다. 아무튼 정말 걱정입니다. 장차의 나의 길이, ――이 다 공부를 못했다 치면 집에서 할 수 있는 독서는? 사색은? 하다 못해 몽상은? 아무것도 한 것이 없습니다. 육이오 이후 글 한 줄을 못 써봤다면 아시겠지요 뭐.

형은 다 변명의 여지가 있습니다. 모든 것이 다 제 궤도에 오르게 될 날… 난 어디 서서 모두들 가는 것을 이방인처럼 바라다볼지… 그러다 그만 어이없이 쓰러질지… 팔일오 전 익산서 허송한 육개월을 한탄한 나… 이제 난 허술히 보내버린 오년의 세월을 어떻게 울어야 할는지…

　도무지 아무런 감정의 이야기를 적기 싫어하시는 형에게 이렇게 어리석은 감정의 낙서를 드리는 저를 용서하십시오.

1954년 3월, 논산에서

길표에게

　그믐밤 난데없는 풍랑을 만나 부서진 목선에 탄 나그네같이 — 그것도 외톨로, 남의 나라 사람 배에— 숨 막히고 기가 막힐 내 마음에도 어느덧 고운 봄의 눈짓과 미소가 향긋하구나. 여자란 참 새침한 것이지. 저고리 빛 좀 봐라, 얼마나 해사한가… 빛이 무척 엷어졌지?

　길표야. 실신한 사람같이 넋 잃은 사람같이 꼴사나운 아주미를 보니 너도 무척 속상했지? 아줌마는 왜 저렇게 됐을까? 생각도 했을 거야… 그러나 나 때문에 걱정하고 속 썩이지 말어. 인간은 동물이야. 더구나 나 같은 것은 그저 생충에 불과한 것이야. 본능이 —그것도 생의 본능이지— 지탱하는 그날까진 살아질 터이니 희망도 빌릴 수 있겠지. 꿀 수도 … 갚기는 죽는 날 할 테지 뭐 ….

길표야.

접때 뵈오니 매부도 퍽 얼굴이 상하셨더라. 그 귀하게 자라신 매부. 난리통에 고생도 많이 하셨지! 언니와 매부가 너희들 모르게 얼마나 은근히 그리고 기막히게 어렵고 괴로운 일들을 참아 가시는지 너희도 알겠지만 다야 알겠니? 난 지금껏 아버지가 귀하지 않다고 생각해 본 적은 정말 한 때도 없었다. 그것은 물론 내가 남의 없이 고귀한 아버지를 모실 수 있던 하느님의 축복의 덕택인지도 모른다마는 … 길표야 새삼스럽게 아버지 부르는 딸과 아들이 부러웠었다. 나에겐 그 귀한 복이 언제였던고 할 만큼 … 길표야 너에게 하고 싶은 말이 있다. 쓰다 찢고 쓰다 찢고 했다. 서울 가면 나하고 하루 얘기해 보기로 하자. 어려운 문제라 써지지가 않는구나 …

맹표한테서 소식 있는지 궁금하다. 집안이 모두 편안하기 바란다. 너의 친구 옥우 양도 너와 같이 늘 재미있기 빌고 …

참 숙표 잘 있니? 난 숙표가 또 보고 싶다.

경제적인 타격이 온통 전인생을 지배하는 것같이도 느껴질 수 있는 세상이긴 하지만, 무엇보다도 귀한 것은 부모인 것이다. 길표야 매부가 너를 보신다고 왜 째려보냐고 그랬니? 물론 그게 다 좋은 부모간의 정의 장난이겠지만 … 이것은 이론으로 따질 수 없는 것이다. 부모는 귀하다. 길표야 만일에 부모가 자식을 버린다면? 원망할 권리가 어디 있니? 아무튼 세상구경 시켜주고 보고 배고 깨닫다 느끼고 기쁘고 섧다 가게 한 것은 부모렸다 … 길표야 부모가 제일 원하는 것은 자녀에 대한 모든 행복이다. 우리가 원하는 게 모두 부모만을 제일로 여기는 것이냐? 부모는 우리 때문에 그 아름답던 젊음을 잃었고 저렇게 늙게 된 것이다. 그러나 그것 때문에 부모를 사랑한다면 그것도 의리에 지나지 않는 밉살스러운 갚음의 철학이다. 그런 것이 아니다 …

경제적인 타격이 온통 전인생을 지배하는 것같이도 느껴질 수 있는 서울이다. 세상이다. 그러나 나는 그런 것만을 믿기에는 너무도 철저한 정신교육을 받아온 것 같다. 니가 나이 어리고 또 결코 누구에게도 무엇이나 지지 않기를 원하는 향상심이 강한 것을 어려서부터 안다. 경기니 더군다나 …. 길표야, 우리나라가 어떤지 아니? 지금 세상이 어떤지 아니? 경기는 확실히 부패했다. 참으로 큰일이다. 너는 거기서 한 번, 홍수를 맨손으로 다섯 손가락으로 막아볼 용사가 돼 보아라.

1954년 3월, 논산에서

—

유치웅 선생님 전상서

올버리는 타적하여 먹게 되었사옵나이다. 벌써 유월도 중순, 삼년 전만 해도 그래도 감감하던 이지음. 선생님 안녕하십니까? 심중이 편하실 수 없는 선생님께 안녕하시냐고 묻잡는 저의 형식주의를 —습관화된— 나무라지 않을 수 없습니다. 저의 마음이 이렇게 아프온데 어찌 선생님의 심중이 편하실라고.

선생님, 삼천의 가슴이 앓는 지금의 이 운명을 타개하올 길은 없겠습니까? 어떻게 하오면 최선을 다하여 빛과 희망을 조국의 가슴에 어루댈 길이 있을지요? 선생님께서 말씀하시는 독립의 정신이 사무치는 것 같습니다. 우리가 모두 남에게 의존하고 기대었기에 기대에 어긋난 배반에 대한 노여움이 있고, 허청 같은 무력만이 남게 되고, 알몸으로 빈손으로 무서운 불길 속에 던져졌으니, 원통, 절통 그 모든 것이 다 속절없고, 다만 한 가지 깨닫고서고, 차리는 것 밖에 없게 되고 보니 참으로 앞날이 두렵고, 우리 모두가 가엾기 짝이 없습니다.

한갓 사사로운 집안 형편과 좋지 못한 환경을 섫어만 하온 저의 모―든 어제를 뉘우쳤습니다. 선생님께서 가르쳐 주신다면, 그 길로 저는 갈까 합니다. 가게에 앉아서 별 생각을 다 합니다. 우선 지금 내가 할 수 있는 최선의 길은? … 현실적인 "힘"을 모음에 힘이 될, 국민된 한 사람으로서, 저로서 걸어야 하올 최선의 길은? 선생님, 전 처음 하늘에게 묻고 싶었습니다. 며칠을 두고 밤마다 빌었습니다. 아직도 전 확실한 구체적인 길을 모르는 채 안타깝고 맘 졸이고 합니다. 불안과 공포가 적지 않고, 근심과 걱정이 덜리지 않고, 괴로움 또한 적지 않습니다. 그 동안 집에선 둘째오빠가 대단하여 집안이 다 간을 졸였습니다. "황달"로 아직 누워 있고, 어린애가 또 화상을 심히 입어 보채어서 애석하고 가엾고 어머니는 그 바람에 더 마르고, 정말 아플 여유조차 없으십니다.

선생님, 길을 밝혀 주십시오. 어떻게 하오면 앓는 조국을 구하는 데 도움이 되고 힘이 되올지요.

두 밤만 자면 아버지 환갑 생신인데.

1954. 5. 4. 논산에서 양완 상서

조카와.

1956. 어머니와.

1956. 여름 조카들과.

이숭녕 선생님과.

이희승 선생님과.

1956.10.8. 서울대 10회 추가 졸업식.

3

남자친구 강신항에게
쓴 편지

1955. 여름 – 1957. 1
학업과 사랑

※ 대학 동기생과의 재회

1949년 9월 1일에 서울대학교 문리과 대학 국어국문학과에 입학한 우리는 전란 중 서로 헤어졌다가 1955년 1월 초에 대구(大邱)에 주둔 중이던 공군 본부(대구시 비산동, 정훈감실은 대구시 북성로 2가 60)가 서울 여의도 비행장으로 환도하여 동기생 중 하나인 강신항(공군 정훈장교로 복무중)과 1955년 여름(6월 19일, 일)에 재회하였다.

이 재회는 강신항과 서울고(1회)를 같이 다닌 박승인(朴承仁)선생이 주선하였다. 그때 필자는 정릉 1동 후생주택 320호에 세들어 살고 있었는데 강신항과 안양 유원지에서 다시 만날 수 있었다.

다음은 1955년 여름부터 1957년 1월(결혼 초)까지의 글이다.

—

신항 씨에게

어제 박승인 선생이 다녀가셨습니다. 이 책(홍기문, 정음발달사) 필요해 하신다기에 보내드립니다. 돌려주지 않으셔도 됩니다. 집에 여러 부 있었사온데 이번 이사에 어디 들었는지 몰라 우선 하권이나마 누님 편에 보냅니다. 상권도 찾아지는 대로 드리겠사온데 원래 집이 좁아 책을 끄르지 못하고 있기 때문에 좀처럼 잘 찾아질 것 같지 않아 죄송스럽습니다. 이만 총 〃

1955. 여름. 양완 올림.

그간 안녕하셨습니까.

　염주 걱정하여 주셔서 감사합니다.

　요 얼마 지나면 영전이와 성북동 절에 가서 사기로 했습니다. 방념하여 주십시오.

　김동인 씨의 1920년대 경의 작품 좀 구해 달라는 동무가 있사온데, 혹 박승인 씨나 이기문 씨께 알아보아 주셨으면 좋겠습니다.

　「발가락이 닮았다」나 그 밖의 다른 것도 좋답니다.

　내일이 초파일이라고 해요. 복 받으시길.

1955년 초여름, 양완

　

　

　오라시는 것 못 가고 다섯 시가 다가오도록 불안한 자리에 마음 감을 수 없었습니다. 기침이 하도 나고 몸이 아파서 비참한 이 모양으론 뵈올 수 없기에 가진 않고도 마음은 자꾸만 자꾸만 뉘우쳐졌습니다. 무슨 핑계나 하고 안 간 듯 무슨 caprice나 부리고 안 간 듯. 그러면서 모올래 기다렸습니다. 늦게야 카아틴을 치고.

　필시 편치 않으실 것이야요. 그찮으면 오셨을 텐데!

　엄마, 뭐 이렇게 비가 오시는데 어떻게 오신담. 뭐… 아냐, 그래도 오실 텐데. 누었다가도 몇 차례나 일어나 손으로나마 머리를 가리곤 하였습니다.

　웬간하면 오늘이라도 전화나 걸 건데 목소리가 안 나와서요.

계신 곳 갈려도 수위에게도 말을 못하니 갈 수도 없고. 자꾸만 어지럽고 그래서 간신이 집에 와 누었습니다.

왜 안 오실까? 아냐 잇따쯤 오실 거야.

기침이 시작하면 온톤 속속드리 들쑤시듯 자즈러지게 아파집니다. 약도 좀 먹었고 그랬는데 그래요. 내일을 병원 동무가 특히 조제를 해 보내주었어요. 이제 곧 나을 것입니다. 이렇게 걱정이나 시켜드리고 늘 근심만 끼쳐드리는 못난 저 눈물이 나요.

허긴 이 한 일헷 동안이 저에겐 적지 않은 여러 가지 충격이 많았습니다. 마음이 상한 탓도 숨길 순 없습니다. 비를 주욱 주욱 맞으며 걸은 것도, 가슴이 마구 그냥 막히는 것 같은 것도 모두 마음이 언짢았던 탓인가 봐요. 그 모든 것을 후울적 펴고 껄껄 웃고 훤히 있다가 아버지를 만나야 할 텐데 전 이렇게도 못났습니다.

비가 오시더라도, 1955년 7월 24일(일)
어디 갔으면 합니다. Plan 세워서 아르켜 주십시오.
별 지장 없으시다면 물론.

강신항 씨께   - 때 꾸러기 -

오늘 책 빌려다 주셔서 참 감사합니다. 오실 듯해서 하루 종일 집에서 책 보고 있었사온데 어머니는 오빠 친군 줄 아시고, 오빠가 나갔다는 의미로 하신 말을 전 줄 아시고 그만 가셔서 못 뵈어

죄송스럽습니다. 아버지 책(시조집) 재판됐다고 가져왔기 한 권 보내드립니다. 마음대로 삭제해 버린 부분 후일에 제가 베껴서 드리겠습니다. 불란서 근대 희곡집 문학전집 34.

　박승인 씨나 정숙이에게 빌릴 수 있었으면 좋겠어요.

　지금껏 꼬옥 말씀드리자 하다간 못 하고 쓰자다간 못 쓴 것. 그러나 써 보겠습니다. 제가 신항 씨를 오래간만에 만나게 된 뒤 제 마음으로 오로지 염하던 것은, 신항 씨가 타고나신 좋고 훌륭한 점을 발휘하시는데 힘이 되어 드리고 싶었던 것입니다. 제가 그리워하는 것은 신항 씨의 마음의 평정, 광망, 향기, 고귀성 그런 것이었습니다. 신항 씨의 심성이 누구보다도 맑고 곧다는 것 전 그것을 자랑으로, 또 보배로운 것으로 마음속에 높이고 있습니다. 사실 지식이라는 것—아직 정작 참 공부의 역에 이르지 못한 지라는 것—은 그다지 귀한 것이 아니라고 생각합니다. 제가 일생을 두고 늘 구하고 높이고 애쓰는 길이란 다른 게 아닌 참공부 이것일 것입니다. 그것을 제가 터득할 수 있을지… 그러나 그리워 못내 그리다 죽어도 슬프지 않을 것만 같습니다. 쓰고 싶은 말이 너무나 많기 때문에 먼저 목이 메이는 것 같습니다. 신항 씨! 부디 마음의 평정을 찾아주십시오. 이렇게 고요한 밤의 속에 저는 정말 벗처럼 기도하고 싶어집니다. 신항 씨를 뵈옵고 돌아올 때마다, 한 번도 돌아다도 안 보고 와 버리는 저지만— 마음이 편안한 적이 없었습니다. 엿주어 보면 늘, 마음이 평정타 하시지만 신항 씨의 마음의 평정을 돕자던 염원에도 불구하고 한갓 노니는 여자처럼 잔잔하려는 신항 씨의 마음에 물올만 끼치고 오고 오고 하는 외에 아무 소용이 없는 듯, 보람이 없는 것 같해서 전 마음에 대답할 수 없는 가책을 느낍니다. 진정 제가 신항 씨를 그렇듯 슬프게만, 괴롭게만, 그리고 흔들고만 있었다면 마땅히 전 신항 씨를 위하여 사라져야 할 존재라고 생각됩니다. 그것은 슬픈 일입니다! 저는 저대로의 노력을 하고 있습니다. 물론 저도 신항 씨의 심정을 어렴풋이나마 짐작할 수도 있습니다. 허지만 제가 늦되는 탓인지 모자라는 탓인진 몰라도 아무튼 우린 서로 다 더 평정한 마음을 지녀야 하리라고 생각합니다. 신항 씨도 말씀을 안 하십니다. 눈을 통하여 괴로워하시는 것을 전 뼈아프게 느낍니다. 그러나 정신적으로도, 전 아직 결혼을 서두르고 싶지 않는 몇 가지 일이 있어요. 아버지의 축복을 정말 받고 결혼하고 싶고요, 또 학교도 그나마 마치고, 대학원 가게 되면 결혼한 뒤 가도 되지만, 좁은 소견에다 여러 가지 복잡해지면 공부도 더 안 될 것 같해서요. 또, 결론적으로도, 아무리 가까운 부치라 해도 몇 촌 오빠들한테 의탁해서 일생에 한 번 나의 모든 것을 바치는 결혼 일을 힘입기는 싫어요. 신항 씨는 이상하게 여기실지도 몰라도 전 그렇습니다.

자주 만나면 자꾸 신항 씨는 불안만 하시겠고, 저로서는 곧 응해 드릴 수도 없는 형편이고, 결혼을 한다는 것도 그렇고, 그러면 반드시 결혼을 또 더 서두르실 것이고, 아직 전 그런 모든 것을 감당해 나갈 만큼 마음이 자라지 못했습니다. 만일에 신항 씨가 마음의 평정을 지니실 수 있다면 우린 이따금 만날 수도 있고 공부도 같이 할 수도 있을 것입니다. 전 혹 결혼하게 된다 하더라도 욕심 같아선 몇 해쯤 더 공부하고 싶어요. 그리고 신항 씨도 한 몇 해 꾸준히 한눈 타지 않고 공부하셔야 되리라고 믿습니다. 공연히 제가 나타나서 신항 씨의 앞길의 사물이 되는 결과로 끝난 다면 얼마나 슬플 일일지요.

부디 마음의 평정을 돌이켜 주십시오. 그리고 정진해 주십시오. 서로 힘을 주어 가며 정진한다면 우리의 마음이 더 맑고 향기로워질 것입니다. 내 마음에 언제나 부끄럽지 않는 내가 될 것입니다. 우린 다.

약혼을 하느니, 결혼을 하느니 당분간 그런 것으로 고민한다는 것은 어느 헛된 소모가 아닐지요.

신항 씨께서 저와의 앞길에 대하여 굳은 그리고 만족한 깊은 신념이 생기실 때, 그리고 제가, 남의 일생의 참 벗으로서의 마음의 바탕 수양, 공부가 터 닦였을 때, 신항 씨가 저를 정히 원하실 때— 집안의 축복을 받고 결혼할 수 있으리라 믿습니다. 자신을 더 강하게 가지시고, 남의 일생의 기둥이 된다는 고귀한 프라이드와 진지한 노력, 기쁨으로 부디 마음의 평정을 찾아 주십시오. 눈물이 가슴 속에 벅차오르는 것을 참고 전 이렇게 더러운 글말들을 써 보았습니다. 뭐를 어떻게 썼는지 열에 띄운 듯 전 갈피 잡을 수도 없습니다. 그저 이렇게 창거려지지 않은 마음의 장 속을 들추어 보았을 따름입니다.

우리의 새로운 운명을 기하여 우리의 힘을 기우릴, 기다리는 수밖에요. 모든 것을 구체적으로 써 보내 주십시오. 떨리는 마음으로 이 붓을 놓습니다.

온갖 사념의 소용도리 속에서(꼬옥 이 글 혼자만 보시고 살라 주십시오. 꼬옥.)

1955. 9. 11.

항!

마흔의 고개 넘은 어머니의 웃음 같은 햇살을 등에 쪼이며 붓을 들어요. 기다려지는 토요일. 허나 또 지레 가 뵐 수 있는 구실이 생겼어요. 항! 이렇게 애칭도 존칭도 없이 그 넘어 그윽한 정을 자옥히 품어 넌즛이 혼자 외어 봅니다. 항! 그래도 왠지 또 존칭을 부치고도 싶어져요. 뭐, 아무래도 저에겐 너무도 귀한 신항 씨인 걸요. 뭐. 신항 씨, 마음 속 깊이 우리의 앞날을 저허하는 고운 마음에 눈물겨워집니다. 저와 같은 못난이를, 신항 씨의 일생에 벗으로 삼아주신다는 것! 자꾸만 더 느꺼워져요. 신항 씨! 정말 저 신항 씨의 한 생의 참벗 될 수 있을까요? 저 괜찮아요? 네? 이렇게 못난! 흉 많은 허물 많은 양. 왜 그런지 그래도 신항 씨 앞에선 그렇지 않은 제가 되군 했지요. 그지없는 신항 씨의 사랑에 품겨서. 허지만 냉정히 절 보면 역시 저 참 부족해요. 물론 저 좋은 좋은 벗 되고 싶어요. 공부도 열심히 하고 싶어요. 저 게으름 부릴 땐 꾸짖어 주세요. 눈물이 쑥 나오도록. 저 그릇된 마음 먹어 신항 씨의 양답지 않을 땐, 무섭게 무섭게 나무래 주세요. 저 부끄런 일 있을 땐 신항 씨 앞에 저 얼굴 붉어져요. 신항 씨! —은 저 거울이 되시는 것 같아요. 신항 씨 앞에 한없이 화려하고 곱고도 싶고, 들꽃보다 메꽃마다 더 소박도 하여지고 싶은 양. 두려움도 걱정도 많삽던 양. 신항 씨의 큰 사랑의 힘에 당겨져 어느덧 저 마음 든든해지고 밝아지고 자라고 했어요. 햇볕을 못 본. 그리고 스스로 피하기도 하여 온 이울 듯하던 양. 언제 저 이렇게 밝음에 있었는지! 그것은 모두가 신항 씨의 —이었어요. 버릇없이 늘 신항 씨 슬프시게 해드리고 지나친 응석에 마음 괴롭혀드리곤 해도, 양은 마음 속 깊이 오직 신항 씨의 양! 뾰로퉁하여짐은 망내동이의 어리광, 섭섭하여짐도 그런 응석! 모두가 지나친 신항 씨의 사랑에 응석에 자란 버릇인가! 용서해 주세요.

신항 씨! 자꾸만 물미는 마음의 "차마 제가 어떻게 정말 나의 항의 —가 될 수 있을까?" 이런 고운 두려움에도 항! 저 더 마음 굳게 먹고 이젠 정말 그렇게 좋은 나의 항의 —가 되도록 열심히 해 나가려는 힘도 생기고 또 기쁨이라는 것도 알게 됐어요. 아직 응석이 더덕더덕 붙은 제가 어떻게 누구의 —가 될 수 있을까? 더구나 항과 같은 분의. 혼자 어떤 땐 저의 대담성이 부끄러워지고 자꾸 눈물이 솟군 해도 저의 마음의 낯빛은 햇빛에 밝아 있어요. 전 참 모든 것이 나의 항! 못해도 그래도 저 정말 마음껏 힘껏 애쓰면 어떰, 나의 항 늘 그리시던 그런 양에 가까운 전 될 것도 같아요. 그렇게 되길 전 바라요. 그리고 빌고 있어요.

항! 우리에게 있는 것은 무엇일까요? 혼자 어떤 땐 꿈속에서도 웃음이 나요. 남들과 똑같은 흉내쟁이 되는 우리의 맺음일까? 그렇지 않죠? 네? 우린 우리대로의 누구와도 같지 않은 나의 항과 항의 양, 그런 우리 되죠? 네? 저 참 대담해졌어요. 항! 그것도 항! 당신이 계신 탓일 꺼야요. 항! 당신과의 한 생 우리의 무한! 전 용기와 희망이 솟을 뿐예요. 어둡고 걱정스럽던 주름살도 가신 듯해요. 언제까지나 마음속 공경을 저허하는 양의 항에의 경모 그대로 숙아(淑雅)하게 자라겠지만도.

항! 인제 곧 우리의 스타아트가 땅! 할 꺼야요. 그쵸? 우리 막 뛰요. 네? 손 꼭 붙잡고 네? 막! 네? 그래도 넘어지진 않게 조심도 해야죠. 그쵸. 네?

갑자기 갑자기 큰 애기가 된 것 같은 그런 마음으로, 아빠와 같은, 선생님 같은 그런 항. 당신이 그리워집니다. 책도 많이 읽고 생각도 많이 하고 배우기도 하고 그래요. 네? 이제, 우리, 불어학교 같이 다닐까요? 십이월부터 초보부터 같이? 밤에, 네? 휴학 종이 친 교무실은 이런 저의 글월을 적기엔 너무 저자 같아요. 그만 봉하겠어요. 저의 마음의 입은.

항! 어머니가 이샌 왜 안 오시냐고 기다리시곤 해요. 말쑤 적은 저의 어머니! 어머니가 항! 퍽 사랑하심 저 참 참 기뻐요. 그리고 눈물이 나요. 아버지도 오시면 항! 당신, 아버지의 큰 큰 사랑 받으실 꺼야요. 어떻게 하면 항! 우리의 이런 소식 아버지에게 전할 수 있을까요? 항! 당신도 기도해 주세요. 네? 아버지에게 꿈에 알려지도록! 아버지가 오시면 "우리 양완…"하시며 항! 당신과 당신의 양을 등 두드려 주실 것 눈에 선해요! 눈이 나리고 그게 녹고 싹이 타듯이 날 땐 아버지가 정말 오실까? ―

항! 항! 항!

1955. 11. 7. 아침… 당신의 양.

—

신항 씨.

비록 제가 크리스챤은 아니지만 고요오한 밤에 맑은 마음으로 누구의 복을 비는 것은 역시 아름답다고 생각합니다.

하느님의 은총 받으시옵소서.

　　소리란 물소리쑨 새 짐승도 괴괴하다
　　루동로(鏤銅爐) 가는 연기 불향 얼려 피어나니
　　구름이 법 듯는드시 지나 천천하더라

　　　　　　　　　　　　　　　　　　　　－ 표훈사 －

아버지 시조집을 손에 들고 들추다 나온 한 구입니다. 매화사의 몇 연도 쓰고 싶지만 붓을 놓습니다.

잘 짜려고 했지만 잘 못 짰습니다.

두 손에 꼬옥 맞으시고, 고동색 그 빛은 마음에 드셨으면!

뜻있는 겨울 방학을 지내시고 복된 봄을 맞으시기를.

개학하면은 또 만나뵐 수도 있을 것입니다.

제가 기쁜 날은 꼭 저를 축복해 주시는 것을 느끼겠습니다.

오시지 않아도. 그리고 감사하게 생각하겠습니다.

귀하신 몸 보중하옵소서.

　　　　　　　　　　　　　　　　　　　　양완 올림.

이를테면 매화의 향내라든지 그런 것은 드려도 괜찮을 것이지만 물건을 드린다는 것, 모습이 있는, 한없이 천하고 속된 일인 줄 알면서, 부끄럽습니다.

물건을 드린다는 것은 저의 본의가 아니고 아름답지 못한 일인 줄 압니다만 어떻게 짜지고 말았습니다. 용서해 주십시오. 참 부끄럽습니다. 물건을 드린다는 것이.

으스러질 듯 으스러질 듯 부끄럽습니다.

내일이 크리스마스 이브라고 그래요.
1955년 12월 24일

—

신항 씨!

마악 세수를 하고 자리에 앉았습니다. 신항 씨! 늘 너무도 쌀쌀스럽게 그리고 매몰스럽게만 굴어서 신항 씨 마음에 그늘지게 해드린 것 용서해 주세요. 이 세상에서 어떰 어머님 그리고 아버님 또 동생들 다음엔 그래도 信沆 씨를 행복하게 하여 드릴 저가 조금이라도 信沆 씨 하시고 싶은 것 하여드리지 못한 것은 참 미안합니다. 그런 말보단 저 가슴이 아파집니다. 누구보다도 信沆 씨를 기쁘게 해드리고 싶고 위로도 해드리고 싶고 힘도 내어드리고 싶은 저이었만.

信沆 씨! 첫별같이 마맑안 눈을 곱게 뜨시고 가만히 응시하여 보십시오. 그 마음으로 저에게 하고 싶으신, 제가 해드릴 수 있는

것을 말씀해 주십시오! 그때 꺾어 주신 버들강아지가 이젠 뜰에 심겨 파아랗게 싹이, 아니, 잎이 돋았습니다. 어머니가 참 이상하고 신기하다고 몇 번이나 말씀하셨습니다.

信沆 씨! 저의 어머니는 信沆 씨를 한 번도 낮추어 보신 일 없고, 아니 차라리 언제나 좋게 생각하실 따름입니다. 가까운 어느 내일이 될 저희들의 기쁜 날엔 뭐 信沆 씨 마음을 괴롭혀 드릴 그럴 일은 없을 것이라 믿습니다. 信沆 씨, 부디 그런 걱정 마시길 바랍니다. 어떻게 안하느냐고 하실 모습이 선합니다. 그러나 확신합니다. 그런 걱정은 마시기를 바랍니다. 차야지 맑은 달이긴 하오나 엇저녁 달 퍽 찼습니다. 토요일 저녁 가겠습니다. 그렇게나 많이 주셔서 감사합니다. 근데 드릴 분 못 드리셨을 것 죄송합니다. 집안에서 더 가실 분 계실 걸 아마 그냥 주신 것만 같습니다. 동생들이 참 좋아하고 감사해 합니다.

선생님께 갔더니 고운의 홍류동 시를 먹 갈아 적어 주셨습니다.

狂噴疊石吼衆巒
人語難分咫尺間
或恐是非聲到耳
故敎流水盡聾山

해인사 들어가는 어구의 경치가 그렇듯 좋답니다. 철모르는 방랑성이 움직움직합니다. 물론 이 다음엔 갈 수도 있겠지요. 토요일에 올 때 단체행동을 하시는지요?

봄은 나드리 온 공주들처럼 저물세라 벌써 자리를 걷고 흩은 머리와 매무새를 가다듬어 돌아섰습니다.

1956년 2월

—

왜 이젠 사를 수 없을까? 내게 다 도로 맡기다니? 의아하실 것입니다. 저만이 따로 지닐 손궤가 없기에 늘 가지고 다녔습니다. 묻지 마십시오. 왜 사르지 않느냐고는. 사를 수 없기 때문입니다. "눈보라 속에서"부터도 아니 그리고 그 전 것부터도 전 사르지 않았어야 하는 것을. 물론 아무리 고이 지닌다 한들 불같이 정화는 못해 주겠지만, 그래도 차마, 그저 그냥 지니고 싶어지는 어리석은 집착.

편지와 함께 드리려던 것인데 버얼써부터. 게으름의 탓으로. 그리고 영전의 일도 벌써 전하고 싶었지만, 좀 숨을 돌리신 뒤 알려드릴까 하던 것이 그만 늦어서 그렇게 헛걸음하시게 하고 말았습니다. 그건 모두 저의 허물입니다. 일껏 한참 된 듯 아침부터 만나려다 저녁때야 기우하고도 쓸쓸히 등을 보이고 온 저. 저의 뒤를 사뭇 따르는 시선에 버거워 돌아나 보았을 때 쓸쓸히 스셨던 모습. 뾰로통히 돌아오는 것만이 본사도 아니었건만, 어떻게 늘 그렇게만 되는지 돌아오는 고갯길은 사뭇 길었습니다. 곱게 쓰려던 글씨가 흩어짐을 보아 더 이상 쓰지 말라는 조짐인 듯 붓을 놓겠습니다.

1956년 봄

—

비오시던 전날부터 감기가 든 것을 비를 맞고 다닌 탓으로 목이 콱 잠기고 기침이 심해서 좀 앓는 중입니다. 오늘 다섯 시에 학교에서 만나 뵙지 못할 것 미안합니다. 그러잖아도 영전이 일요일에 이사하였고, 25일 낮에 뜰 모양입니다. 별로 그밖에 보고할 것도 없는데, 헤고 보면, 많이 있는 줄 알았습니다. 참 그리고 다음에 틈 있으신 때 이호종(李昊鐘) 씨가 뵙더라도 하고 지도 그려 주십사 한 것 있습니다. 비 오시고 한동안 몹시 고되시고 했는데 몸 편하신지 궁금합니다.

총총 이만

1956년 봄

　—

Dear, dear friend!

저 풀벌레들의 울음소리는 누구의 긴 스란을 깁짜는 것일까요. 이렇게 아름다운 버렛소리에 귀를 헤우시며 누으셨는지요. 아마 어떰 너무 곤하셔서 주무시는지? 맑은 꿈 같은 벌렛소리를 꿈속에 당신에게 들려드리고 싶습니다. 은령을 흔드는 듯한.

벌써 제가 부끄럼을 잃은 것은 오래되건만, 그래도 왠지 너무 자주, 더구나 밤낮 가림없이 드나듦이 참 참 무안스럽습니다. 아무에겐지도 모르나 전 이렇게 혼자 무안스럽고 또 부끄러워집니다. 그럼에도 얼른 웃지 못하고 한참 얼굴을 딱딱하게 하곤 하는 제가 이상도 스럽습니다. 아까도 박물관서…. 그렇게 걸려 해도 안 되던 전화. 어쩜 그렇게 희우! 너무나 팽팽한 줄과도 같이, 끊어질까봐 그렇게 우린 긴장하는 것일까?

벌렛소리에 미억 감고 싶은 밤입니다.

너무나 고단해서 눈을 감아야겠습니다. 마음은 벌렛소리에 헤엄치고만 싶건만. 당신의 품속에 잠들고만 싶습니다. 아가와 같이. 안 만날 땐 참아지는데 만나면 만날수록 더 보곬아만지는 사람, 당신은 참 무슨 신기한 힘을 지니셨는지? 눈을 감고 벌렛소릿 속을 헤어라며 저의 사랑은 당신의 품으로 물결을 헤쳐 갑니다. 사랑하는 나의 님이어, 아름다운 포근―한 꿈속에 하로의 고달픔을 푸시옵소서, 내일의 기쁨과 힘을 받으옵소서. 당신의 건강(심신의)을 그윽히 비오면서

1956년 봄 ― 당신의 yang ―

이 밤만은 제 마음도 거칠 수 없는가 봐요.

dear, 저 글씨 막 흩어지지 않았지요?
당신의 글씨도, 당신의 전 글씨보다
더 더 좋아질 것이야요. 우리
이제 글씨 공부도 해요 네? 뭐든지 다, 다.
자꾸자꾸 뭐 그냥 쓰고 싶어집니다.
너무나 아름다운, 그리움에 울어지는 밤이옵니다.

—

신항 씨!

갈 시간은 다가오겠만 비는 주욱주욱 나립니다. 이것은 얌전한 봄비가 아닙니다. 참 심술궂은 비지요. rain-coat를 입고 길을 뜨려는 저희들입니다.

안녕하셨어요? 한참 안 뵙고도 아무치도 않은 때도 있고, 엊그제 뵈었건만 오늘 갈까 하며 일어서고 보니 열두 시가 지났군요. 2일 이제 2장 남았습니다. 신항 씨! 비가 오셔서 내일 이사 어떻게 허시나 걱정입니다. 밤이라도 반짝 들었으면 좋으련만—.

새로 사 가지고 가시는 댁에서 소원성취하시고 복에 복을 누리시길 빕니다. 저번 약물터 가던 날이 생각납니다. 강아지버들이 참 포곤하게 피었습니다. 어머니도 참 좋아하십니다. 비가 오시는데도 떠나는 저희들 주책이라고 하시겠지만, 어떰 개일지도 몰라요. 마음이 너그러워지고 좀 트이도록 넓은 들 구경하는 것인데요. 뭐…. 숙소랑은 다 정해졌습니다. 아는 댁에. 그럼 안녕히 뵈올 날까지.

참!

신항 씨, 오늘은 불이 안 들어오는 날입니다. 지금 뭘하세요? 이사짐 싸시느라고 바쁘신지요? 저 어떰, 30일 내로 못 올지도 몰라서 신항 씨께 붓을 들었습니다.

등록일 때매요—. 30일까지 못 올지도 모르오니, 30일쯤 저의 집에 한 번 들리셔서 물어 보시고, 등록 연기 신청 좀 내 주세요.

꼭. 이학년 때 학생증 동봉합니다. 필요하신 것은 여기서 참고하시고 나중에 주세요. 등록 때마다 주소가 갈립니다. 갔다 와선 돈 어떻게 될꺼야요.

1956년 3월. 양완

—

훈민정음의 조직론(組織論)에 대하여 논문식으로, 대학 일학년 정도로 간단히 하나 써 주실 수 있을지요? 일요일까지 갖다 주어야 할 것인데요. 화요일이 시험이라니까요. 약대 다니는 여동생 (척분) 일입니다.

—

사랑하는 사랑하는 신항 씨!

전화도 못 걸어서 어떻게 허나! 편지도 못 드리고 어떻게 허나! 연구실을 두 번이나 들여다 보아도 굳게 잠겨만 있어서 허우룩히 돌아서던 차였습니다. 문 앞에서 희우한 것은.

어제 저 참 잘못했어요. 신항 씨!

주신 글 고갯길 넘으며 몇 번이나 펴 보곺은 걸 만지적거리다 단추를 잠근 채 집에 까지 달려왔습니다. 혼자 걷는 길이라 그렇다기보단 급해서 그랬던지 참 지루하였습니다. 신항 씨! 나의 사랑하는, 아틋한 사람! 왜 또 온 마음을 짓이기듯이 스스로 나물

하시고 매질하시고 못살게 구셔요? 어떠한 언동이건, 신항 씨! 당신의 숫된 진심에서 나온 것 만일 노여워한다면 그것은 헛된 관념으로 하여 변색된 자연스러운 본능에의 혐증일 것입니다. 그러지 않아도 가끔, 저의 헛된 차라리 어색한 관념일래 싱싱한 마음의 생리를 짓밟음이 아닌가 저허하던 중입니다. 신항 씨! 다만 하나 저 걱정되는 것— 그건, 신항 씨의 마음의 꿋꿋한, 태연한, 본연의 모습이 가리워질세라. 정히 당신이 그렇듯 뉘우치신다면, 그러한 언동을 하시겠끔 유발한 여자, 저가 잘못임을 새삼 느끼게 됩니다. 신항 씨! 그렇게 자꾸만 당신의 언동에 스스로가 사로잡혀 괴로워 마세요. 만일에 미안이라든가, 안됐다든가, 부끄럽다든가 하는 감정을 혹 저에 대하여 품으신다면은. 물론 전 여자인 때문에 본능적으로 보수적이고, 또 여러 가지로 관념상, 습관상 다른 여자들보다 어쩜 더 보수적인지도 모르겠습니다. 제 생각에도 전 얼핏 보면 수더분 순해 보일지도 모르나 꽤나 까다롭고 또 쌀쌀한 것은 정말입니다. 우리가 아직 관념에 사로잡혀 본연의 싱싱한 얼싸안음과 입맞춤을 모르고 지내는지도 모르지만, 아무튼 이를 데 없는 설레임과 떨림이 온 심혼을 뒤흔들음은 어찌할 수 없는 것일 것입니다. 그것이 뜨겁든, 또는 싸늘하든. 그것은 새로운 것, 아니 처음인 것, 온통 심혼이 불이 되는 그러한 결혼이어야 하기 때문일 것입니다.

감색 레인 코오트 입으신 모습 참 좋았습니다. 아마 사치를 좋아하는 여자의 마음인지? 또는 자기의 고운 이를 더 곱게 입히고 싶은 마음의 화향인지? 뵙고도 얼른 우산을 푹 나려 쓰고 간 저—

그러면서도 뒤에서 오시길 바란 저.

신항 씨, 꽃 갖다드리고 막 달려왔지만 한참 오다 돌아볼 때 빈 길— 눈물 날 것 같았어요. 동무네 집을 찾아 앉았다가 슬슬 걸으면서 만났으면 빌었더니— 저 만나곬으셨어요? 신항 씨도? 기도(속으로 몰래) 하셨어요? 어쩜 그렇게 신기하게 만날 수 있었던지! 오늘도 그렇죠? 신항 씨! 당신의 싱싱한 생리로 그늘진 저의 모든 것을 물주어야 한다고는 생각하신 일 없으셔요? 당신의 광휘로 당신의 양을 비추어야 한다곤 생각지 않으셨어요? 당신의 향훈으로 양(良)을 목욕시키고 싶진 않으셨어요? 제가 꺼리는 길이라도 당신의 줏대로, 곧게, 싱싱하게, 그리고 윤이 흐르도록 향긋하도록 절 이끌어 가얄다곤 느끼지 않으셨어요? 당신을, 지금— 신항 씨, 저 온 마음이 아니 몸이 사뭇 떨려 오릅니다. 저려듭니다. 당신이 괴로워하신다는 것! 그건 저를 또한 괴롭힙니다. 아니 사뭇 속이 쓰리고 저려집니다. 뉘우치지 마세요. 설어워 마세요.

신항 씨, 저 신항 씨 속이고 뭐 가장한 일 있었어요? 허긴 모를 일이지만. 내 마음으로 그리는 이를 품에 안음이 그렇듯 욕된 일인가? 뉘우치지 마세요. 당신이 한 번이라도 하곺던 일이라면 안 하고 그대로 삭이느니 행동함이 말함이 그리 죄될 것 뭐 있어요? 다만 하나, 당신의 마음의 청징을 깨뜨릴세라, 당신의 마음에 때 아닌 소용돌일 일으킬세라 그것만을 전 저허합니다. 돌아오는 길에도 절 어루만지시고 얼싸안아주시는 당신의 눈길일 때 전 화끈거렸습니다. 물론 쓸쓸하였습니다. 거기 우둑히 서신 당신이 그래 보이듯. 신항 씨! 달려가서 푹, 고개 파묻고 싶었습니다. 아니 누나같이, 엄마같이 저 막 달려가서 당신을 꼬옥 꼬옥 안아드리고 싶었습니다.

신항 씨! 영등포(대방동 공군본부 신청사)로 옮기시기로서니 뭐 왜 그렇게 자주 못 만나요 뭐? 저 가 뵈면 되잖아요? 어디서 또 만나구? 네?

신항 씨의 괴로워하심이 저의 마음을 슬프게 합니다. 그 동안에 논문 쓰시기에도 바쁘셔야 하고, 그곳 일 깡그리 터 없이 해 놓으시고 나오시려면 물론 바쁘셔요, 저 알아요. 그런 줄 다.

신항 씨, 전 당신을 ―고 있습니다. 당신의 슬픔이 또 저의 슬픔이고, 당신의 괴로움이 곧 저의 그것입니다. 당신이 그리실 때, 저도 그립고, 당신이 설으실 땐 저도 슬프고. 자제를 위한 자제는 바라지 않습니다. 허나, 당신 참 귀한…. 신항 씨, 그리실 때 품에 늘 있을 저, 부르실 땐 늘 네 할 저… 멀리 생각 마세요.

신항 씨!

언젠가 당신이 저의 얼굴에 입에 당신의 푸른 수염 자옥 난 입으로 볼로 마구 부비셨습니다. 가슴이 막히도록 숨이 버겁도록 막 꼬옥 안고서. 무서운 꿈이었습니다. 기운이 하나도 없었습니다. 절 정말 안고 싶어 하시는 것인가? 또는 저의 잠재의식에서 그걸 바라는 것이었나? 곰곰이 생각해 보았습니다. 어떤 땐 당신이 절 안아주심을 느낍니다. 당신의 눈에서, 당신의 웃음에서. 안기고 싶고 어리광 하고 싶고, 안고 싶고, 그런 때도 있을 수 있는 것 아니야요?

다만, 그것이 당신의 밝음을 고요를 흐틀세라. 본능은 채움으로서 해방되리라 믿습니다. 모든 허물은 저에게 있고 매는 저가 맞아야 할 것입니다. 당신의 마음을 흐리게 하고 닫게 하는 것은 저이기 때문입니다. 머얼리 아주 머얼리 저가 숨어버릴 수라도 있다면! 한 적도 한두 번은 아니었습니다. 물론 신항 씨가 한갓 본능에 사로잡힌 사람이라고만은 믿지 않아요. 그럴 순 없기 때문이야요. 당신이 원하시는 것이라면 다 해드리고 싶고, 그런데. 우스꽝스럽게 무슨 절차가 있고 식이 있고 그래야지만, 즉 자기에의 "봄"을 남들에게 광고한 뒤에야만 떳떳해 하고, 또 뻔뻔스러히도 떳떳해 함이란 참 가관이지만, 그것이 우리의 지금까지 입혀온 옷이었습니다. 그런 것 전 아랑곳할 바 아닙니다. 그러나 당신을 사랑하기에, 전 당신을 그렇게 아무렇게나 남달리 여늬 남자로만은 생각하고 제가 쑥쑥 할 순 없습니다. 본능은 그리고 심성은 고귀를 찾다니! 그러나 뭐, 까짓껏. 내 사랑을 받친 이에게 안김이 뭐 까짓껏 대스러워요 뭐? 이 촉루와 같은 우리의 육, 하로살이인 일생의 낮보다 짧은 젊음. 꽃이 지고 녹음이 어느새 치마폭을 펴니 가슴이 서글퍼집니다. 젊음이 감을 빗 슬퍼하는 가장 숨김없는 저의 느꺼움입니다. 라일락이 질 때, 시들 무렵, 설흔이 넘은 봄이 봄이냐 추념하면서 전 가슴에 흥건히 눈물이 고였어요. 저 같아서요.

　신항 씨, 지저분한 글씨로 뭐 되지 않은 말들을 지꺼리었어요. 지금 역에 나갔으면! 만날까? 저의 마음이 당신 꿈에 보였으면! 당신은 저에게 가락지를 주신 일은 없습니다. 허나 당신의 뜨거운 마음은 포옹은 제 마음을 감고 감은 심환입니다. 순결한 심정에서 나온, 숫된 마음의 꽃인 당신의 포옹을 웃달리 더럽게 생각하시는 당신의 생리가 얄궂습니다. 자꾸만 그렇게 생각하시면 당신의 사랑스러운 다름답던 마음의 동기도 추해지고 빛 낡고 흉해질 것입니다. 쫓기는 사람도 아니것만, 늘 여유가 없는 저의 마음이 아직 당신의 벅찬 정을 다소곳 받기에 수집고, 버겁습니다. 그리고 당신 위해서도, dear, 크나 큰 억센, 눈부신 참 우리의 포옹 위하여 dear, 우리 더 우리 스스로를 곱게 빛나게 무르익혀야 안 해요? 네? 공부도 무엇때매 하자는 거야요? 명예가 아니지요, 자랑이 아니지요. 당신의 마음의 광휘요, 향기요, 불이요, 그런 것 위함일 것입니다. 당신은 누구보다 귀하고 누구보다 강하고 누구보다 높고, 누구보다 향기로워야 해요. 저 당신 닮아갈 테니까요. 네? 조심하세요. 늘, 저 나쁜 사람됨은 당신 탓이야요. 호호… 당신이 착할 땐 전 어떰 따라갈 수 있을 꺼야요. 열심히, 열심히. 허나 가다가 당신이 빗나갈 때, 제가 당신을 바로잡을 힘이 있을까? 금방 눈물겨워져요. 전 그렇게나 약해요. 당신의 이끌음 없이는, 당신의 당김이 없이는 내가 뭐가 될지!

신항 씨, 시인 하앙 씨이! 저야요, 당신의 양…. ~향가세 = 蘇 = 사랑~

신항 씨, 우리 가을 되면 광릉도 가고요, 또 소요산도 가요. 네? 당신의 마음의 병든 응어리를 풀어드리고 싶어요. 아파하시는 당신의.

물론, 당신은 누구라구 뭐 나의 누군데, 뭐. 얼마나 많이 고민

하느냐, 그것이 사람의 가치가 될 것이지요. 당신이 괴로워하심이 난 아파요. 허나, 그걸 슬퍼는 안 해요. 그것이 곧 마음의 성장의 한 모습이니까요. 그쵸? 네? 여어보오세에요오?

여러 가지 말로 메꾸어 보았습니다.

멀리 있으면 그립고 가까이 있으면 멀고 싶은, 양극이 한 때에 늘 발동하는 저의 생리. 신항 씨, 그날 밤 저 참 슬펐습니다. 내가 사랑하는 이가, 아니, 나를 사랑하는 이가 날 안는다는 것이— 당신은 아실 수 없을 야릇한 생리지요. 미칠듯이 그리던 것도 앞에 보면 물러서구, 그런 버릇이 있어요. 마음에도 역시, 아마 소녀의 병이겠죠. 제 나이엔 어울리지 않은, 어떰 그러나 영원할.

　　　　—하늘 땅만큼 쓰고 싶은 심서—

　　　　　　　　　　　　　　　　　　　~난초꽃 필 때~

　　　　　　　　　　　　　　　　　　　1956년 봄 羊.

　—

이렇게 밤새 잠든 저를 목욕시켜준 달빛을. 지새는 달빛에 눈을 부비며 붓을 듭니다. 사랑하는 신항 씨, 얼마나 역겨워하실지 알면서도 이렇게 전 부르고 싶습니다. 가다가는 제 마음이 저 빛처럼 아름다워지는 수도 있기 때문입니다.

신항 씨, 언제나 미화하고 정화하여 그리어 오신 당신의 양완이 너무도 속되고 떼꾸러기고, 못나고 골 잘 내고 조르기쟁이이며, 참 많이도 환멸을 느끼셨을 것입니다. 아직 몰랐던 당신의 여러 가지 고귀한 점을 발견할 때마다 얼마나 큰 기쁨에 제 마음이 흐느껴지는 반면에. 물론 실격되어 가는 당신의 구원의 벗으로서의 저의 슬픔은 숨길 수 없습니다. 뭐, 전 누구보다도 누구보다도 좋은 당신의 벗이고 싶은 깜냥 모르는, 무한한 꿈이 있기 때문에지요. 허나 그릇 당신에게 응성받이 되기보단, 헐더라도 똑똑히 미움받는 게 차라리 지당한진 모르지요.

신항 씨, 사람이 공부한다는 것도 실은 자기의 고귀성을 빛내기 위함일 것입니다. 그것 찾도 못하고 딴 데 바쁘다 가는 이도 있겠지만. 남보다 훨씬 불리한 분위기 속에서 당신은 꿋꿋이 말씀따나 자기 건설에 힘을 써오셨습니다. 뭐 당신에게 아첨할 저도 아닙니다. 당신의 고귀한 마음은 티 없이 간직해 온 당신의 그 마음에 수 없는 화환을 온몸에 씌워 줄 것입니다. 비록 화려하진 않을지도 모르지, 허나, 신항 씨! 당신이 당신의 고귀함을 속된 일에 남들 하는 약삭바른 얕은 꾀에 짓밟힘 당하지 않았음이, 얼마나 크나큰 보배인 줄 당신은 모르십니다. 그것을 깨닫지조차 못하시는 당신의 마음이야말로 제가 일생을 아니, 길이 더 길이 길이 의지하고, 얼싸안고 품고 품고 못내 그릴 당신의 빛일 것입니다.

소나무 틈에 참나무! 비유로선 참 자미있는 비유! 문장론으로 따질 때 절 만족케 하는 그럴 듯한 비유지요. 허나—

당신의 한참 꽃 젊음을 전 기막히고 쓰라리게 흐려드렸습니다. 몹쓸 저만 아니더라도 당신은 더 활발히 또 어 힘 있게 자신 있게 해 나가셨을 모든 것이 몹쓸 저일래 무너지고 움직이고 차였을 것. 그런 말씀하실 때마다 전 침식되는 바다갓의 물시울같이 가슴이 그만 허물어짐을 느낍니다. 무슨 죄업으로 전 당신을 그토록 괴롭혔던가!

어떠한 화사한 과거도 우리에겐 아랑곳 없을 것입니다. 혹 눈물의 씨는 될까? 어떠한 쓰라린 지난날은 잊어주세요! 이 말이, 차마, 신항 씨, 겨웁도록 느꺼운 당신의 정에 응석된 저이오나 차마 입이 벌어지지 않는 사하심을 비는 말만 같사와요. 허나! 당신의 양완을 한번 크게 용서…… 아니야요 차라리 벌주세요.

소나무 틈의 참나무!

당신은 모든 것이, 모두들이 잡초같이 우거진 속에 혼자 향을 지닌 꽃, 그것은 사뭇 뺑쑥과 갈대로 뒤덮혀 미래의 꽃은 숨긴 듯, 보이지도 않아도 온통 이 들을 하늘을 향기롭게 하는 것은 당신입니다.

국문과 연구실, 그까짓 것이 뭐 당신에게 그런 소나무와 참나무의 비유를 생각게 할까? 그런 소나무를 전 원치 않습니다.

이 세상 남자, 그 표본은 늘 저에겐 아버지로 여겨 왔습니다. 당신을 아버지에겐 견주고 싶어도 당신이 비기곤 괴로워하시는 그들관 생각해 본 일 거의 없습니다. 더 더 큰 것을 생각하세요. 잠꾸러기인 저도 어쩜 당신과 있으면 그 잠이 달아나고 밤늦도록 공부하실 땐 저도 곁에 앉아 있을 수도 있을 것만 같아져요. 그럼 같이 공부하면, 당신이 남보다 적게 가졌던 시간의 손실을 찾을 수도 있을 것입니다.

이 모든 괴로움의 근원이 이 몹쓸 저라는 것,

당신을 몹시 굴 절 당신은 사랑으로 맞음으로서 이즈러진 저의 잃어진 혼을 불어주셨습니다. 미처 몰랐던 당신의 여러 가지 고귀성이 빼쑥 사이에 이슬 속에 힐긋힐긋 보이단 숨는 꽃 같고, 제일 맵고 아름다운 향풀 같습니다.

우린 우리의 최선을 다하여 우리의 길을 걷는다는 것, 그것이 제일 큰 우리의 할 일이고 직분이라 생각됩니다. 당신은 누구에게도 뒤지지 않으셨습니다. 지난날엔. 우리의 역사에서 고려자기를 들듯 난 가슴이 뭉쿨해집디다. …였다가 내게 무슨 아랑곳이랴 하실 당신의 모습이 떠오르기에. 허나, 우린 우리의 추억으로 우릴 북돋을 수도 가다간 있으리라 믿습니다. 당신이 당신을 간직해온 심성의 고귀함은 짐짓 접어두더라도, 거기서 붓을 놓은 일 없는 당신은 노력도 가상한 것입니다. 아첨이 아닙니다. 위로의 헛말이 아닙니다.

여학교 다닐 때, 제가 그리워하던 사람, 한 번도 보도 않고 마음속에 혼자 그리어 오던 사람, 나의 신이고 나의 힘이고 나의 벗이고 또 그 이상이던 사람, 그는 지혜로운 사람도 학식 있는 사람도, 미남도, 부자도 아니었습니다. 바위를 마조 앉아 하루를 지날 수 있는 사람, 바닷물 소리에 풍경이 없어도 살 사람, 하늘의 별을 보고 시가 없어도 살 사람. 자기의 사고에 자기의 느꺼움에 인생을 알 사람, 그것은 물론 어렴풋한 꿈이었습니다. 저의 하찮은 꿈에 억지로 당신을 끼어 넣고 싶진 않지만.

곧은 당신, 그건 저의 자랑입니다. 아무리 어려운 삶 속에서라도 눈물을 씻고 웃음을 짓게 할 단 하나의 힘, 그것은 당신의 마음씨입니다.

뒤떨어진 지성을 캄푸라쥬하기 위하여 이렇게 당토 않은 말로 날 달래는구나. 매섭게 자기를 비판할 당신의 눈이 무섭습니다. 허나 더 무서운 것은 지금은 당신의 미에 나의 추를 잊고 동화됨을 느끼는 저, 얼마 가단 그것이 없어지고 저의 큰 추가 당신의 미를 삼키게 되고, 당신의 미를 기릴 줄 모르고 떼만 쓸 악녀가 되면 어쩌나!

속나비같이 울어집니다.

사랑하는 신항 씨! 부디 마음을 너그럽게 넓게 평정히 지니십시오. 당신의 양은 그것이 소원이야요. 억수가 퍼부어도 당신의 마음만은 고요를 잃지 마세요. 공부가 경쟁과 왜 아랑곳일까? 그것이 귀한 경쟁임은 천만 압니다. 우리 같이 힘껏 애써요 네? 정말로 절 생각해 주신다면, 당신의 괴로움을 저의 손길로 눈물 씻게 해 주세요. 보다 큰 우리 날들을 위해서. 무어라 가슴 막혀 쓸 수 없습니다. 창이 훤하니 무슨 글씰 어찌 썼는지 얼굴이 온몸이 화끈해집니다.

1956년 봄, 당신의 양.

사랑하는 신항 씨!

첫 별보다 상냥스런 첫 정향보다 향긋한 웃음을 보내고 싶습니다. 아무도 없는 빈 집에, 밤과 같은 낮을 이리고 전 누워 있습니다. 신항 씨! 만나 뵙고도 따스런 말씀 하나 못 해드리고, 부드런 눈길 한 번 드리지 못한 저, 뵈올 때마다 느끼는 것 있어도 어떻게 말로 꽃봉 트기도 부끄럽고, 오히려 뾰로통한 아이처럼 그러곤 헤어지고 헤어지길 사뭇 이제껏 해온 셈입니다. 나의 귀한 신항 씨, 나의 사랑하는 신항 씨를 한때라도, 조곰이라도 서글프게 해드렸다는 것은 저의 큰 슬픔이 또한 아닐 수 없습니다.

바람이 몹시 부는 밤에도, 비가 몹시 퍼붓는 날에도, 사념에 잠긴 신항 씨 곁에 그림자보다 더 가까이 전 있어야 함을 느낍니다. 근데 이렇게 외지게 있어 신항 씨 마음을 상해드리는 것 용서해 주십사기도 너무 죄스럽습니다.

신항 씨! 언젠간 저의 무릎에 얼굴을 대고 누으시면, 아가처럼 세수를 씻겨드리고 싶은 그런 생각이 구름인 양 피던 날이 있었습니다. 신항 씨! 말로 못 편 정을 글월에 펴고져, 글월에 못 편 정을 뵈옵기로 펴고져 꼬옥 꼬옥 싸고 싸서 전 마음 한모통 그윽한 곳에 묻어 왔습니다. 여러 가지가, 슬픔과 무상함이 저의 마음의 변두리를 입 맞추러 가고 입 맞추러 오는 밀물과 썰물같이 철석입니다.

이 온통 빈 것 같고, 악! 소리조차 지를 길 없는 이지함 속에서 먼 눈을 부비며 어귀적거리며 그래도 못내 아틋한 상을 그리며 이리고 전 허위적거리는 것도 같습니다. 신항 씨! 화내시지 마세요. 거리의 여인같이 넌 왜, 나 보고 이런 사랑이니 속된 말을 하냐고….

사랑하는 신항 씨! 달콤한 밤이슬에 갖 피려는 향풀 같은 정이 어린, 옛날, 이 말이 처음 사람 입에 노래 불리던 그때의 향내대로, 뜻대로 우리의 심이(心耳)를 다시 씻고 눈을 부비고 들어 보면! 뭐라고 해야 좋을지. 허긴 부를 수가 없는 사람! 언젠간 선생님. 하고 한 번 부르고 싶었지요. 그때 저도 아가처럼 어리광이 부리고 싶은 때였나 봐요.

이렇게 우스운 말들로 또 신항 씨의 마음의 고요를 수문(水紋) 짓는 것이 아닐까? 호온자 고옴곰히 생각해 봅니다. 저의 품에 우시꼴을 때 왜 절 보고 말하시질 않아 오셨어요? 스스로워 하시고, 삼가시고 해야 하세요? 물론 하시기 싫은 일을 하시란 말씀은 아니야요. 다만 헐어진 구습과 시어진 Moral에 사로잡혀 싱싱하고 사뭇 향긋한 우리의 난 대로의 아름다운 Moral을 짓밟히게 버리는 것이 아니라면 무엇이고, 그리고 물론 원하시면은!

신항 씨! 참으로 참으로 아름다운, 온 심령이 부르르 떨리며 불길이 될 듯한 뜨거운 뜨거운 운 전초일 수 없고, 그만 으스러져 죽을 듯이 강열한 것이 아니라면 모든 것을 다 동댕이 쳐버리고 싶기에 이제껏 전 이렇게 남들과 떨어져 저어만치 동구만이 있어 왔던 것입니다.

어려운 것이지요. 이렇게 모든 행동마다 타 버리고 으스러져 버린다는 것은.

신항 씨!

신항 씨! 어떰 저녁에 오실꺼야요. 그쵸?

아까 계신 곳 앞 지나면서도 몸이 괴로워 안 들리고 바로 갔어요. 먼지 낀 연구실 책상에 혼자 피곤한 마음을 조려가며 책을 읽으실 모습이 선합니다. 저녁에 오세요! 오셔도 허긴 신항 씨에게 기쁨도 못 드리는 바보 전데….

오늘 제가 저녁에 갈까 해도—

두 밤쯤 자고 나면 다시 또 기운이 생기고 할꺼야요. 그럼 갈께요. 네? 네?

그때 하실 이야기 많이 많이 가지고 계세요.

사랑하는 신항 씨 품에

1956년 봄, 양완 올림

—

사랑하는 신항 씨!

엄마! 바로 월요일에 뵈었는데 왜 이렇게 사뭇 오래만 된 것 같아요? 신항 씨도 그러셔요? 오늘 저녁 먹는 대로 가려고 했지만, 집도 비고(어머니 혼자 계시고) 또 너무 늦어서 어머니가 제발 내일 가라셔서 주저 앉았습니다. 왜 안 오실까? 허긴 오셔도 모시고 이야기할 조용한 방도 없고, 멀기도 하고 하지만, 아무것도 아니면서 공연히 뭣을 들고(책) 가려고 했습니다.

신항 씨! 마음 아프세요? 요사이? 네?

어떻게 하면 마음 안 아프시게 해드릴지요? 오늘 연암집 하면서도 자꾸 같이 배웠으면 하는 생각이 참 간절했어요. 같이 나누고 싶은 시간이었습니다. 어떻게 하면 같이 들을 수 있을까!

순한 마음으로 이젠 신항 씨의 모든 마음을 받아드릴 수 있는 것 같습니다. 신항 씨를 위해서는, 저 늘 곁에 뫼시고 있고 싶습니다. 허지만 모든 형편이 그렇지 못하군요. 저도 가다간 까마아득 슬픈 생각을 하고 하지만, 시커먼 어둠일랑 삼켜 버리고 멍청히 또 하늘을 쳐바보군 하지요. 신항 씨, 만일에 무슨 그림자가 드리우게 된다면 저도 저대로 뜻 먹은 바가 있어요. 그렇게 신항 씨만을 슬프게 해드리고 혼자 기뻐할 행복할 저도 아닙니다. 허긴 제가 수녀가 된들 신항 씨의 마음이야 뭐 시원하시겠어요만도… 그런 것은 제가 할 생각도 아닙니다. 그것도 그 전 이야기지요. 하로만 자구나도 성큼성큼 자라는 나무의 키같이 저도 자라는 것을 느낍니다. 마음이, 이질어지고 옴추라졌던.

자꾸만 햇쓱해지신, 아픔에 잠긴 모습이 떠오릅니다. 왜 좀 더 상냥스레 어루만져 드리질 못했을꼬 위로해 드리질 못했을꼬 이리고 전 지금 가슴이 아파집니다. 신항 씨의 진의가 무엇인지 모르고 저 아래 나즉한 생각에 사로잡힌 저가 무안스러워집니다만도—.

왜 신항 씨 햇쓱하세요? 어디 아프셔요 정말? 마음 몹시 아프셔요? 저 어떻게 해드릴 수 있어요?

약속! 하고 싶은 말을 할 것
　　하고 싶은 대로 할 것(의론할 것)

하고 싶은 말을 참거나 묻어서 아파지지 말 것

보고 싶을 때는 기별할 것

하시고 싶은 말이나 또는 행동을 안 하시고 아파하시는 것은 저와 친구 안 하시겠다는 걸로 알고 저 막 노여워하겠습니다.

의론하고, 생각하고 하여서 그를 땐 고치고, 약할 땐 힘 주고, 슬플 땐 위로하고 하는 것이 친구가 아니겠어요?

안 오시리라 믿으면서도 자꾸 문 흔드는 소리가 들리는 밤.

가려다 못 간 밤.

나의 사랑하는 친구에게

1956(4289). 5. 2. 양완

—

신항 씨!

사뭇 확끈거리는 마음을 눌르면서 보내 주신 뜨거운 정 가슴속 깊이 여미며 여미며 몇 번이나 읽었습니다. 책 빌려 주셔서 참 고맙습니다. 허긴 그것뿐 아니라, 아니 그것보다도 첫갈피에 든 두둑한 신항 씨의 편지 참으로 기뻤습니다.

신항 씨!

한밤 자면 이 세상에 처음 나시던 날이군요.

못 견디리만큼 향기가 가멸은 목련이 필 무렵.

이 세상의 모든 것을, 아니 그것보다 더 귀한 것을,

거기다 저 그윽한 목련의 향을 품어 보내드리고 싶습니다.

달이 퍽 고운데, 이렇게 고요한 밤을 가 뵙지도 않고 자리에 누은 것 참 죄스럽습니다.

향으로 온통 목욕하고 싶은 밤.

신항 씨의 마음을 모르는 것처럼 얄밉게 버렸던 저의 입, 참 미워집니다. 내일은 꼭 뵈오러 갈 것입니다. 저. 신항 씨 괴로워 안 하시게 어떻게 좋은 생각이 떠올랐으면 합니다. 오오래 이야기하겠습니다.

1956년 5월 7일. － 신항 씨의 벗 －

—

my dear Hang!

수집음을 이기지 못해 당신을 찾고도 같이 못 나온 작년 내일이 생각납니다. 당신에게, 당신이 이 세상에 태어나신 날. 하늘보다 보석보다 더 귀한 것을 이 몸은 드리고 싶어집니다. 항, 여러 가지 드리고 싶어요. 우리가 한데 된 첫 당신의 생신에 난 참 뭐 아주 *wonderful*한 것 드리고 싶어요. 루비—보다도 더 고운 것, 별보다도 더 빛나는 것, 그리고 눈보다 더 흰 것, 뜨거운 것….

내일은 자꾸만 다가와요. 이제 벌써 두 시 십오 분이 넘어요. 항, 전 뭘 드리나!

1956. 5. 8.

사랑하는 신항 씨!

오늘 청량리까지 나가셨다가 일부러 책 갖다 주신 것 참 감사합니다. 하도 기운이 없고 하여서 늦게야 집에 오니 오빠만 있는 때 다녀가셨다고 어머니가 퍽 미안해 하고 있습니다. 신항 씨… 나의 가장 귀한 벗, 사랑하는 이, 으쳐질 듯 강렬한 느꺼움으로 지금 붓을 들고 있습니다. 이 세상 누구보다도 행복하게 기쁘게 해드리고 싶고 해드리려야 할 전데 어쩜 늘 어둡게만 하여드리는지, 무안하고 미안한 것이 지나쳐 적이 가슴이 마구 죄어든 듯 저려집니다. 어제도 실은 기쁘게 해드리고저 다만 그 한 생각으로 정신없이 찾아가서 공연히 꾸지람만 들으시게 하고, 뵙고도 기쁘게보다 근심스럽게만 하여드리고 만 저. 신항 씨! 으스러질 듯 향긋한 포옹으로도 모자랄 것만 같고 김빠진 것만 같을 나의 뜨거운 사랑을, 신항 씨 품에, 신항 씨의 그윽한 심혼(心魂)의 품에 부비고 싶습니다. 신항 씨 위해서라면 신항 씨의 참된 기쁨 위해서라면 무슨 일이라도 어떠한 어려움이라도 뚫고 나갈 힘이 있을 것 같고―뚫고 나갈 의용과 사랑 때문에 강하여지는―비록 제가 못나서 약해진다더라도 신항 씨의 뜨거운 사랑이 절 구해 주실 수 있으리라 믿습니다.

신항 씨… 매일 밤은 아니지만, 뵙고 싶을 땐 그릴 수 있고, 그리워하실 땐 꿈에서 알려 주시고, 비록 눈을 못 보더라도 전 신항 씨의 사랑이 늘 저를 감돌고 안아 주고 계심을 느끼고 있습니다. 일찍이 맛 본 일 없는 그윽한 기쁨을 전 느끼고 이렇게나 행복스럽고 생기를 띄우게 되었습니다. 모든 것이 서울도 없는 듯한 심연가에서 절 구해 주신 것은 오직 불보다도 강렬한 신항 씨의 사랑이었습니다. 신항 씨는 저를 그렇게 소생시키시고, 생에의 애착에 힘을 솟아 주시고 빛과 향기를 주셨습니다. 너무나도 참되고 큰 사랑에 그만 어리광만 부리느라고 전 저의 모든 허물도 깡그리고 잊고 오히려 깜냥 없는 행동을 취하기까지 하였습니다. 나의 귀한 아틋한 사람, 신항 씨… 어떤 때의 저의 응시는 어느 억센 불길 같은 포옹보다도 훨씬 강한 것이리라 믿습니다. 손이 마구 으쳐지도록 강렬하게 악수하여도 김빠진 듯한 저의 정. 전 차라리 입도 다물고 눈도 감고 귀도 감아도 신항 씨의 모습이 떠오릅니다. 버릇없이 매몰스럽게 신항 씨의 가슴을 할퀸 얄미운 양완이 인제 이렇게도 오롯히 신항 씨의 양완이 되고 있는지, 전 부끄러울 다름입니다. 너무도 절 꾸지람 안 하시고 용서해 주시기 때매—막 미워하시고 나모래시면 어떤 땐 좀 덜 미안할 것 같아져요 솔곳이— 신항 씨, 허긴 제가 무엇을 더 쓸 게 있겠어요? 허긴 또 천년을 하여도 못다할 듯한 정. 그러나 다수굿하여도 알아 주실 정.

신항 씨! 나의 으서질 듯 사랑하는 사람! 저, 참… 신항 씨의 양완입니다. 다른 누구의 양완도 아니었고, 아닙니다. 저 당신의 양완이야요. 언제나 당신의 품속에, 당신의 눈앞에, 그리고 귓전에 같이 있는 당신의, 오직 당신만의 양완이야요.

신항 씨, 실력이 부자니 이 책들을 읽으려면 퍽 많이 공부해야겠어요. 그쵸? 열심히 저도 공부하겠어요. 그래서 불어책 당신이 필요하시다는 데 언제든지 곧 번역할 수 있는 참으로 도움이 될 당신의 양완이 되고 싶어요. 당신의 이름으로 책을 내고 그럴 생각이 떠오를 땐 양완은 참새같이 기뻐져요. 그렇게 정말 되기 위해선 다른 어떤 사람도 할 수 없는 구실을 할 수 있는 당신의 영원한 벗이 되기 위해선, 신항 씨, 저 공부 참 많이 해야 되지요? 저가 막 잠이나 자고 게으름 부리고 그럴 땐 당신이 꼬옥 꾸지람해 주세요. 네?

신항 씨! 양완은 늘 당신 품에 이렇듯 행복하고 포근하고 응성꾸러기가 되어 가고 있습니다. 신항 씨와의 저의 한 생은 참 아름답고 강하고 참되고 기쁘리라 믿습니다. 당신의 양완같이 저의 신항 씨를 기쁘게 해드릴 수 있다면은!

신항 씨! 누구보다도 정신적인 기쁨을 누리는 당신과 저가 되기에 모든 힘을 기울였으면요! 모든 것을 올바로 똑똑히 판단하시는 나의 님! 부디 부디 여보세요! 우리 조금만 참아 보아요. 네? 전, 당신의 양완이야요. 구월엔 아아 당신과 같이 있게 될꺼야요. 물론 이러한 구속도 할 필요는 없어요. I am yours! 전 모든 것을 어떰 견딜 수도 있을 것 같아요. 다만 푸른 옷과 모자를 벗기 전에는 모든 것을 스스로 끄리시는 신항 씨의 의사와, 저의 딸로서의 정을 극진히도 생각해 주시는 당신의 뜨거운 뜨거운 사랑 때매 구월까진 우리 그냥 지내요. 네? 왜 이런 말씀을 하고 있나? 내가 하는 생각은 곧 당신 생각인데, 당신 하시는 생각 곧 저의 생각인 걸 뭐. 그죠?

신항 씨.

팔월이라도 저 갈 순 있어요. 그러나 그것이 곧 신항 씨의 공부에 방해가 되니 전 그렇게 주책없이 찾아가고 싶지 않아요. 좀 더 다수굿이 직수굿하게 참아 보겠어요. 그리고 열심히 열심히 당신의 참 좋은 한 생의 벗이 되기 위해서 공부하겠어요. 그 대신 당신이 한 주일 주욱 일과 공부에 시달리신 뒤, 하늘과 들과 그리고 젊음을 돌아보실 날을 가지시는 것, 좋을 것 같아요. 틈 있으신 대로 운동도 하시고 부디 몸 보중하세요. 저가 너무 늘 괴롭게 해드려서 그런 것 같아서 저 걱정이 돼요. 뭐, 퍽 여위신 것 같은 걸요. 뭐…

신항 씨, 저 열심히 공부하겠어요. 공연히 신항 씨 마음까지 산란케 해드리고 자꾸 떼만 부리고 그러지 않구요. 상냥하고 좋은 당신의 "양(羊)"이 되고 싶어요.

—부르실 땐, 적어서 보내만 주세요—

1956년 5월 20일 밤 이슥하여 당신의 양완 올림

신항 씨!

바쁘신 분 제 일 때매 너무 예 없이 오십사 했다고 꾸중 들었습니다. 정말 너무 예 없이 그냥 앉으셨다만 가셔서… 정말 무안합니다.

일러 주신 대로 정리하였습니다.

일부러 저 때매 그렇게 많은 시간을 내어 주신 것 감사하오며 죄송합니다.

아까 "俗語の考察" 책 갈피에 넣었던 글월들은 모두 뵙기 전에 쓴 것(요사이)이라 모다 여쭌 말씀아니야요? 그래서 그만두었어요.

저에 대해서 하시고 싶은 말씀 해 주세요.

◦ 너무 예 없이 떼를 쓰는 일이?
◦ 어머니에 대해서 제가 어떻게 하면 더 좋을까?
◦ 바보같이 울기 잘하는 (마음이) 건 어쩌면 좋을까?
◦ 금방 노여워지곤 하는 건 어떻거나?

많이 많이 있습니다. 저번에 "어머니"에 대해서 딸의 허물이라신 거… 어떻거면 좋겠는지요?

날마다 뵈울 수 있었는데 또 썼습니다.

오전 된 닭이 웁니다.

1956년 6월, 양완 드림

—

　한참 못본 채 둔 이화고여생들의 일기도 볼 겸, 밤도 좀 더 고요해지기를 기다릴 겸 자리에 누웠습니다. 어젠 또 걱정만 끼쳐드려서 뉘우쳐집니다. 오늘 박물관에서 뜻밖에도 거액을 받게 되어 전 윤무병 선생님께 무어라 감사해야 좋을지 참 모르겠습니다. 전 얼마를 주셨는지 뜯어 보도 않고 선생님께서 참 조끔이라고 하시면서 숫자를 쓰시는 것도 너무 무안스러워서 볼 수가 없었습니다. 참으로 감사할 때 감사하다는 것은 그냥 그말로 그 고마움을 갚아 버리는 것 같이 아까웠습니다. 무어라고 말할 수 없이 감사하고, 참새처럼 기뻤습니다. 그동안 어머니가 아프셔서 거의 죽고 싶을 만큼 슬펐던 저의 마음도 풀렸습니다. 길을 걸으면서도 눈물이 자꾸만 숭얼거렸습니다. 기뻐해 주십사고 계신 곳 가려니 시간은 이미 다섯 시가 넘었습니다. 채 반 남짓한 일에 대하여 그렇게 많은 돈을 먼저 주시는 것이 무안스럽고 죄스럽고, 그게 참 쓸 만한 것이 되도 않으면 어쩌나, 그러한 무서운 가책이 지금 또 저를 사로잡습니다. 어머니를 그대로 갖다드릴까 하다가, 영전에게 맡기고 왔습니다. 삼(蔘) 사고 남으면 평완 신 하나 새로 지어 신기고 싶군요.

　동양화가에 대한 다소의 기록을 위하여 몇 분 선생님을 찾으러 가느라고 한 며칠 걸릴 것 같습니다. 전 신자도 아니지만, 제발 이 번역이 잘 되어 윤 선생님께서 애써주신 보람이 나고 관장 선생님께 폐를 끼치지 않아야 할 텐데 빌고 있습니다.

　"눈보라 속에서" 읽고 또 읽었습니다. 동감인 구절도 있고 무안한 대목도 있고 부끄럽고 화끈거리는 글귀도 있었습니다. 기쿠치간(菊池寬)과 아쿠다류노스케(芥川龍之介)도 읽다 잤지요. 자려곤 했지만 —자긴 했지만— 산란스럽고 날 서고 그것보다 소름이 끼치고 흉한 가위가 눌렸었습니다. 여러 가지 사념 때문에 푹 군히 잘 수도 없었습니다. 그 글을 읽고 새삼스럽게 제가 착해질 것도 아니고, 또 상냥스런 애가 된 것도 아니야요. 어제의 모습은 퍽이나 창백하셨습니다. 아마 어디가 꼭 아프셨을 것입니다. 바보처럼 배가 아프시냐고 여쭈고 보았지만. 왜 또 괴로워하세요?

어쩌면 어렴풋하게밖엔 이해하실 수 없을 감정이 저에겐 있습니다. 어머니를 사랑한다고도 아버지를 사랑한다고도 말하고 싶지 않고, 그럴 자격도 없지만, 저로서는 그저 그럴 수밖에 없는 그러지 않곤 못 백이는 그런 마음이 있는 것입니다. 아버지가 몹시 보고 싶은 밤이었고, 환한 얼굴에 웃음을 띄우고 두 팔을 벌리면 푸라타누스 사이에서 (아버지가) 오시면서 절 안아주시려는 꿈도 아닌 환영을 보았습니다. 오는 새벽에, 밖엔 깔깔한 싸락눈이 뿌리다 말고. 벗은 곤히 잠들고 있었습니다. 아버지가 몹시도 보고 싶고 보고 싶은 날입니다.

어제 저의 말들 때문에 밤새 또 속상하셨을 것 가슴 아파집니다. 어머니 약을 문제 없이 제가 사드릴 수 있어요! 전 기가 막히는 것을 어쩔 수 없습니다. 비록 저희들이 어머니를 위한다 해도 그리고 위하려 한들, 그게 무슨 소용이 있고 보람이 있겠어요. 아버지의 큰, 뜨겁고 깊은 사랑에 어디 발치에나 가겠어요? 전 그런 생각을 할 때마다 밖으로 흐르는 습관을 잊은 저의 눈물이 가슴 속을 짜겁게 흐르는 것만 같해요.

언젠가도 전 말씀드린 것 같아요. 비록 나중엔 어머니를 기쁘게 해드릴 수 있을지도 모를 일이더라도, 아버지 안 계시는 동안 어머니를 순간적이라도, 그것도 저 때문에 슬프게 해드릴 순 없습니다. 물론 저도 여러 가지를 생각합니다. 아버님과 어머님께 향한 누구보다도 인간다운 참다운 정에 어려 있는 모습 고개 숙어지고 참으로 의당하다 여겨집니다. 그러나 저 하나라면 전 어떻게라도 할 수 있는 것이지만, 전 어머닐 슬프게 해드리고 싶지 않습니다. 그리고 오로지 목석 같은 학자가 되시기를 제가 뭐 희구하는 것도 아닙니다. 그러나 건 욕심쟁이입니다. 어느 누구보다도 더 날카롭고 높은 지성의 소지자이면서 북극의 빙하도 흐뭇히 녹일 만한 뜨거운 인간미를 아는 사람으로서의 저의 벗을 존경합니다. 이를테면 지금껏 제가 보고 겪어 온 모든 인간의 가장 아름답고 강하고 참된 점들을 모두 한데 지닌 듯한 사람. 전 그런 사람이시기를, 적어도 그리로 지향하시기를 바라고 싶습니다. 말만으로 모든 것이 되리라고는 믿지 않습니다. 일거일동을 Test 당한다는 어색함 없이는 하시지 않았을 것을 생각하니 무안스럽고 미안도 스럽습니다. 무슨 별 따는 재조도 못 타고 난 제가 왜 누굴 무슨 Test를 했겠어요? 다만 전 느끼기도 하고 생각도 하고 그랬을 다름입니다. 전 메마른, 마치 교리를 위한 성직자와도 같은 싸늘한 사람을 그립다곤 생각한 일 없습니다. 거기엔 인간미가 없습니다. 전 연구실 같은, 그것도 그것만의 기류 를 그리워한 일도 없습니다. 그러나 그이들이라고 결코 그것만으로 전부의 생활은 아닐 것입니다. 정 가다가 놀랍니다. 왜냐구요? 너무나도 별것을 다 제 마음대로 그리고, 또 생각하고 남의 지성 아니 인생관 같은 것 들어 보도 않고 막 혼자 그림을 그리기 때문입니다. 신항 씨, 허긴 나까짓 것과의 "삶"이라는 게 무슨 그리 대스럽기에 마치 버티는 듯 교만한 듯 전 그것이 한없이 무안합니다. 그러나 전 저대로의 생각이 있고, 노력하고 의지도 있습니다. 전 아직 모든 것을 다 태워 버릴 만큼 저의 의지를 부려 본 일이 없었습니다. 그러나 전 그것을 아주 안 타고 났다고는 생각지 않습니다. 그러기에 한번은 반드시 하늘을 치밀 듯이 저의 불이 일리라고 믿습니다. 그 불을 어디다 쏟을 것인가 여러 가지로 생각한 바 많습니다. 혹시라도 저를 사랑하는 마음을 지닌 사람, 지녔던 사람이라면 반드시 저의 아버지에 대한 시울도 없는 사랑에 기가 막힌 질투와 증오를 느꼈을 것이고 느낄 것입니다. 어떠한 연적도 아버지만큼 강한 매력은 없을 테니까요. 그렇다고 제가 아버지에 대한 정에 휩쓸려 저의 자존심을 잊을 만큼 허황되진 않습니다. 물론 이 세상 모두와도 전 바꿀 수 있고 누구와도 바꿀 수 있고, 있었던 아버지였습니다. 그러나 아버지에게라도 전 구차스러운 청이라던가 "그저 용서한다."하는 등의 마음의 자세를 받긴 싫습니다. 얼마나 콩칵데기만한 속에 그런 매서움이 들었냐고 놀라실지도 모르지만 전 저의 저일 다름입니다. 이를테면 「누가 날 사랑하니 전 가겠어요」와 같은 그런 말을 하고 싶지 않은 저입니다. 풍부한 인간성을 그로 하여금 기르게 한 지성과 아버지가 오실 때까지 전,

저도 기르고, 또 저를 지금만큼 보다 더 길게 길러주고 할 사람과 같이 자라야 하리라고 믿습니다. 아버지의 어느 아들보다도 사위보다도 딸보다도 나흔 또 하나의 아들로서 아버지가 기꺼이 맞이할 수 있는 사람 그런 사람을 전 그리고 있습니다. 아버지의 이상에 맞는 사람이 반드시 참된 인간이냐고 반박하시겠지만, 아버진 결코 자기의 고집 때문에 참다운 인간성을 짓밟고 멸시할 만큼 미운 마음을 지닐 수는 없는 사람입니다. 물론 전 이렇게 쓰면서도 왜 아버지가 남이 아니었던가… 이를테면 이웃에 있는 두부장수라도 좋아! 전 그럼 그이가 남이기 때문에 더 열렬히 편들 수 있고 변호할 수 있고 찬미할 수 있을 텐데!

얼마나 슬프고 가소로운 일이야요? 아버지 딸이라는 그 한 이유로 아버지와 똑같은 정신상의 권리를 지니고 있는 듯한 저의 난폭성이라는 것이!

신항 씨, 양평 가자 하신 것은 가겠습니다. 공연히 뾰루퉁한 사람같이 노여운 사람같이 가지 않는다는 그런 자세도 우스운 것입니다. 쉬기도 할 겸 또 봄도 볼 겸, 정말 하루 푹 쉬시고 더 많은 새 기운을 내서서 버럭버럭 일도 하시고 공부도 하시게. 만일 제가 누구를 힘 돋아주고 밝게 해 주고 기쁘게 해 줄 수 있는 복을 타고 났다면 참 좋았을 것을! 하고 때때로 그런 환한 사람이 마음 트인 사람이 몹시 그리워집니다. 전 참 짜증과 눈물과 골과 그런 것밖엔 낼 줄 모르는 마음의 얼굴을 지녔을 뿐입니다.

제대 때문에 너무 상심 마세요. 되는대로 하는 거죠 뭐. 타고나신 정연성으로, 그리고 꿋꿋한 신념으로 차근차근 모든 것을 해나가 보세요. 그럼 다 될꺼야요. 크게 그것 때매 실망을 한 것도 아닙니다. 만일에 실망을 하였다면 제대 그 자체보다도 너무 많이 부림을 받는다는데 대한 소견 없는 여자로서의 노여움이 있을 다름이며, 너무 애쓰시는 게 딱해서이지요.

신항 씨, 저의 하늘과 바다와 바람이 얼마나 늘 차고 싸늘만 한지 아직도 짐작 못하셨어요? 차고 싸늘하면 맑음이 있어야 하고 거기엔 고결성이 있어야 하련만 그것 없는, 그러기에 냉혹에 불과한 저입니다.

신항 씨… 너무 많은 찬사와 또 너무 많은 자기폄하 전 그것이 몹시 싫습니다. 전자는 오로지 저의 현실을 보게 하여 부끄럽고 슬프고 후자는 겸지(矜持)를 잃은 듯한 겸손이라 싫고요. 물론 참 겸지)야, 자존이야 엇따 버리셨겠어요만은 잘못하면 겸손이 비굴로, 그리고 그 비굴이 마침내는 참 비굴로 빠지기 쉽기 때문입니다. 전 도대체 그런 비굴성을 받아드릴 비위가 없습니다. 그리고 제가 무슨 폭군이나 도적의 두목이 아닌 이상 그런 비인간적인 제게는 헐렁헐렁 하고 빌려 입은 것 같은 찬사의 옷을 굳이 부치고도 싶지 않고 존경받기를 즐기기보다, 존경하고 싶은 겁니다.

신항 씨 아버님 어머님 생각하심 전 참 기쁘고 또 보배로워 보입니다. 그 느껴움을 이해하지 못하는 것은 아닙니다. 다만 저에겐 그보다도 더 슬픈 어머니가 있기에 전 아무런 행동성조차 지니기 싫습니다. 순수한 저의 정만으로는 죽는 것이 제일 깨끗하고 그렇지 못할진댄 전 어떠한 기쁨도 쾌락도 다 거부하고 싶은 중세의 수도녀 같은 마음이 들 때가 많아요. 아버지의 고생, 슬픔, 어머니의 외로움 그런 것 생각하면 저의 조그만 즐거움도 모두 죄 같고, 아프고 그래요. 책임같이 무서운 것이 제겐 없고 싫은 것도 또한 없습니다. 전 구속도 싫고 얽매는 것도 싫고 물론 멍청하게 푸르기만 한 하늘도 넓은 듯한 대지도 결국은 나를 가두는 한 우리와도 같다고 늘 갑갑증 답답증에 못 이기고, 내가 고양이입에 물린 쥐와도 같이 파드겨 봤댔자 쓸 데 없다는 것, 내게 주어진 자유란 그것 역시 이 세상이라는, 아니 인간이라는 탈의 가죽 밖을 못 뛰어넘는다는 애닯음을 잊을 길은 없으나 우리 안에 갇힌 범과도 같이 미친 듯이 전 박차고 나가고만 싶어집니다. 나갔댔자 어딘데?… 그렇지만 전 구속이 아닌 이상엔.

언제나 그렇게 많이 지껄이고도 또 이렇게 긴 설화를 늘어놓고 말았습니다. 전 솔직히 신항 씨로 하여금 저 때매 하고 싶은 효도 못하고 실현하고 싶은 꿈을 못 실현하게 할 수 있는 아무 떠세도 자격도 없습니다. 그러니깐 정말은 아버지가 오실 때까지니 하고 남을 기다리게 하고 싶지는 않습니다. 그것은 너무도 큰 죄이기 때문입니다. 그럼에도 불구하고 선선히 모든 것을 수락할 수 없는 저의 감상 그러나 그것이 저의 온 생명일지도 모릅니다.

사랑하는 신항 씨!

그렇듯 아름다운 별빛에 안기며 나란히 걸어오는 밤 길섶에서 어쩜 전 그렇듯 가슴이 찢기는 듯하였고, 저의 바보 같은 괴로움으로 하여 당신의 하늘을 흐르게 하였던지!

전일 신항 씨가 제게 하신 아름다운 겸손, 그것은 당신의 마음의 아름다움엔 귀하온 것. 그러나 저의, 허물 많은 저의, 깜냥엔 지나치는 어울리지 않는 것이었습니다. 나모랠 것 없이 신항 씨는 스스로를 나모래시고 공연히 괴로워하십니다. 전, 슬프오나, 당신이라, 또는 사랑하는 신항 씨라 부르 수 있는 아름다운 당신의 벗이 될 아무런 자격도 없는 것같이 느껴지곤 하였습니다. 이젠 그것이 그 슬픔이 저의 모든 오늘을 내일을 눈멀게 할 듯 기막힌 것이 되었지만, 가슴이 마구 갈갈창창이 될 듯이, 저만을 생각해 오신, 저만을 생각하시는 신항 씨의 순정성에, 전 어울리는 숫된 마음에 멀리, 훠얼씬 부당함을 차마 가리우고 저를 그대로 애무와 용서 속에 그냥 어리광과 응성으로만 지날 수 없는 자책하는 마음이 끈덕지게도 저의 마음을 타먹어 왔습니다. 이 괴로움은 참으로 당연 이상의 것입니다. 물론 전 신항 씨를 괴롭혀 왔습니다. 당신을 괴롭히리라 마음먹어서보다, 어쩔 수 없던 저의 감정이 그리하여 왔던 것입니다. 허긴, 오늘과 모든 내일이 벌써 당신과의 만의 것으로 저의 하늘에 서리어 있고, 이런 말 차마 부끄러뤄, 못내 부끄러우나, 이미 결혼된 우리의 맺음을, 떳떳하게 더 밝게 환하게 하구 싶은 벅찬 느꺼움에 전 가득차 있습니다. 아무런 저의 허물의 의식조차 잊은 듯 전 사뭇 당신의 사랑 속에 그만 물보라 치며 놀고만 있었습니다. 싸늘하고 엄연한 자책지념이 저의 마음을 삼킬 듯 커다란 심연의 입을 버림을 소름 없인 볼 수 없습니다. 당신의 순정에 저울질해서 뿐 아니라, 저 스스로의 낭만, 참된 저의 꿈을 위해서, 전 제가 일생을 점점 더 사랑할 한 분 이외엔 아무도 아무도 알아서도 안됐다고 느낄 만큼, 신항 씨 저의 꿈도 아름다웁습니다. 그런데 전 그를 알았었고, 그리워했었습니다.

신항 씨에 대한 저의 생각도 퍽 변한 것을 자인합니다. 언제부터 무엇때매 제가 이렇게 되었는지— 그것은, 저에게 도린지를 줌이 오직 저를 없이 여기기 위한 하나의 모욕이 아닐 수도 있다는 희미한 깨달음에서, 그것을 또한 믿게 되고, 남을 통하여 들어온 당신의 생각을 제 스스로 알게 되고 보게 되고 어느 틈에 전 같이 느끼게 된 것입니다. 저의 변덕에 부끄러워집니다. 으스러지도록. 허나, 당신이 제겐 귀하다는 것, 모든 것을 제가 무릅쓰고 당신만 따라갈 수 있는 그 무엇, 당신은 아름다운 마음의 권위에 빛나고 있습니다. 당신을 기리는 말조차 아첨 같해서 꺼리게 되는 저의 몹쓸 마음의 버릇은, 지나침 自虐에서 오는 열매인지도 모르겠습니다. 모든 것을 벗어 버리고, 말이 처음 만들어지고 씌워지던 그 時節대로 숫되고 아름답게 통할 수 있는 우리 마음에, 난 왜 이다지도 고집스럽게 때 묻은 습관의 관념을 덧입히려들까! 저는 한마디도 변명해선 안 됩니다. 전 확실히 나쁜 애였습니다. 이렇듯 아틋한 당신을 전 모르고나마 어쩜 그렇게 설게 해 왔나! 가슴이 뉘우침과 아틋한 애석함의 사태에 고랑지는 것을 느낍니다. 이제 와서 치사스러운 더러운 말들로 저의 허물을 씻으려 하고 가리려 하는 밉쌀스러운 모략같이 전 제가 미워집니다. 그것은, 제가 저의 영원의 사람으로서 당신을 점지받은 정복에서 정화되기 때문이라 믿습니다. 만일에 제가 정말 오점에 휩쓸린 저였다면 아무리 마음이 떳떳한들, 또한 제 마음도 떳떳하진 못할 것이로되, 당신의 기류에 목 추기게 된 저. 전 차라리 제가 밤의 여인같이 더러워진 여인이더라도, 제 마음이 순결했다면 어떰 당신에게 오히려 떳떳했을 것도 같이 느껴질 때도 있었습니다.

당신의 큰 사랑이 저의 이 모든 괴로움을 살라버리시고, 다시 맑숙한 저의, 아니 저와 당신과의 참불을 새로 불어 일으키심을 느낍니다. 당신의 마음이 아름답고 숫되면 숫될수록 미친 듯 전 저의 허물을 돌아보지 않을 수 없게 되고—

신항 씨! 신항 씨! 신항 씨! 여보세요. 멀리 가지마세요. 저야요. 여기 있어요. 어데 계시오. 신항 씨! 허허벌판에서 길을 잃어버린 듯이, 당신이 안 보여요. 신항 씨! 신항 씨!

신항 씨! 이 모든 것이 혹 저의 양심적 뉘우침을 과시하려는 교활한 장사치의 속임수가 아닌가! 당신이 타는 듯 저를 애석히 여기심 볼 때 또한 이런 느꺼움이 절 사로잡습니다. 뭐 얼마나 제가 아름답다고 이런 아름다움을 가장할까! 이런 나도 저런 나도 나는 밉다. 밉기만 하다. 미워. 미워. 미워. 난.

뜻밖에 매를 맞고 마음이 약해져서 충격이 커서 난 이렇게 어둠 일로로 돌진하는 것일까? 몸이 아플 때 생각이 병적이긴 쉽기도 하지만.

오늘 저녁도 멀만큼 만나고 싶습니다. 그래도 뭐 문 밖에까지 오늘은 나가신다니 어떻게 만나요? 그리고 만나도 전 좀 더 안정된 마음으로 안심하고 당신과의 시간을 누릴 곳이 없음을 유감되히 느낍니다. 아무리 만나도 안 만난 것만 같고, 보아도 또 자주 보고만 싶어지는, 근데 여보세요! 제 마음은 체한 것 같아요. 저의 허물로. 난 이러다 미쳐 버리는 게 아닐까? 그렇다면 난 마땅히 얼루 도망해서 혼자 미쳐 버리든지 죽어 버리든지 해야지 그이를 이렇게 괴롭힐 아무런 정말 아무런 까닭도 없지 않은가! 네가 미치려면 너 혼자 어찌해. 왜 신항 씨를 니가 괴롭히니?

신항 씨! 어디로 가요? 제가? 당신 떠나 갈 곳이 어디 있나? 이런 느꺼움이 다 어떰 허황된 것으로밖에 보이지 않을 만큼 저의 오늘과 내일은 큽니다. 귀합니다. 허긴 이 모든 오늘과 내일이 하도나 귀하고 아틋하기에 흘러간 이제까진 전 정화하고 싶어지는 것이리라 믿습니다.

이렇게 체한 것 같은 뿌듯한 저의 마음에 무슨 세례를 좀 해 주세요! 정말 억수같이 울면 이 모든 것이 풀어질까? 반듯이 한 번은 울 수 있겠지. 꼭 한 번은, 한 번만은!
전 강해요. 전 강해요. 그까짓 괴로움에 미치진 않아요. 뭐 당신이 계신데 뭐, 싯. 까짓 싯. 뭐. 전 강해요. 이 모든 괴로움을 이기고 더 아름다워질 수 있는 제 마음에 강한 빛과 힘을 드리워 주세요. 강렬한 강렬한 힘을! 양완아! 넌 너의 힘을 의심 말아라. 저의 참된 힘! 널 정화하고 널 너답게 할 수 있는 하나의 시련에 지질 말아라!

　내일 일찍 오세요. 저의 어머니와 저희들과 모두 같이 아침 잡수시게. 오세요. 네? 꼬옥!
　그리고 당신은 아직 어리니까, 어른 같은 체면 갖추려 마시고, 여러 가지 또 생각 마시고 꼭 와 주세요. 정말 절 용서하신다면 당신이 오시겠지!
　어머니가 외로우니까, 당신 오십사고 하는 거야요. 사람들이 많이 와서 떠들썩할 때라면 먼 길에 오십사고 안 하겠어요. 허지만 알뜰한 참 식구끼리 모여서 참답게 지내려고 하기 때매, 허식 없는 정을 지닌 자만 부르고 싶기에. 오세요. 네? 꼬옥!
　날 다스릴 수 있는 사람. 내 날 다스림을 맡기고 싶은, 받고 싶은 사람, 하낫토 하낫토 꺼리끼지 마세요. 걱정허지 마세요.
　난 어떻게 내일까지 기다리나! 내일이 참 먼 어느 날.
　저 이런 무서운 어두운 마음, 당신의 불길로 살러질 것 믿어요. 너무도 몹쓸 너무도 나쁜, 허물 많은 양완을 신항 씨! 용서해 주세요!

—

　난 그의 앞에서 누가 날 보고 몰라보게 말랐다더란 말을 뇌까렸다. 뭐 그럼 누가 이쁘댈까봐. 그 비굴한, 얄미운, 왕궁의 아첨내인 같은 말씨를 한 내 마음이 문틀고 싶게도 미운 밤이다.

　난 그와 이야기하고, 또 그와 있는 동안 그와 가까이 알게 된 이내 깜빡 잊었었다. 내가 참 밉게 생긴 것을, 그를 닮아서 내가 고와진 줄로 착각했다. 그게 내가 이로우니까. 그는 날 밉다고 안 했다. 난 밉지 않다! 이런 허망! 보았나!

1956. 6. 11. 밤.
양완 드림

—

항!

　그렇게 오래 기두른 비였는데도, 지금 쨍쨍하는 볕이 어쩜 이리도 반가울까요. 비가 주룩 주룩 나릴 때에도 교실로 가는 길 나오는 길에도 근심에 겨워 창이나 내다보지 않나, 항이 걱정됩니다. 어쩜 속알머리 없이 그렇게 느껴가며 운 양이— 항의 착한 뜻도 신통한 마음도 눈꼽만치도 모르는 노방인처럼 당신의 양은 그렇게도 당신을 모르고 괴롭히기만 했어요. 그래도 당신의 양인 때문에 절 끝끝내 좋게만 좋게만 생각해 주시는 항, 당신의 훈훈한 빛에 전 녹는 듯해요. 좁은 소견에 항, 전 모든 게 귀찮기만 하고 설기만 하고 막 약 오르기만 하고 했어요. 어젯밤 몇 번이나

물으셨을 때 그땐 다 알아들을 수도 있었고 나쁜 것에 가렸던 저의 마음도 항의 빛을 쬐어 다시 곱게 빛났을 때지만 차마 부끄럽고 제가 밉고 미워서 항을 안다 하기가 열적었어요. 아무리 짜증을 내고 섧고 해도, 그래도 제가 죽지 않고 지금껏 살아온 것은 항을 의지하고 믿고 왔기 때문인 것. 아무도 몰라도 항은 아실꺼야요. 그렇게 섧고 야속하게 고달픈데도 제가 누굴 믿고 안암동 그 방엘 접어 들었겠어요. 그만 고단함과 노여움에 시달려 누은 당신을 보곤 가슴이 슴벅했어요. 그래도 나쁘고 고약한 제가 뭐 착한 척하고 당신 곁에 기어들긴 무안적었어요.

얼마나 지극한 인내와 사랑이, 비틍그러지고 이질어진 이 양을 당신의 양 만들기에 바쳐졌는지. 항, 전 알 수 있어요. 그 어느 때보다도 더 또렷히 지금은 원광을 띄운 듯한 항이 제 가슴 속에 빛나고 있어요.

이래도 왜 항은 절 용서만 하고. 지금은 막 매라도 맞고 무서운 당신의 꾸지람이라도 듣고 싶어요. 여지껏 너무도 나빴던 제가 그렇게 하면 정말 참한 당신의 양(良)이 될 수 있을까! 이 골돌한 고운 마음이 어떤 때는 변하지 말기를 항, 전 기도할래요.

아름답게 그려온 환상의 양이 현실의 이 미운 양 아님은 슬픈 일이나, 그걸 그렇게 들어내고 당신의 그 고운 환상을 깨뜨려만 드림으로 제가 무슨 전생의 업인으로 쾌감을 맛보겠어요. 그것이 모두 제가 꿈꾸고 바라는 저인 것을.

항! 무한한 사랑과 또 너그러움 밑에만 양은 울고 또 웃고 살수 있을 거야요. 얼마나 이기적이고 미운, 얄미운 양인지 어떤 땐 항이 몹시 걸리기도 해요. 나같이 몹쓸 것을 한 생의 반려로 데리고 계실 것이 안됐어어요. 항, 저 좋은 양 될게요. 네?

4289(1956). 7. 13. 낮.

양.

—

그 저녁엔 몸만이 아플 뿐 아니었습니다. 입맛을 느낄 수도 배고픈 줄도 깨닫지 못하는— 무슨 발이 저린 때와도 같은 그런 날이었습니다.

그런 이튿날. 밖에도, 눈도 뜨기 싫은 걸 억지로 찌뿌드득 온통 온몸이 짓이기는 듯한 것을 하로 종일 무거운 마음에 짓눌려가며, 또 그리움과 감상에 저려가며 그 책들을 추슬렀었습니다. 남의 귀한 아드님을 온종일 고되게 하였다고 어머니가 퍽 미안해 하고 애석해 합니다. 전 버릇도 없이 자꾸 뭐만 집어 주십사고 하고 막 앞에서 먼지도 털고, 저 참 미웠지요? 제가 하도 몸이 매 맞은 듯 멍든 듯하여서 필경 대단히 편찮으실 것 같해서 겁이 나서 전화도 못 걸고 있었던 차였습니다. 전화를 받아주실 수 있으니 참 반갑고 기뻤습니다. 결근이시라면 어떻게 하나! 조마조마하였었습니다.

비가 오시기에 꽃 모종 솎아가지고 까아만 박쥐 우산 깊숙이 눌러 쓰고 갈꺼나! 하다 주저 앉았습니다. 별 좋은 꽃도 없고 또 부끄럽기도 하고 그래서요.

—

강신항 씨 전.

이사로 말미암아 불야불야 걸음을 오노라고 총총히 두어 마디 하고 헤어져서 죄송합니다. 대학원 강의 끝나셨는지요? 오늘 전 이가원 선생님께 가겠사오며 방학 동안 배울 수 있나도 여쭈어 보겠습니다. 그 기별 같이 하여 글월 올릴까 하였사오나 두서없이 몇 줄 적겠습니다.

금요일 저녁 퇴근하시는 대로 저의 집에 오셨으면 좋겠습니다. 별 볼일 없으시고 큰 지장 없으시면 꼭 오십시오. 집은 크지 않지만… 환영받으실 꺼예요. 여기 저의 집 약도도 그려 넣겠습니다. 이 글 닿기 전에 한번 덕수궁에 들려 주시지나 않을지… 미아리고개(아리랑고개) 넘어 세멘트 다리 못 미쳐 골목(천변을 끼고) 왼손 첫 골목을 지나 길까에서 셋째 집(검은 단장, 하늘색 뻥끼 문) 三二0호(희망주택)

(박승인 선생님도 지장 없으시면 같이 오세요. 저녁 안 먹고 기다릴께요.)

펜도 종이도 이상해서 글씨가 지저분해요. 용서해 주세요. 막 써서 그래요.

시간 있으시면 저하고 같이 가셔도 되는데요, 집 찾느라고 고생하실까봐 그래요. 아무튼 다섯 시 좀 지나서까지 금요일엔 있겠어요. 일하는 곳에— 오셨으면…

미리 기별 못하여 죄송합니다. 꼭 오시면 좋겠는데 너무 예모 없이 이렇게 응석부려 미안합니다만, 그래도 오세요.

ton ami.

—

그냥 누어버리기엔 너무도 아름다운 밤이옵니다. 뵙고 돌아온 길이건만 굳이 또 붓을 들고 싶어지는 마음. 무슨 말씀 아뢸 게 있는지? 언제나 한 마디도 지껄이지 않은 듯한 가슴. 아무것도 말씀 드릴 것도 없을 듯한 마음. 그냥 뵙고 고개 숙이고 있으면— 불보다 더 뜨거운 시선 차마 눈 들 수 없는 설레임— 두근거리면서. 벌써 차에서 나리면은 어구에서부터 뛰는 가슴. 두근두근 어쩔 수 없고 곧 모든 사람 눈에 펼쳐 뵈지고 말 듯한 부끄러운 가슴속. 그걸 꾹 참고 대담스럽게, 뻔뻔스럽게 떨면서나마 문을 두드리곤 하는 어처구니없는 저. 정말 얌전한 아이라면 결코 그러진 않을 텐데. 구실을 빚어 가며 떳떳을 지어가며 볼일 보러 가는 나드리같이 전 그곳을 찾곤 해왔습니다. 어머닌 또 늦었다고 하셨습니다. 차마 "빨리 다녀왔는데" 못했습니다. 못 잊는 걸 억지로 떨어져 왔다는 듯한 속마음이 부끄러워서요.

Dear, Dear friend! 어제 밤내 되풀이하여 마음속 꽃잎인 양 하늘거리던 이 말. 피었단 지는, 벌었단 이우는 모든 감정의 향화들을 그대로 봉트게 둔다면 어찌 될까? 그 모든 것을 몹쓸 짓 꾸짐으로 빗난 마음으로 쓸어 없애면 또 어떻게 될 것인가? 얼마나 견디고 얼마나 잊을 수 있을 것인가? 으스러지도록 으스러지도록 그리울 때, 모든 것으로도 난 모자랄 그런 뜨거운 그리움을 꾸욱 참고 눈을 감으면 파아란 하늘이 마음 눈에 고여 들고 싸늘한 별빛에 전 부끄러운 저의 마음의 넘실거림을 씻고 식히지요. 뵈오면 전 다시 저의 냉정을 저의 길을 그리고 불길이 아닌, 불길을 넘는, 저의 싸늘한 빛(光)을 찾을 수 있고 전 다시금 안정을 느끼게 됩니다.

아름다워지고 싶고 밝아지고 싶은 향긋한 욕심! 전 누구보다도 실은 속으로 은은히 향기롭고 싶은 미에의 욕망을 금할 수 없습니다. 닫혀진 마음이 꽃봉 틀 무렵부터 부끄러운지고! 신항 씨! I hope I would be beautiful! for you! 화장하는 것 싫어하시는 신항 씨이신 것 아옵건만. 전, 신항 씨, 은은한 아름다운 속 화장은 얼마고 하고 싶어요. 오늘 "봉사" 산 것도 세수하려고 샀어요. 물이 부드러워진다고 그러기에. 부끄럽고 부끄러운 일입니다. 허지만 난 그걸 샀습니다. 모자라는 것을 채워 주십사까지 해서. 천해져 버린, 비루해진 저의 의존심을 타기하면서도 전 차금을 해 가면서 그걸 사고 말았읍니다!

속이고 싶다든지 매혹하고 싶다든지 그런 마음에선 아닐지라도, 저의 모든 미움을 그대로 보여드리고 싶은 청교도 같은 저의 의지의 고집과 아울러 저를 곱게 아름답게 보여드리고 싶은 꽃집 딸 같은 아름다운 허위가 절 늘 사로잡고 있습니다.

Dear! good dream to you!

모든 것 근심하지 마십시오. 눈부신 노력에의 의지만이 우리의 최선이요 전부일 것입니다. Dear! 아무것도 걱정치 마세요. 한 열몇 밤 어떻게 난 귀마저 막고 소라껍질 속에 들어 있을 수 있을까? Oh! I must see you… every evening… yet I miss you. 달이 아름다운 밤. to your deepest dosome! from yours

1956(4286). 8. 14.

—

Cher ami!

어떰 좀 늦으실듯 우산만 들고 가겠습니다. 오늘 은어 많이 주었고, 학교서 뵙기까지 하고 또 과자도 먹고 했는데 갑자기 현기증이 심해서 종이도 간신히 사러 갔다 왔습니다. 될 수 있는 한 걷지 않고 여기까지 오니 꼼짝도 못할 것같이 기운이 없습니다. 여름내 크게 앓진 않았는데 지금 몸살이 혈마 나진 않겠지만, 기분 나쁘게 몸이 이 얼마 자꾸 고단했더니 그러나 봐요. 9월 1일까지만 병나지 않으면 좋을 텐데.

엄마, 또 걱정하실 것만 썼나 봐요. 아니야요. 괜찮어요. 그저 좀 오늘 너무 다녀서 그런지요.

원고지는 칠백 장 샀습니다. 이 종이 같은 종이로요. 그럼, 부디 몸 조심하시고, 또… 마음 상하시지 말고, 지나친 자학 마옵소서. 무엇이 되던간에, 어찌 되던간에, 되실 수 있는 가장 좋은 것, 가장 귀한 것 되실 터이오니 저 일 때문에 심려 마옵소서. 언제나 훤—한, 두렷한, 그런 빛이 늘 뫼시고 있어줬으면! 그 무엇도, 슬픈 또는 어두운 그늘을 마음에 드리워 드리지 않았으면! 학자가 되어야 한다는 것이 있을 수 있는 이론이온지!

그럼으로 하여 만일에 귀한 본 마음을 밝힐 수 있다면 몰라도. 농부가 된다고 나쁠 게 무엇인지요. 그리하는 것이 좋다면, —그리고 학자가 안 되고 들로 나감이 마음에 한 평생 거리끼고, 뉘우쳐지지만 않는다면, 어떠한 희생이라 하기보다. 하고 난 뒤의 마음 거리끼거나 못내 그것이 걸리지만 않는다면— 좋은 것이라 믿습니다.

무엇이고 되고 싶으신 것 되시고 하고 싶으신 것 하십시오. 일시적인 희생심 —언젠가는 뉘우칠— 그런 것 아니라면 뭐라도. 맹서를 하거나 장담을 한다는 것은 우스운 일일 것이지만.

I am not others but yours 길내 그러기를 마음과 의지로 노력하려 합니다.

어젯밤에도, 길게 길게 무엇이 되거나 막 쓰고 싶었습니다. 이런 종이 위에 전 결코 무엇이라 그릴 수 없습니다. I know your situation today,

도무지 붓을 더 계속할 수 없습니다. 마음을 부디 상하시지 마십시오.

마음이 기쁘시고 평안하시고 훤하시고 착하고 아름다우실 때 전 기쁠 수 있습니다. 저 때매 그렇게나 상심하시는 것 눈물겨웁도록 감사하고 느껍습니다. 허지만, 저 기쁘진 않습니다. 그래야 저 정말 기뻐요. 하나토 하나토 저 생각 안해 주신다면, 저 또 금방 좁은 소견에 골나겠지만…… 그래도, 부디 그런 걱정, 근심 마세요. 네? 그것은 어느 신 앞에도 고개 숙일 것 없을 만큼 아름다운 마음씨에서임을 저 잘 알고 울 것 같습니다. 허지만… 마음 상하시지 마세요. 전 물론 글만 아는 사람의 딸이었고 글만 높이어 온 집의 딸이옵지만, 글보다 더 높은 것, 아니 글이 곧 가장 귀한 사람의 본심을 밝히는 데 도움이 된다는 것, 그래서 귀하다는 것을 배워 왔습니다. 당장 무지한 사람과는 어떰 못살 만큼 그런데 걸어왔습니다만, 반드시 글을 통해서만 사람이 사람다이 되는 것은 아니리라 믿습니다. 별을 보고, 하늘을 보고, 물소리를 들으면서, 일하면서, 또— 아무튼 여러 길로 갈 수 있으리라고 봅니다. 어떻게 되던지, 또는 무엇이 되시던지, 저의 큰 기쁨과 참 행은 그것에 매어 있진 않으리라 믿습니다. 들에 계시건 법석 속에 계시건. I am yours.

참 어떻게도 표현할 수가 없습니다. 제가 생각하는 대로, 이런 말은 썼지만 하나토 쓴 것 같지 않습니다. 모르겠습니다. 다만,

자학하실 땐 저도 슬프고, 자학하실 때 저도 가슴이 아프고…. 말들이 얼마나 무능한 것인지! 제대 때매 혹은 논문 때매 초조하

시지 마세요. 이것은 공연한 아첨이 아닙니다. 아무리 고약한 저지만. 언제나 best를 다해 오셨습니다. 그리고 꾀를 부리실 줄 모르셨습니다. 물론 we must study harder than today. 그렇지요? 네? 허지만, 그것 때매 마음과 몸을 한가지로 학대할 것은 없으리라 믿습니다. 같이 열심히 공부도 하고 또 뭐든지 하고 싶은 일 다 할 수 있을 것입니다. 그야말로 아주 아주 힘차게.

논문 내기 전에도 또 오겠어요.
그래도 너무 힘들면 9월 초하루 저녁에는
꼭 오겠어요.

그럼, 안녕! dear.
1956년 8월, ‐ 품에 ‐
기쁨과 평안과 빛이 있으시길 빌면서

—

신항 씨!

오늘은 너무도 무례하게 오십사 하곤 제가 오히려 가실 수 없는 마음의 불안 비슷한 것을 내내 지니고 있었습니다. 왜 그랬는지 모르겠었습니다. 혈마 또 이 편지로 말미암아 신항 씨를 슬프게 하거나 괴롭히는 일은 없으리라고 믿습니다. 확실히 전 신항 씨에게 미안을 느낍니다. 그것도 어쩔 수 없는 속 마음의⋯

뭐 전 너무도 의뢰하는 천한 마음이 뿌리 깊이 박혀 있기 때문입니다. 전 여러 가지를 부탁하고 못살게 굴고 그래왔습니다. 이제 또 더 많은 더 귀찮은 자자분한 일로 괴롭혀드리겠지 생각하면 눈물이 날 것 같습니다. 요새 왜 그런지 … 울고 싶습니다. 말이 나올 수 있는 심리의 계절인지요. … 어떠한 이야기를 하고 싶길래 늘 이야길 하고도 또 다 못한 듯 뵈옵고도 안 뵈온 듯 가득차지 못함을 느끼는 마음이 무엇인지? 스스로 갈피잡아 알기 어렵습니다. 신항 씨에게, 언제부터 제 마음이 이리도 문란하여져서 온갖 어려운 부탁을 다 하고 나종엔 아무런 plan도 없이 공부의 장해됨도 고려치 않고 오시라 마라까지 입에 올리고— 언제 이렇게 그만 제가 문란한 애가 되고 말았는지 모르겠습니다. 천성이 의타적이고, 비염치적이고, 눈에 어리길 잃은 눈물이 가슴속 조그만 눈에 송올송올 맺히는 것 같습니다. 저의 이런 심태가 과연 건전한 것일지? 불미스롭고 욕된 것인지? 이것을 의심함으로써 스스로를 싸고돌려는 비루성에 놀라지 않을 수 없습니다. 전, 신항 씨에게 벗될 수 없는 비루한, 그런 애인 것만 같아집니다. 사실, 지금껏 부탁하고 조르고 한 것보다는 더 많은 것을 전 마음에 부탁하여 왔기 때문입니다.

신항 씨! 저의 비루성과 의타성에 진실로 노하시고, 눈물을 흘리실 모습을 상상합니다. 아마 필경 실망(?) 이렇게 외람히 씀을 용서하세요 뭐 실망이란 기대라는 엉뚱한 전제를 슬그머니 내포하게 마련이니깐요. 이게 다 뭔지 이런 말이 쓰곬은 것도 아니야요. 정말은, 근데 자꾸 뭘 쓰는지.

일껏 오십사 하고 이런 무례한 일이 또 있을 수 있을까? 그리고 저녁 늦게 약물터나 가자고 오신 것 같이 하여 신항 씨를 비굴자로 만들고 만 듯한 저의 망언엔 참 깜짝 놀라지 않을 수 없었습니다. 정말로 마음의 본고향에 가신 듯한 평화와 고요 속에 머무실 분을 저로 하여, 저의 설레임으로 하여 물을 퍼뜨리는 듯한 불안와 죄스러움에 못내 가슴 아프면서도 스스로의 불안을 어찌할 수도 없습니다. 아무 일도 일어나지 않은 거나 마찬가지니깐요, 뭐. 저 하나의 마음의 탓이니까요. 모든 것이.

왼간히 자기의 마음도 이젠 짐작이 가고, 가려고 접어드는 구비도 알 듯도 합니다. 저의 마음을 시험하는(저의 종교적인 그것에 가까운), 저의 이기주의와 타산성에 꿀 칠을 해 주며 상글거리는 유혹이 없지 않습니다. 그것을 물리칠 만큼은 저도 강하다고 생각하고, 유혹이 닥쳐옴을 웃고 맞고 있습니다. 꼭 저의 마음에 떠올랐던 것 또는 하곺은 일 숨기고 있다는 것 우습지요? 어떤 땐 좀… 부끄럽지만, 저도 용서해 주세요.

신항 씨! 만나는데 이렇게 자꾸 날마다 만나는데 넌 뭐가 모자라서 또 나보구 편지까지 쓰라니? 하고 막 화내시지 말고 저에게 긴 편지 주세요. 전 참 신경질입니다. 주제넘게, 여러 가지 저의 말을 겸손이라 오해 마십시오. 똑똑히 잘 보세요 전 참 몹쓸 애입니다.

신항 씨! 저번엔 선생님! 크게 부르고 싶어서 한번 써 봤지요. 그렇게 부르구요. 꾸중도 듣고 싶지만 정말은 좀 칭찬받고 싶었어요. 요새의 너의 마음은 신통하다고—. 지금 여기 쓰고 싶진 않아요. 뭐, 좀 우스운 일이라요. 또 아직 "미연" 그야말로, 이제 한 열흘 후에 일어나기 시작할 바람인데 먼저 청우계로 풍력계로 알았죠. 아무것도 아니야요. 정말요.

신항 씨와 하로 종일 이야기하고 싶어요. 한 생이 맞도록 해도 다 못할 듯한, 한 마디도 안 해도 다 알 듯도 한 그러한 그러한 이야기들을. 좀 더 상냥스런 소낙비 뒤의 하늘 같은 맑숙한 마음으로. 오늘 약물터 갔더라면, 어쩜 막 울었을꺼야요. 푹 엎드려서 그냥 막, 어쩜 막 웃었을까? 어쩜 같이 우셨을지? 저 정말 신항 씨 공부에 훼방 아닐까요? 말씀해 주세요. 그렇다면, 저 좀 더 신항 씨의 참다운 좋은 애가 되야니까요. 떼는 그만 부리구요. 그죠? 네? 네? 이기겠다는 의욕과 이기리라는 믿음으로.

신항 씨! 신항 씨가 사랑하시는, 그리시는 양완은 지금의 이 변해 버린, 짓꾸긴, 미운, 그리고 비루한 이 모습은 아니었을 것입니다. 신항 씨는 무엇으로도 바꿀 수 없는 귀한 마음, 복된 맑은 마음을 지니고 계십니다. 허긴 혹 무슨 일이 있더라도, 짧으나마 사귈 수 있던 동안 저에게 보여 주신 신항 씨의 마음 바다는 길래 제 마음을 술렁여 주는 노래가 될 것이며 의지할 곳이 되어 줄 것입니다. 이런 말을 하면 아첨 같고, 무엇 때매 왜 아첨을 하누! 마음이 쾌청은 아닙니다. 그래도 그건 거짓은 아니니깐.

신항 씨, 아무리 가다가 지나친 감성일래 오해가 생기더라도 부르름은 이름 불르고 글 쓴 것을 드리지 않고 태운다는 것 참 타산적인 것 같아서 이젠 한 줄이라도 쓰면 다 드리기로 결심했습니다. 물론 바라긴, 아름답고 기쁘고 착하고 향기로운 그리고 저다운 저대로를 보여드리고 싶습니다!

만일 생각이 떠오르면 좀 비루한 생각이라도 꼬물도 숨김없이 다아 적겠습니다. 너무 화내시지 않을지?

신항 씨! 제가 아주 몹쓸 애만 같아요. 별걸 다 당치 않게 조르고—. 물론, 이렇게 조를 수 있는 저의 가엾은 순진성을 구박할 순 없지만, 자꾸 그게 자기 변명 같고 비굴하고 문란한 애 같은 생각이 들군해요. 마치 제가 신항 씨를 욕되게 사귀는 것 같은 슬픔이 서리군 해요. 그렇지 않지요? 저? 네? 네?

신항 씨!

너 이제 몇 밤만 지나면, 신항 씨의 뜨거운 정으로 다시 튼튼해지고, 밝아지고 상냥해지죠? 네? 저?

더 쓰고 싶고 더 쓸 텐데, 이제 쓰려다 만 글월을 드립니다. 안녕히 코오 주무세요. 아름다운 꿈꾸시고. 신항 씨, 오늘 저 용서해 주세요. 정말은 둘이 걷고 싶었어요. 이렇게 아름다운 달과 별의 밤을 자고 말다니! 근심하지 마세요. 어제의 저 용서해 주세요. 저가 신항 씨의 고요를 깨뜨리고 파문을 끼치는 몹쓸 애인 것 정말 용서해 주세요. 내일이라도 만나서 이야기 좀 하고 저 열심히 공부하께요. 네?

— 언제, 어디서 —

써 보내시면 갈게요. 꼭 할 이야기 있을꺼야요.

1956년 가을

사랑하는 신항 씨에게

뜻밖에 일찍 집으로 돌아왔습니다. 일거리를 집에 와서 하기로 가지고요. 어제 양모 편에 보내 주신 사진 감사히 받았습니다. 식구들 다 보여드리곤 책갈피 속에 넣어 두었습니다. 갔다 와 보고 싶기 모올래 끄내서 감추고 보았지요. 아무도 없는 빈 방에선데도. 집에 가도 안 계실 것 연구실엔 계실꺼야요. 그래도 거긴 가기 싫고— 노(영란) 선생이 영화 구경 시켜 주셨습니다. 혼자만 보니깐 왠지 안됐었어요. "만지(蠻地)의 태양"이라는 것이었어요.

어느새 가을이 이렇게 짙어졌든지, 탱자가 나오고 석류가 갸옷이 벌었나 봐요. 신항 씨! 잇따 저 갈래요. 일요일에 오라고 하셨지만 뭐. 오늘, 잇따— 네? 언젠가 집에 오셔서 통신 종이 뒤에 막 써 주셨던 당신의 편지! 참 아름다운 글월이었습니다. 감사히 감사히 생각합니다. 화려한 것만을 저의 앞길에 바라진 않는 저지만 마음만은, 가슴속만은 누구보다 향기롭고 아름답고 맑지 않으면 전 싫어요. 정말, 정말, 얼마나 얼마나 절 사랑하시는질 사모치게 느끼기에 전 당신이 하시는 것 모두 다 견딜 수 있고 기쁘고 싶습니다. 아름다운 타는 듯한 가슴으로 당신이 하시는 것 모두 하늘의 샛별에게도 상그레 웃을 수 있는 향긋한 것이라고 전 믿습니다. 그날—비 오시던, 졸업식 날— 같이 안 계신 아버지 대신 제일 저의 한 공부를 대견히 신통히 여겨 주신 선생님같이 느껴진 당신. 그냥 popo하고 싶었어요. 학교였기 전 참았습니다. 아버지와 같이 절 축복해 주시고 눈물겹도록 대견해 하시는 정을 너무도 뜨겁게 느꼈기에. 그냥 가벼히 그러나 불보다 더 타게. 번개나같이―.

언젠가 말씀드린 일 있었지요. 안아 주십사고? 제가 나빠진 줄 아셨을꺼야요! 허지만 저 정말 가다가 그렇게 느끼는 때가 있군 했어요. 마치 당신만이 날 안아 주고 싶고 안기고 싶고 난 천연스러운 것만 같이 보이는 게 전 참 무안했습니다. 꼭 같은 감정을 왜 전 안 갖겠어요? 허지만 그것은 타락된 느낌이 아니라 더 순결하게 받고 줄 수 있는 감정이라 믿어집니다. 우리 서로를 좀 더 높이고 아름답게 굳세게 빛나게 할 수 있는 맺음이 아니라면 우리의 모든 것은 보람 없는 한갓 남들, 어른의 흉내에 그치고 말 것입니다. 정말 우리가 아니면 다른 아무도 할 수 없을 그런 일을 하고 싶습니다. 일생 당신을 도와가면서 따라다니며!

사진에 신항 씨 참 여위셨지요? 전 퍽 포동포동해졌어요. 그쵸? 그날 자꾸만 떨렸는데 사진 찍을 때― 아무도 보여 주지 마세요. 그 사진. 네?

1956년 10월 가을, 양완

To you!

못 오신다 하시기에 서운하더니 뜻밖에 찾아주셔서 참 참 기뻤습니다. 시간이 빌 때 편지 쓰고 싶었으나 헤벌어진 곳에서 그윽한 글월 쓸 수도 없고 마음에 차마 그런 곳에서 쓰는 것 들지도 않삽기에 돌아와 마악 책상머리에 앉았습니다.

어젯밤엔 첫날이라 더 고되어서 가신 뒤 이내 누었었습니다. 전날 꿈에 오셨기에 행여 오시나 했었니만, 못 오신다 하셨길래 빨리 토요일 되기만 기다리고 있었지요. 그날은 오실 수 있다셨으니까. 전 월·토 안 나가도 된다고 그러셔요. 오늘은 다섯 시까지 앉아 있다 왔지요 멍하니.

사흘날인가 저녁에 갔을 땐, 하도 울음 섞인 말씀만 드리고 와서, 그리고 슬픔에 어린, 눈을 뵈옵고 왔기에 밤내 마음이 편하지 않았습니다. 무엇 때문에 가장 그리운 사람의 마음에 전 늘 가장 큰 어두움을 끼치고만 하는지. 사실 그것은 슬픈 일입니다. 만일에 제가 사랑하다면 혈마 그렇게 무지같이 늘 그러지만은 않을 것 아닌가? 스스로를 밤새도록 나모랬습니다. 정말 제가 사랑하는 분을 어떻게 그다지도 슬프게만 하여 드릴까? Dear! 전 절 의심합니다. 거짓된 마음으로, 그렇길레 그렇게 쉽사리 그를 슬프게만 하지? 이런 무거운 마음이 들 때, 저의 양심이, 늘 슬프게만 하여 드리는 것을 또렷이 말할 땐, 그만 아주 머얼리 가뭇도 없이 도망가 버리고 싶은 마음이 들군 합니다. 멀리 있으면 어떻게 이런 슬픔을 끼쳐드릴 수 있겠어요 뭐? 그러니까, 복에 겨워 지나친 어리광의 탓으로 늘 슬프게만 하여 드리는 이 몹쓸 것은 멀리서 그리는 마음 고생을 해야지 하는 것만 같고, 전 그렇게서라도 저의 허물의 벌을 스스로에게서 받고 싶었습니다. 모든 것이 저에겐 지나친 은총인 것 같고, 다시금 슬퍼지는 마음을 다스릴 길 없습니다. 그렇게 못난, 늘 울 줄만 아는 저를 그다지도 귀여해 주시는 것이 가슴이 저리게 느껴웁습니다. 어제도… 어떻게 틈을 내셔서 노염 잘 타는 아가를 달래는 아빠와 같이 와 주신 것 못내 감사합니다. 이런 점잖은 인사보다는 반가웠다는 진담이 더—.

가장 아픈 저의 슬픔을 나눌 수 있는, 나누고 싶은 벗이 꼬옥 한 분이라는 탓도 있겠지만, 이러한 허술한 변명이, 과연 사랑하는 분을 슬프게 해드린다는 독한 마음을 변명할 수 있는 턱이 있을지? 착한 마음이 전 없어요. 좀 어떻면 오해하고 좀 어떻면 노여움 타고 좀 어떻면 슬퍼지는.

틈 있으실 땐 오세요. 네? 저의 집으로.

그리고 저, 불어 강습이라도 받으러 다닐까 봐요. 만나 뵙고 자세한 건 말씀드리겠어요. 토요일에 오세요. 네? 공부하실 것 가지시고, 일요일도 오시고, 공부하실 것 가지시고. 저랑 같이 공부하게요. 네? 그때 오셔서 카-드 정리해 주신 날은 저 일이 참 잘 되는 것 같았어요. 꼬옥, 오세요. 네?

1956년 가을

—

　어젠 유난히도 무더웠습니다. 괴로워하시는 걸 집에 가셔서 쉬시도 못하게 하여 어머니가 미안하다고 하셨습니다.

　오늘은 흐렸어도 훨씬 바람기가 있는 것을. 연구실로 갈까 하다 모든 사람에게 폐스러워 그만두고 붓을 듭니다.

　전보다 퍽 여위신 것 새삼스러히 느꼈습니다. 건강을 잃지 않도록 너무 노력 마시고 될 수 있는 대로 병원에 좀 가 보세요. 멀긴 하지만 차편이 있을 듯하오니 버스로라도 꼭 가 보세요. 네? 한나절 쉬시는 셈치고요.

　될 수 있는 대로 속히 다녀와야 할 일도 있고 함으로 오랜 못 있을 듯하오나, 혹시 한 몇 밤 더 묵게 될른진 모르겠습니다. 오는 대로 기별하고 가 뵙겠습니다. 병원 좀 가실 것, 잊지 마세요. 네?

　갔다 올 동안에라도 책 필요하신 것 있으면 오셔서 보시고 노시기도 하십시오.

　여러 가지로 늘 지나치게 걱정 끼쳐드리는 것 참 무안스럽습니다.

　　　　　　　　　　　　　　　　　　　　　1956년 가을

　—

　슬프고 슬픈 밤이옵니다. 누어 버리기엔 너무도 가슴이 슴벅이는 밤이옵니다. 스물여덟 해 동안 가진 서러움 느꺼움도 많긴 했지만, 참 서러운 밤입니다. 이 이상의 더 큰 슬픔도 있을 수 있을지! 제발 누구의 마음에도 이러한 슬픔이 없어지소서! 왜 난 강제로, 남들 유혹하고 슬프게 하고 또 그의 슬픔을 보곤 이렇게도 가슴이 묻히는 것일까? 불을 차마 혀곪으지 않은 날.

참으로, 모오든 것이 묻히는 듯 참 그런 느꺼움 결국 전 속여왔을 뿐인가 봅니다. 어째서 나와 남, 그렇지요, 이러한 뚜렷한 감정이 대립되고, 더구나 순수한 마음에서 마음의 향음을 바라는 것조차 "아서라 남에게 나의 감정을 왜 강요하랴!" 그럴 듯 슬픈 슬픈 당신 논리!

차라리 뉘어 놓고 풀 한 아름 안아다 제 가슴에 불을 지르시지요. 그렇지 않는 몹시나 저를 늘 의심하고 저의 거짓은 두려워 하는 저였습니다.

그 후, 서울엔 있을 수 없게 되겠지요. 어디에 가안다도 없이 가 버리지요. 당신의 가슴의 그렇듯 큰 슬픔의 못이 되어 온 이 여아는. 잊으세요. 아주, 그만, 깡그리.

바닷바람에 눈물을 삼키면서 설움의 구비를 골색이며 살지요. 영, 보이지 않는 곳에서.

오늘 같은 밤, 묵묵히 그러나 달빛에 못지 않은 마맑은 정경에서 두벅두벅 걷는다는 그 느꺼움, 나란히 그러나 입 다물고, 이 좋은 달밤을 무슨—.

남들이나 할 남들이나 듣는 주 안 그러한 서글픈 말이 그이의 입에서 나의 심평에 못 박힐 줄야. 서러웁습니다. 천길 만길의 구렁이 입을 버리고 가로막혀 드는 것만 같습니다.

이렇게 쓴 것을 보자기에 싸들곤 갔지만 차마 드릴 순 없었습니다. 얼마큼 생각해 주시는진 잘 알고 있기 때문에, 모든 것이 그 깊고 뜨거운 정에서 나옴을 너무나도 잘 아옵기 때문에. 마음을 달래고 상냥스럽게 안녕! 소리를 하러 갔건만, 못난 못난 전 그저 우울한 낯밖에 뵈드리질 못하고 물러왔습니다. 밖으로 흐르기를 잊은 듯한 눈물이 가슴속으로 스며 배이는 듯 찡찔했습니다. 땅만 보고 걸었습니다. 수없는 모래들이 더 많이 많이 번지어만 보였습니다. 그리곤, 일불어 찾아까지 가서 우울을 번져 놓고 온 저의 위에서 속아프실 당신을 생각을 했습니다. 어쩌다 이렇게 몹쓸 것이 되고 말았누!

당신은, 잘못했느니 뭐니 하셨습니다. 그러나 그것은 그런 말로서 치워 버리고 지워 버릴 수 있는 대수러운 말은 아니라고 봅니다. 그것이야말로 당신의 가슴속에서 늘 스멀거리다가 홀연히 나타난 뿐이었을 것입니다. 그런 생각을 하면! 아무리 touch한 첫 분이고 마지막 분이더라도, 그것 때매 의무를 지진 마십시오. 숙명적으로 yours란 느낌이 있었습니다. 그러나 그것을 전 한사코 한사코 반항하여 왔습니다. 그런 쑥스러운 감정에, 아무리 제가 고약하더라도 적어도 전, 그런 것으로 나의 일생을, 다시 말하면 고귀한 나의 정신의 생활을 내어버리긴 싫었습니다. 사랑하고 있지는 않습니다만. 욕되게 그것으로 당신의 영원한 여자가 된다는 것은, 당신에 대한 씻을 수도 없는 모욕 죄라고 굳게 믿어왔었습니다. 그런 작은 일로 하여 일생의 발길을 돌리느냐고 당신을 이상히 여길 것입니다. 아무리 여자이기로서니 하면서, 여자이기에 또 저의 야릇한 성격이기에, 전 그런 생각이 골독하였습니다. 아니 적어도 자옥히, 아니 어렴풋이 어떰 서리에 있었습니다.

지나친 응석에 흥얼거리느라고 전 저의 모든 잘못 부족 그런 것 다 잊고 오직 당신에게 미화된 당신의 나 이외의 것은 볼 수 없고, 일부러 마음에도 없이 나 언제든지 딴전하고 싶고, 무뚝뚝하고 싶구, 심술택이 아기처럼.

어제도 뭐 정말은 저 자꾸자꾸 아픈 얘기만 하고, 내가 몸 약하다는 것 당신에게 죄송해요. 그래서 헌데 전 참 그럼 얘기만 하다 보니까, 그런 내가 싫어졌습니다. 아주 아주. 나는 얼마나 당신을 슬프게 하고 가슴 아프게 하나는 늘 생각지 않고, 저질은 뒤 언제나 가슴이 무너지는 것 같해져요.

아무리 긴 글월로도 나의 진정은 조금도 표현이 안 될 것이에요. 나는 정말로, 가슴이 아프다는 것을 느껴 보았습니다. 정말 외로운 것 아닌가 느꼈습니다.

이 모든 것이 우리의 지나친 결벽한 정의 소치라고 봅니다. 그러기에 얼마큼은 진정도 되지만, 그러나 역시 당시는 언제나 슬프십니다. 당신은 나 때문에.

이후에도 너그럽지 못하고, 또 신경이 날카로운 저는 곧 이렇게 슬퍼할 것이요, 또 당신은—

저를 정복하여 버릴 만큼 강하여지세요.

그렇지 않으면 절 팽개쳐 버리고 잊어버리실 만큼 변하여지세요.

이런 슬픈 글귀를 적을 땐, 호젓한 산길에서 언젠가의 꿈에서처럼 당신을 못 찾고 울던 제가 눈에 선하여집니다. 타락하여 이집에서 저 집으로 남의 추녀마다 비를 것고 찌꺼기 밥을 얻어먹어 가면서 슬프게 슬프게 지낼 저의 외딴 모습이 떠오르기도 합니다.

당신을 사랑하고 있습니다. 세계의 누구보다도 깊게 깊게. 근데 저의 당신이 왜 절 동상이몽 하게 버려두신단 말씀에요. 왜 그런 절 당신은 죽이지 않으세요. 그러한 그러한 생각을 긍정하실수가 있단 말씀에요? 그렇게 사랑하고 있는 당신인데…

"내가 잘못이제, 왜 남까지 나와 같은 감정을 가지라고 강요를 해"하면서 먼 델 바라보신 당신의 눈, 그보다 더 슬픈 당신의 가슴속. 지금껏 당신에게 들은 여하한 말보다도 슬픈 울림을 가지고 있습니다. 잘난 여자라면 너그러운 여자라면 쓱 씻어 버리고 천연스러울 수도 있는 말인지 몰라, 바보라, 그러나 저기 때매 그것으로 일생을 슬퍼한다 해도 저의 잘못은 아닐 것이고, 가장 올바른 또 가장 저다운 마음의 모습이라 생각됩니다. Dear! 그건 결코 작은 것은 아닙니다. 가장 큰 가장 중요한 내용입니다. 그런 생각이 떠오르지 않을 때까지, 또는 당신이 절 정말 정복할 용기와 힘이 있으실 때까지 전 만나고 싶지 않습니다. 여자의 모순을 전 야릇하게 느낍니다. ……

점잖은 당신이 나는 좋아. 내가 뜨거운 정의 꽃을 피우다가도 당신의 깨끗한 눈에 내 마음을 씻은 것이 나는 좋아, 어제 그 좋은 달에 둘이 암말도 않고 걸은 것, 속되게 행복이라 부르기를 저 허했지 달보다 더 밝은 마음이었습니다. 우리가 만일 어제 헤어지지 않고 정말 그밤을 같이 새울 수만 있었더라도, 우린 그렇게 흥분해서 서로의 마음을 뜻 아닌 슬픔에 처박지는 않았을 것입니다. 신부에 대한 수녀의 사랑 같은, 신부에 대한 신자의 사랑 같은, 그러나 뜨겁고 뜨거운, 그런 사랑이 나의 사랑이었습니다. 내가 당신을 보고 날 고칠 순 있어도—점잖은 당신도 보고, 당신에게 거스르진 못합니다. 그러기도 싫습니다. 당신이 좋으면 나도 그래지고, 당신이 나쁘면 전 더 나뻐지고. 저 참으로 이상한 생각 다 했습니다. 어제 오늘 몇 천 년 같은 사이에.

우선 우리 마음에 우린데, 그리고 당신의 가족, 친구, 선배 모두가 우리를 우리로 치는데. 저는 가버리고, 당신은 참으로 당신에게 걸맞는 좋은 사람하고 동상동몽 아니 이상동몽할 사람과 살구. 저는 주책없는 도둑 같은 여자라는 별명이 붙고 낙인을 찍혀 비슬 것이고 남의 눈을 두려워 하면서 얻어먹고 다닐 것— 하루가 천년 같은 날이 있지요. 지금쯤 당신은 태평하게 계실꺼에요. 속은 상하시고 거죽으론 웃으시면서. 당신의 눈귀에서 눈이 비실비실 나올 것.

우리 아주 절교해요? 다신 만나도 말고?
아니 만나면 인산해요? 동무 이상은 말고.
천연덕스럽게 살아질까? 앞을 앓는 병자와 같이 구멍뚫인 심장을 뼛속에 파묻고 살로 가리고. 눈물은 삼기고 입은 웃으며.

당신 마음대로 하세요. 나 보기가 역겨워 가실 때에는 말없이 고이 보내 드리우다. 영변의 약산 진달래꽃 아름 따다 가실 길에 뿌리우리다. 뿌리우리다. 가시는 걸음걸음 놓은 그 꽃을 사뿐이 즐여 밟고 가시옵소서.

강해집시다. 또는 영원히 저를 잊으세요.

1956년 가을, 양

—

항!

이제 몹씨 부끄런 생각이 들어요. 어제 그 몹쓸 말 입으로 한 금방 뒤부터 그 말 했을 때보다 전 더 불안하고 좋지 않았어요. 저같이 고약한 안해도 없으리라고 몇 번이나 제가 미워졌나 몰라요. 저녁에 저희는 조기를 먹었어요. 항은 어서 뭘 잡쉈나도 모르면서. 모두 항도 잡수셨더면 했어요. 항! 밤에도 얼마나 걸렸나 몰라요. 그렇게 몹쓸 말을 하고는. 밤새우고 또 오늘도 지금껏 어떻게 이 미운 마음을 고쳐볼까 생각해 왔습니다. 별로 독이 있는 것도 아닌데 항 전 왜 이다지도 혀가 모진지 모르겠어요.

항! 저 참 잘못했어요. 어제!

1956년 가을, 양

—

오늘 오시면 해요. 그냥. 공연히.

어제 저녁 같이 올려고 했어요. 다음 시간 마치고서 와 보니 아마 약방에 나가신 모양이었어요. 기다려도 안 오시구. 이 선생님 댁 갔다가 돌아오면서 버스에서 만났으면 했지만. 오늘은 집 보느라 못 가요. 만나도 말을 안 하면 안 만난 것 같고, 이야길 해도 늘 안 한 것 같고, 일이 끝나면 하로를 꼬박이 이야기하구 싶었습니다. 허나, 연구실에 다른 사람 떠들지 않고 같이 공부할 수 있으면 참 좋을 것 같습니다. 그날 참 공부 잘 될 것 같았습니다.

이건 쓰다만 글이야요. 저도 드릴려던 건만 드려요.

저 쓴 글월 땐 막 화내지 마세요. 생각만 해도 자꾸 눈물이 날 것 같해요.

1956년 가을, 양완

—

비가 오셔요. 아주 주욱 주욱. 전 가야 하는데. 옷을 걷우쳐 입고라도. 뭐, 꼭 가겠다고 말씀드린 걸.

아주 아주 진지한 이야기 쓰께요.

신항 씨, 따는 저 학교에 오래 오래 다니고 싶어요. 대학에 입학한 후, 전란이 나기 전까지도 전 남에게 뒤졌다고 생각하진 않았었습니다. 소학교 때부터 전 늘 뽐내고 뻐기고 할 수 있었습니다. 물론 소학교 육학년 때부터 전 그런 것이 다 싫어졌었습니다.

분열식에 남에 앞에 서거나 그런 것이 죽기보다 싫었습니다. 그런 게 이젠 벌써 자랑거리가 될 수 없다고 느꼈기 때문이었습니다. 그러나 선생님은 그것을 용서해 주지 않으셨습니다. 여학교에 들어와서도 늘, 조회 때마다 맨 앞에 서야 하고, 전학생에게 구령을 내려야 하고, 선생님의 취·사임에 인사말을 해야 하고 또 분열식 땐 앞에 서야 하고 참으로 역겨운 일이었습니다.

무엇하나 남에게 거리낄 것 없고 부끄릴 것 없건만도, 왠지 남의 앞에 서는 것이 싫고 자신이 없고 하여 여학교 삼학년 이후에는 남들과 잘 놀지도 않았습니다. 늘 풀 속에 들어가 있거나 양지바른 벽돌담에 기대어 머리를 터엉 비고 시간 가는 줄 모르고 서 있군 했습니다.

허지만, 그때의 그런 마음과 전란 후 이질어진 지금의 마음과는 같지 않습니다.

낙오자라는 불쾌한 그림자가 늘 절 따르게 된 것은 부산 이래의 선물이었습니다. 그러기에 지난날이라는 것을 일컫기만 해도 전 가슴이 슴벅입니다. 그 모든 것이 지금의 나와는 아랑곳없는 것이기 때문에. 물론 그런 벙충맞은 병적인 생각을 후리쳐 버리기 위해서 저도 저의 정신 위생법을 모조리 동원시키고, 자기위안을 안 하는 것은 아니지만, 아름다운 변명과 위안이 무서운 사실을 가려 줄 순 없습니다. 남에게 지기 싫다는 시기심도 있겠지만 이제 어느 정도 철도 든 저, 별 오묘한 철학을 배우고자 유학가고 싶은 것은 아닙니다. 저 혼자 책을 읽을 수 있게 되기 위해서입니다. 물론 지금의 저로선 당신과 같이 가면 제일 좋겠습니다. 아무 때고—.

그러나 그러한 소망이 언제 실현될진 의문이고, 또 그대로 눅으러져 버려서는 내내 그만일 게으른 저. 그러기에 어디 학교에 다니고 싶다는 것입니다. 그동안에.

당신이 귀한 아드님의 구실을 못다 하고 제 일로 공연히 속을 썩이시고, 고귀한 효심을 버리시고 절 귀여하신다면, 저 기쁘지만은 않을 것입니다. 당신이, 당신 하나 또는 당신의 저를 위하여서 당신의 어버이를 잊으신다면, 그것도 역시 슬픈 일입니다. 다만, 당신이 효심 그것 때문에 당신의 앞길을—축원 우스꽝스런 것이지요. 한줌 흙으로 돌아갈 이 사람들인데 뭐—버리신다면, 그리고 시골로 가서 농사짓고 그러고 사는 중, 만일에 일생 그것이 하나의 거리낌도 되시지 않는다면 저도 군소린 않겠습니다. 마음속으로부터라도.

허나, 아버님의 할머님, 할아버님에 대한 지극하신 효심에서의 결과가 오늘날 아버님의 개인적인 고독한 하나로서의 존재의 어두운 그림자를 드리워 드린 것은 부인할 수 없는 듯합니다. 더구나 당신도 늘 낙오자라는 생각에 사로잡히셨습니다. 이렇게 쉽사리 우리가 그만 굿겨도 될 것인가? 젊음의 의기가 벌써 쇠다니!

신항 씨, 늘 학교만 가고 싶어 하고 그것이 저의 슬픔의 원인인 양 당신은 여기십니다. 천만 빗맞추신 과녁도 아니지만 저의 큰 슬픔은 늘, 그것은 아닌 것입니다. 공부가 어떻게 슬픔이 될 수 있어요? 원하긴 하지만 그리 큰 것은 아닙니다. 신항 씨, 그대로 내버려두면 잠이나 자다 죽을 저이옵기, 당신의 지도와 끊임없는 감시, 독려가 필요합니다. 집안 형편도 생각 않고 당신을 조를 수도 있겠지만, 그러기엔 전 너무도 어른 중심 가정에 살아왔고, 저의 적은 철학이 또 부끄러워도 합니다. 아무 때고 당신이 가실 수 있는 형편될 때, 당신 따라 가겠습니다. 그러나 그것이 저의 전부는 아닙니다. 이왕이면 더 좀 알고 싶고, 더 좀 좋은 당신의 —가 되고 싶은 때문이지 뭐.

이런 이야기 쓰기 싫어요. 어젠 밤새도록 딩굴딩굴 했습니다. 왜 이렇게 비가 오신담, 나 어떻게 가라구? 당신과 이러한 이야기를 해야 될 때마다 더욱 전 저를 의심합니다. 그리고 절 몹시 몹시 꾸짖고 나무래고 학대합니다. 저의 가슴이 뭍이라 해도 벌써 갈갈이 찢어졌을겝니다. 당신과의 사이도 제가 얼마나 몹시 몹시 늘 절 모질게만 굴어 왔는지.

전 하나도 하나도 당신을 사랑하지 않는 것만 같고, 저의 모든 것이 거짓만 같고, 그러기에 아주 그만 죽어버리고 싶을 만큼 제가 미워지고 싫어지고 그런 때가 드물지 않습니다. 그래요, 제가 정말 당신을 사랑하지 않는 것인가? 왜 난 이차적인 것에 accent를 붙이나? 당신은 왜 또 자꾸만?

모르겠습니다. 제가 당신을 사랑하는 것—

가슴이 찌언 합니다. 날 의심하는 미운 마음 때매—

허나— 그것이 저의 핵심이고, 다른 것은 여타의 것입니다. 당신도 아마 그러실 것으로 여겨집니다.

이런 것 버리고 가 버리라고—

모질고 독하고 미운 마음의 소유자인 저이지만, 당신을 떠나 머얼리 가라셔요? 어쩜, 허긴 그런 몹쓸 건대 뭐, 어디 가서나 또 살이 퉁퉁 찌고 돼지같이 살다 죽을진 모르지만 한 구석 큰 어둠은 절 떠나주진 않을 것입니다. 여자는 동물이려니, 당신은 생각하실지 모르지요. 짐승입니다. 허긴, 그래도 그리워 할 줄도 알고 슬픔도 아는 동물입니다. 아무리 제가 고약해도— 이러다가도 전 정말 아주 깡그리 제가 고약만 한 것 같아도 당신을 버리고도 피둥피둥 살 것만 같이 무서운 생각이 들어 앞이 캄캄해집니다. 신항 씨, 전 신경이 튼튼치 못합니다.

이런 이런 생각 안 하기로 해요. 네? 당신을 사랑한다는 아름다움조차 제가 스스로 의심하고 자학병에 걸리지 않게 해 주십시오. 전 절 물어뜯고 싶어요. 응 응 응! 막 울고 싶어요. 응! 응! 울구 싶어요. 가슴이 답답해요. 짓눌리는 것 같아요. 당신과 저의 결합으로 우리의 날을 건설해 나갈 때, 아무리 몹쓸 저이지만, 무슨 불만이 있을 수 있겠어요?

당신이 시굴 가신다면, 서툴더라도 배워가며, 웃음으로 기쁨으로 살려는 양입니다. 당신의— 가 버리라고 그러지 마세요. 그럼 전 자꾸만 삐뚤어져요. 저 당신을 저의 학비 지출인이라고는 생각지 않아요. 권세나 부 때매 제가 누굴 부러 사랑하는 것 아닌데, 왜, 당신은 저 보구 가 버리라구— 당신이 이렇게 절 없이 여기시면 막 약올라서 이 세상에서 제일 제에―일 나쁜 여자가 될 테야요. 막 아주 아주우 나쁜. 그러든지 아주 등지고, 세상과, 그런데서 묻혀 살다 갈테야요. 신항 씨! 저 그런 나쁜 여자가 되는 거 당신 막 좋아요? 혼자, 울지도 못하는 곳에서 그렇게 그늘지게 살다가는 것 당신 막 좋아요?

신항 씨, …… 모두 부러 쓴 거야요. ……

1956년 가을, 비오는 새벽

―

어젠 달빛이 하도나 좋았습니다. 그냥 아뭇소리도 않고라도 그저 같이 걷구 싶었었습니다. 어쩜 오늘은 하로 종일 아무것도 못하시게 나옵시사고만 하여 그렇게 오래 기둘르시게 하고 또 오는 길에도 ― 우울하셨습니다. 아니 거의 설으셨습니다. 말씀은 안 하셔도 부정은 하셨어요. 가을바람에 설렁이는 벼이삭의 물결에 우셨다는 님! 그런 심상을 뵈옵는 듯하였습니다. 어느 골목까지 와선 왜 반드시 헤어져야 하나! 혼자서, 못 본 달을 보며 가마신 말씀. 가을 늦어, 바람에 살랑이는 들꽃보다 쓸쓸한 말씀이었습니다. 왜 같이 달을 보며 오던 길을 더위 잡아 그를 따르는 그림자가 난 못 되나!

외로움을 업고 달빛에 목욕하며 호온자 걸어가실 모습이 아물거립니다. 스스로의 감정의 변화에 놀랍기도 하나, 전 감정이 차차 자라감을 느낍니다. 보고도 또 보고 싶고, 만나고도 또 만나고 싶고, 만나도 헤어져 오기 싫고, 만나는 날 밤은 언제까지나 길었으면! 하는 마음.

이렇게 자조 만나고 싶고 또 만나야 하는 우리이면서 만나는 수 너무 잦고 또 헤졌다고 전 따지려고 애를 썼습니다. 참 우스운 노력이고 또 시치미뗌입니다. 우린 같이 있어야 합니다. 제대를 하셔야만 남에게 대우를 받을 수 있는 명색이 생기나? 난 군인에겐 갈 수 없나? 그는 다른 군인과는 전혀 다른 그런 이인데? 난 허영인가? 군복을 벗은 그와만 나란히 모든 사람 앞에 설 수 있을 것인가? 그리고 난 졸업을 하고 나야 그와 같이 있을 수 있을까? 그와 같이 있고서는 난 졸업론문 하나도 못 쓸까? 얼마나 전의 나로선 어마뜩하게도 앗질하게도 돈 나다. 그러나 난 지금 그와 늘 같이 있길 원한다. 그도 원할 것이다. 근데 우린 왜 이렇게 천연덕스러운 포오즈로 서로 버티고 서 있을까?

허긴 내겐 아무런 자력도 없다. 간단하다곤 하지만 복잡하고 또 여러 가지 비용이 들 그런 일이니, 내 힘없고 보니 헐 수도 없지만. 정릉 양완이 혼인 때매 돈이 또 들었다구, 아니 그 때매 절약을 해 가면서 나에게 경제란 것을 할애할 작은집 오빠들 생각하니 미안하고 눈물이 나는구나. 난, 정말 아무것도 없다. 그러나 없다는 그것보다 그런 일까지 남을 못살게 굴게 참 설구나. 그리고 보니 난 또 그렇게 쉽사리 할 수도 없겠구나. 모든 것 다 꾹 참고 하더라도. 못난, 나이 많은, 미운 나 때매 그는 참 손해도 많이 보고 그럴 것이구나.

난 요샌 자주 빨리 같이 있을 수 있으면 한다. 이것은 나에게도 은밀한 내속의 나의 밀화다. 그러나 확실한 뜨거운 힘이다. 난 그와 같이 있어야 된다. 그는 날 어디로 데리고 간다고 했다. 물론 난 조르거나 그러지 않아야지, 그래도 자주 또 조르고 그럴 테니, 세상의 미운 속녀들같이. 그렇다면 참 싫구나, 내가.

그는 달을 보기가 부끄럽다 했다. 그는 무슨 생각을 그때 하고 있었을까? 마맑은 마맑은 달빛에 세수하고 난 그의 이마에 뜨겁고 뽀뽀하고 싶었다. 아주 깨끗하게 아주 아름답게 달의 이마에 입 맞추듯이. 거리는 부산하고 잡음이 여러 사람이 훼방 놓았다. 오롯이 나만이 그를, 누릴 수 있는 아름다운 밤이 아니었다. 그는 참 싫은 이 같았다. 싫은 것을 설어하는 이 같았다.

Dear! 정말 제가 그렇게 공허를 느낄 때 정말 제가 있다는 존재 그것으로 무슨 위로가 되겠어요? 만일 그렇지도 못하다면 저의 당신의 것으로서의 가치는 무엇일까? 정말로 신항 씨 당신이 슬프실 때 그럴 때 부르실 수 있는 당신의 양완이 전 제일 되고 싶습니다. 한갓 애무에만 불리우는, 그리고 당신의 가장 크나큰 깊은 속마음의 슬픔엔 참여도 못하는 외진 그런 양완이 되고 싶진 않습니다. 오랫동안 전 당신을 슬프게 하여 드렸습니다. 저의 허물, 저의 고집, 또 저의 이울은 성격 모든 것의 탓이지요. 허나 오늘부터 양완, 참 당신의 양완이고 싶습니다. 제가 설어할 때 당신의 가슴이 어떠했을까를 어렴풋 알 듯도 한 밤이옵니다.

마음이 온몸이 사뭇 저린 듯한 느꺼움 속에 전 붓을 달리고 있습니다. 지금쯤 지친 다리로 누어서 엎치락뒤치락 하시겠지.

우린 좀 더 구체적인 현실적인 우리의 혼인에 대해서 이야기해야 할 것이다. 참 주책없는 물색 모르는 말이나, 난 한 며칠 안에 하구 싶다. 그래서 학교도 다녀도 난 부끄럽지 않을 것 같다. 자랑스러울 것도 같다. 그는 나의 이 편지를 아무에게도 보여 주지 않겠지 아무리 훌륭한 자문을 받을 이가 있더라도. 허리침에 민빗 참빗 찌르고 가서라도 잘 살려면 잘 산단다. 그게 내겐 큰 위안이 된다. 힘이 된다. 난 정말 그의 집에서 환영을 받는 딸이 될까? 허는 수 없이 아들이 데려오니 쫓진 못 하고 보는 것이지! 그런 내가 아니기를! 바라는 마음이 떨리는구나.

신항 씨! 저 정말 집에서 좋다고 하셔요? 정말로?

나의 참 생의 길을 걷기 위하여 나답게 나의 길을 가기 위하여 신항 씨의 곁에 전 있어야 함을 느낍니다.

하도 변해버린 제가 돼서 이게 또 웬 말인가? 의아하시겠지요. 그러나 저도 자랍니다. 모든 어둠과 슬픔에 인사를 하고 당신의 밝음 속에 당신의 빛 속에 당신을 의지하여 난 살고 싶습니다. 퍽 많이 저의 생이 밝아진 것 그것은 제가 잘 알고 있습니다. 일기에 쓴 그것만이 저의 전부는 아닙니다. 이젠. 모든 것을 뚫고 나가겠습니다. 당신이 가는 곳엔 어디나 절 데리고 가 주세요. 외국도, 시굴도. 신항 씨!

왜 당신 설으셨어요? 당신은 설으셨습니다. 저는 당신의 영원한 참 친구가 아닌가요? 왜 그렇게 설어워 하셔요?

　저로 하여금 구태연한 그야말로 관념적인 비관론에서 벗어나 훤히 좀 살 수 있게 하여 주세요. 전 저의 설음에만 젖어 기쁨과 웃음이 빛과 노래가 얼른 들지 않습니다. 어둠에 익은 눈과도 같이.

　당신이 설으신 거 난 싫어.

　당신이 우울하신 거 난 싫어.

　당신이 울 땐 나도 울고 당신이 설을 땐 나도 같이 설고.

　이런 거지같은 말들 다 소용도 없고 찌꾸산이도 없고. 가슴은 여전히 트이지 않은 채 메마르고 답답합니다. 밤은 쉬이도 흘렀습니다. 짧은 덧없는 밤이었지요. 우리에겐.

　우리 내일은 그 얘기 좀 해 봐요 네?

　아니 오늘이지, 당신이 이걸 보실 땐.

　안녕!

　영전이 미국에 가면서 당신에게 좋은 양완 되라고 편지도 자주 드리라고 핑크 종이 주었어요. 근데 핑크빛에 져서 붓이 떨릴 저의 어리석음.

　흰 종이에 쓰니 잘 써집니다. 어줍지 않고 무안치 않고.

1956년 가을, 당신 품속에

—

my dearest!

울고 난 아가의 눈시울에 상기도 맺힌 눈물방울인 양 코스모스 잎마다 구슬방울이 맺혀 잇어요. 진발이를 업고 뜰을 바라다봅니다. 하늘거리는 코스모스가 고개를 살렁일 때마다 문듯 문듯 자꾸만 자꾸만 만나러 가고 싶어져요. 아까 전화로 ─그럴듯한 이유 붙혀─ 청을 들었건만. 어떰 바쁠실꺼야요. 오늘, 그쵸? 시간 시작되기 전에 대방동 갈까? 그래서 그냥 모시고 올까? 버스 안 여러 사람이 많겠지, 그래도 갈까봐. 막 자꾸만 자꾸만 보구 싶어지는 걸, 뭐.

그동안 자주 만난셈이지요? 그래도. 정말 따로 같이 있어 본 진 참 오래되요. 그쵸? 그냥 여기서 같이 하늘거리는 코스모스를 바라보고 싶어요. 아니 눈을 감고 가만히 서 있어도 되요. 그냥 같이.

맨발 벗고 풀길을 달려 고개고개 넘어 한테 가고 싶어요. *dearest friend!* 이것이 가을 오후가 물올짓는 애상(哀傷)의 수문(水紋)일까요? 오늘은 아무도 안 만나시고, 저만 꼬옥 만나 주셨으면!

허지만 공부하셔야 되고, 또 … *ho ho, jelousy*까진 아니지만, 오늘은 참 많이─많이, 하늘땅마안큼 보고 싶어요. 아무도 아아무도 당신을 안 보고 저만이 당신을 보고 싶어요.

꾸지람하지 마세요. 저 보고 욕심쟁이라고요. 왜 이렇게 느껴지는지 잘 몰라요. 허지만 그렇게 느껴져요. 자꾸만, 누구든지 이 세상에선 서로 보고 싶은 사람끼리만 보고 그 밖의 사람은 안 보였으면! 마술 할머니가 나하고 친했더면! 할머닐 졸라서 당신을 빨리 이리로 오시게 할 껄. 공부 안하셔도 몰라. 아무하고 이야기하다 말고라도 난 몰라. 그냥 그냥 막 이리로만 오셨으면! 저의 이런 생각 때매 정말 공부 시간에 머리가 삿갈리시면 어쩌나 하고, 전, 모든 것이 금이 되소서 빈 욕심쟁이 임금같이 조끔 겁이 나요. 당신이 잘못하여 무슨 헛말이나 안 하실지. 그리고 당신이 그냥 막 뛰어나와 이리로 오시지나 않을지! 기다리면서 저허하는 야릇한 마음. 반가움도 그리움도 꾸욱 참고 언제나 천연스럽기를 애쓰고 바라는 전 배우! 그걸 참는 수녀! 어떰. 제가 섰다가는 벽들도 거슬릴꺼야요. 저의 불꽃일래. 많이많이 참고 싶어요. 자꾸만 자꾸만. 자꾸만 커지는 공을 불면서 겁이 나는 어린애같이, 전 자꾸만 부푸는 저의 느꺼움을 이렇게 달래고 참고 있어요. 그리고 상그레 웃지요.

dear, 저 머리 짤랐어요. 싫어하실지도 몰라 하면 거울을 드려다 보다가도 눈물이 피잉 돌아요. 꾸지람 마세요. 네? 정말, 마음에 싫으시지 않으면! 이담엔 머리 길르께요. 네? 학생들이 모다 애기 같다고 그래요. 오늘은 you만 보고 싶어요. 학교에도 안 갈까 봐요. 그만, 아무래도 you만 보고 우리만 같이 있지도 못할 껄 뭐, 싯.

from yours

1956년 가을

벗 님께!

　구월도 보름… 이 좋은 달의 원광에 취할 듯하건만 한 마음 하염없이 서글퍼집니다. 온통 꾸중을 들어 팽돌아진 어린 애와도 같이 노여움도 아닌 원망도 아닌, 이 느꺼움을 무어라 할지요.

　얼마를 두고 혼자 마음 조리고 걱정하던 그 이야길 어머니에게 하고… 그걸 제가 말씀할 땐—생각에 늘— 푸른 아름다운 향긋한 그런 낭만이 있을 줄 알았지요. 사실 하나의 사실 보고 같은 것인가!

　빛나는 눈도 취할 듯한 기쁨도 못 보니 서운했는가? 전화로, 그러한 음성을 느꼈건만— 이렇게 전 서글퍼집니다. 하도 달이 좋은 탓일지요.

　사실 engagement 필요 없습니다. marry만 하면 되지 않아요? 가장 romantic한 아니 아름다운 형식적인 engagement는 우리 둘이만 할 수 있습니다. 그리고 부모님의 축복은 marry 하는 날 받고, 내가 교인이면 신부 앞에서나, 허지만 난 그런 신부도 안 계시니, 다른 곳 어디 가서 하기로 하고. marry만 하지요. engagement는 그만두고.

1956년 9월 15일

—

좀처럼 눈을 못 붙이고 뒤치기만 하였습니다. 아침에도 몇 차례나 이야길 할까 하다가도 왠지 저의 자존심이, 아버지와 같이 존경하지 않는 그런 사람에게 나의 마음속을 열기가 싫어서 봉한 체 있었습니다.

늘 걱정하시는 you에게, 제가 타락하고 게을러지고 육에 사로잡히지만은 않았다구 증거를 보여드려야 할 텐데, 논문은 물론 마저 쓰겠습니다. 시월 오일까지는 어느 정도 쓰일 줄 믿습니다. 내가 타락하고 육에 사로잡힌 듯싶어 고민하고 슬퍼하고 날 가여워하고, 왜 약해졌어! 하는 것 같아서 소스라치게 스스로가 시틋하여도집니다. 당신은 현명해야 합니다. 중요한 일입니다. 감상적으로 나아가서 제가 차마 서러워할까바 버리지 않는다는 그런 일은 말아주세요. 어쩜 저는 정말 타락했는지도 모르지, 아마 당신이 그렇게 생각하는 걸 뭐, 정말 그런가봐!

Dear my friend!

벌써부터 저를 타락한 여자로 여기는 것 같지만 사실 타락하진 않았습니다. 제가 you를 보고 싶어하고 자꾸 같이 있고 싶어지고 그러는 것 과연 타락일지요?

그리고 언제나 제자리걸음이라고 그래 뵈도 제 딴엔 퍽 걸어온 걸요. I made you sad! 이 후엔 그런 일이 없을 테지만, 정말 나 참 나쁜 애야요. 위선적인 위선적인—

어제의 you face, 손에 쥐기 힘든 완구를 어쩌다 갖게 된 어린

애 같은, 버릴 수도 없고 부술 수도 없고 주체스런 그런 표정! 그치요? 전 모자라는 사람 아닙니다! 모두가 그렇다고 그러는데!

비록, 점잖지도 못하고 버릇도 없고 정숙도 못한 저이지만, 바탕은 그렇게 몹쓸 애는 아니었습니다. 부끄럼관 다르다고 you는 절 비판하셨습니다. 허긴, 전, 저의 모든 행실은 부끄럼을 느낄 가치도 염치도 없는 거지같은 짓뿐이었습니다. 늦게 남의 집을 방문하고 용건도 없이 헐 말도 없이―. 혹, 여자라고 가다가는, 아닌 때 없이 문득 부끄러워지고 으스러지도록 부끄러워지고 스스로에 대하여 또 남에 대하여.

하늘에 치닿을 듯한 하아얀 뾰족한 고깔을 쓰고 싶습니다. 으스러지게도 고운 하늘입니다. 어쩜 난 바본 아닐 겁니다. 남과 같은 기회를 주어 보면, 공부 못해 쫓겨 오진 않을 것입니다. 전 외국 유학도 하고 싶습니다. 공부도 계속하고 싶습니다.

여러 가지가 마음속에 안개같이 서려있습니다.

모든 것에 뉘우침이 없도록 살다 가고 싶습니다. you와의 삶! 나와 you의 best를 다하여 공손하게 겸손하게 그리고 굳세기, 아름답게 우리가 살면 뭘 뉘우치고 설워하겠어요? 당신은 저를 시비하지 마세요. 어느 결엔가 전 당신의 일부가 되지 않았어요? 제 정신으로 절 시비하는 것이 이상해요. 아무리 제가 육에 사로잡혀 아무것도 다 잊고 후리치게 누어만 살다 갈 것 같해요? 저 매우 흥분했어요. 당신은 왜 돼지를 사랑해요? 저는 돼지만이 아닙니다.

—

　신항 씨! 어쩜 전 버얼써 신항 씨의 곁에 느을 있어야 할 아인지도 모릅니다. 공부하실 때도 또 생각에 잠기실 때도, 그리고 우시고 싶으실 때도 저 신항 씨 곁에 느을 부르시면 대답할 수 있을 바로 곁에 있어야 하고 있고 싶은 저임을 압니다. 근데 이렇게 있는 것 가슴 아픈 때도 있습니다. 신항 씨, 만일 정말 오시고 싶으신 때라면 너무 늦은 밤이 아니라면 노시러 오세요. 그리고 정 오시기 거북하시다면, 그리고 저 만나고 싶으시다면 제가 뵈오러 가겠습니다. 오늘 일껏 만났건만 몸이 아파 찡그리고 있어서 참 죄송스럽습니다. 우시고 싶은 것 참으시면 가슴이 사뭇 체하는데, 푸셔야 합니다. 그것이야말로 정신의 장래에 좋은 것 아니라고 믿습니다. 신항 씨! 제가 찾아가 뵙는 것 뭐 꺼리진 않습니다. 그러나 다만 좀 생각하는 것이 있기 때문에 삼가는 것이 좋으리라 믿습니다. 신항 씨는 맨 큰오빠시니까, 동생들에게도 참 진실한 모범이 되셔야 하잖아요? 근데 저가 자꾸 찾아가면 신항 씨가 실없는 그런 사람 같아질 것이니까… 저 삼가야 한다고 생각할 뿐입니다. 그래도 신항 씨가 원하신다면 저 오라고 하시면 꼭 가겠습니다. 기별만 누님 편에 해 주십시오. 약물에 가서 눈도 씻겨드리고 얼굴도 씻겨드리고 머리도 감겨드리고 다 해드리고 싶었습니다. 그러나 아직 산물이라 차서 감기드실 것 같아서… 그리고 좀 모든 것이 외람스러워서, 저가 뭐 나이 많이 먹은 어머니나처럼 그런 행동 잘 못하겠어서 여쭙진 않았습니다. 실행을 못한, 안한 이야기를 쓴다는 것은 참으로 얄미운 거짓말입니다만도—.

저의 품에 꼬옥 안아드리고 싶은, 싸늘한 손을 꼬옥 만져드리고 싶은, 다만 그것이 오히려 신항 씨의 마음에 불안과 초조를 불어드릴세라 애씨우는 것입니다. 신항 씨! 신항 씨가 원하신다면, 뭐 신항 씨가 저의 품에 푸욱 엎드려 우시고 싶다는 것 뭐— 다만, 신항 씨!— 아닙니다. 신항 씨가 원하신다면, 저 금요일 저녁쯤 댁으로 가겠어요. 저녁 먹은 뒤에 그래서 여러 가지 이야기도 좀 조용히 하구 또 다리도 아프지 않고 하게—. 저는 일념 될 수 있으면 신항 씨의 공부에 지장이 없게, 그리고, 답장 뜻같이 할 수 없는 여러 가지 일이 있는 집의 형편 때문에, 어떻게 생각하면 차라리 신항 씨의 마음의 고요를 위하여 전 아주 먼 데 다 있다 오고도 싶어요. 허나 전 그럴 처지도 지금은 못 되요. 그래서 저도 답답하고 그래요.

사랑하는 나의 귀한 신항 씨! 원하시는 말씀, 하고 싶은 것 있으시면 말씀해 주세요. 금요일 저녁에 가겠습니다. 사랑하는 신항 씨의 품에

1956년 가을 신항 씨의 사랑

– 양완 올림 –

Dear, my Hang!

내일 하오 한 시 경 신신에서 만날까요?

과자(혼인식 답례품) 마치는 것 때문에요. 틈 있으시면 학교로 전화 걸어주세요. 시간 저 있으니까요.

혼서지(婚書紙)보 하시라고, 어머니가 금전지 달았다고 보내라 시기 봉투에 넣어 보냅니다. 새로 또 검은 비단 사실 것 없이 그 것으로 이용하십사고요. 그럼 이만 총총! 안녕! Hang!

좀 푹 쉬세요. 네?

1956. 11. 10

어려움 속에서 혼약(婚約)-사주전달

정릉 후생주택 320호 셋집 1956.11.14.

왼쪽 앞에서부터 김완진, 강신항, 정양완, 조경희 여사, 정평완
뒷줄 이기문, 정양모, 정충모, 정상모, 김무희

1956년 11월 24일 강신항과 결혼

良婉 결혼식에서 말씀하시는 朴啓陽 선생
1956. 11. 24. 명동 YWCA 유치원 강당

사진들

1956년

유치웅 선생 따님의 동덕여고 졸업식 1960. 3.

1962. 9. 9. 쌍둥이 아들의 첫 돌 기념. 아이들(석화, 석란, 석진, 석희)

—

항!

솔바람 소리가 파도치는 밤입니다. 서투른 바느질로 넷째 작은 아씨 분홍 저고리 껴만 놓고 내려와 붓을 듭니다. 일 많이 거두쳐 주시고 군불까지 때 주시고 저에게 은혜 많이 베푸신 고모님께서 내일 상경하신다기 몇 자 적으려 해요. 오늘은 하도 바람이 불고 추우니까 아버님께서 안방에 들어와 골방에서 자라고 하셔요. 골방에 불을 많이 땠으니까 뜨뜻하게 잘꺼야요. 옹쿠리고 앉아서 항을 불러 보지요. 그날 저녁 노끈으로 꼭 매 놓은 바깥 덧문은 다신 미닫이마저 여닫은 일 없고 이불보로 쳐 놓은 휘장도 걷지 않았습니다. 이방이 휑하니 넓어 보여요. 뜨뜻하면서도 써얼렁한 듯한 방에서 야단맞은 산학생같이 도옹그만이 돌아누어 오구리고 자지요.

항을 싣고 오지도 않을 기차가 새벽이면 목 쉰 소리를 지르지요. 그래도 갑자기 뚜벅거리고 들어오실 것만 같아 문게로 눈이 쏠려짐이 차라리 부끄럽기도 하여이다.

문 듯 파도치는 섬 가운데 있는 듯한 느낌이 저를 사로잡는군요. 울적도 하고 우울도 한 순간이 있기도 합니다. 그러나—

거의 무감각한 심리상태에 파김치가 되어 있습니다. 다행한 일일지 불연일지. 어머니와 평완이 몹시 못 잊혀 눈시울이 몇 차례나 뜨거워지고, 파란 대문 반만 닫고 돌아보며 돌아보며 짓부리고 걸으시는 뒷모습 웃는 모습 바라오던 제가 꿈이런 듯하여이

다. 간 날보다 더 많은 날이 와서 가야 항이 오실 텐데. 그래도 열
밤만 있으면! 반가운 새식도 못할 시무루꾹한 얼굴을 해야 하는
나의 환경이 항. 춥지요? 외풍이 세어서, 마후라로 잘 싸고 주무
세요. 감기 안 드시게.

솔바람이 파도치는 밤에

충남 아산군 도고면 기곡리 139 시댁에 신행 와서

1957년 1월 11일 양.

—

사랑하는 님의 품에.

당신이 나가신 쪽 대문께로 하루에도 수 없이 눈이 가는군요.
이제 한밤 됐는데.

저 혼자 보기엔 아까운 달이 기와지붕 넘어 동산 나무 끝에 갸
롬히 누었어요.

꿈은 깨인 새벽입니다. 늦잠이나 안 잘까 조심 돼서 그런지 떠
나신 뒤에는 잠이 더 일직 깨입니다. 안암동 외풍 센 방이 자꾸만
걱정됩니다. 전 큰 작은아씨와 그날부터 한 이불 덮고 잡니다. 고
모님이 때 주시고 어머니께서 뜨뜻하게 더 때 주신 방에서 요 안
깔고도 훈훈히 잘 자고 깨었어요. 아버님 어머님께서 대안하옵시
며 식누님 다섯 분 고모님 모두 평안하옵시니 심려 마옵소서. 그

날 날씨 맵기 시작하와 작은 아버님(三寸 어른) 도령님도 무사히 도착하시고 저녁은 어떻게 잡수시고 추운 곳에서 어찌 주무셨는지 궁겁습니다. 먼저 떠나신 마음도 하마 걸리실 것을 미구하와 울가망 보여 못내 죄송 마음 언짢사옵나이다. 못난 꼴만 뵈어서. 마음속에 두 장 달력을 떼어 버린 새벽입니다. 닭소리가 맑게도 들리고 뒷동산 나무들이 유난히도 아름답게 보이는 물먹은 별들을 떠받치고 있어요. 그 앙상한 손들을 뻗쳐서. 외숙모님 댁 양위(兩位)분, 아기 작은아씨 고루 평안하옵신지요. 아침마다 저녁마다 보살피시기에 얼마나 힘드실지 차마 죄송스럽사옵나이다. 귀하신 몸 부디 보중 보중 하옵소서. 과히 못마땅치 않으시거든 정릉 집에서 다니소서.

> 1957. 1. 11. 양완 올림
> 엄한 듯 부드러운 힘찬 듯 따사로운 음성이
> 자꾸 들리는 듯해요. 양, 하시는.

부록

—

　인생이란 점점 단념해 가는 것. 끊임없이 우리들의 포부, 우리의 희망, 우리의 소유, 우리의 힘, 우리의 자유를 감해 가는 수행이다. 굴레(環)는 점점 좁아진다. 처음에는 이것도 저것도 외고 보고 손에 넣고 정복하려고 한다. 그리하여 모든 방면에 있어서 자기의 한계 「이 앞엔 더 못 간다.」라는 곳에 이르게 된다. 재산, 명예, 연애, 권세, 건강, 행복, 수명, 환희 다른 사람들의 손에 들어온 모든 것이 처음에는 자기에게도 가망 있는 도달할 수 있는 것 같이 보인다. 그러나 마침내 이 꿈을 불어 날리고 차차 스스로를 낮게 하고 적게 하찮게 되어, 자기가 제한된, 약한, 부자유한, 무지한, 빈약한, 가난한, 무일물(無一物)임을 느껴 그 무엇에 대해서도 신에게 의뢰치 않을 수밖에 없어진다. 사실, 사람은 아무것에 대해서도 권리를 지니지 않았다. 그리고 사악한 것이다. 이 공허 속에 사람은 그 어떤 생명을 인식한다. 왜냐하면 신의 불꽃이 그 훨씬 깊숙한 구석에 있기 때문이다. 사람은 단념한다. 그리하여 신앙에 의한 사랑 속에 참다운 위대함을 다시 찾게 되는 것이다.

　인류에게는 철학자의 사업을 보충하기 위하여 성자와 영웅이 필요하다. 학문은 인간의 능이며 사랑은 인간의 힘이다. 인간은 이지를 가져 비로소 인간이다. 知, 愛, 能 이것으로 완전한 인간이 된다.

　잔다는 것은 자기의 감정을 체질하는 것, 찌꺼기를 가라앉히는 것, 정신을 진정시키는 것, 열을 내리는 것, 어머니인 자연의 품속에 돌아가 다시 선해지고 강해지는 것이다. 잠이란 말하자면 죄없는 상태요, 정대이다. 가여운 인간들에게 충실하고 안전한 인생의 벗으로서 날마다의 배상자 위안자로서 이를 주신 이에게 축복 있으라.

1956. 10. 22

—

인생의 간요한 일에 대하여 우리는 늘 고독하다. 우리의 참 역사란 언제가 돼도 다른 사람에게서도 거의 읽어질 리 없다. 가장 훌륭한 부분은 중얼거림, 오히려 신과 우리 양심과 우리 사이에 주고받아지는 은밀한 속말인 것이다. 눈물, 슬픔, 어그러짐, 모욕, 나쁜 생각, 좋은 생각, 결심, 불안심, 숙려 모두가 우리의 비밀이다. 거의 대부분은 비록 우리가 그것을 말하고자 해도 써 보아도 통할 바 없고 전할 수 없다. 우리 자신의 가장 아틋한 곳은 결코 나타나지 않는다. 친밀한 사이에서도 터질 길이 없다. 우리의 의식에도 딴은 일부분 밖에 나타나지 않는다. 거의 기도 가운데 밖에 활동을 비롯하지 않는다. 아마 신에게 의해서밖엔 들어올려지지 않으리라 하는 것은 우리의 과거는 우리에겐 영겁의 타인이기 때문이다. —우리의 모나-드는 다른 모나-드에 기적적으로 영향을 받는 일이 있다. 그러나 그래도 그 중심까지는 다른 모나-드의 영향이 미치지 않고 있다. 거기서 우리 자신은 결국 스스로의 신비 밖에 멈게 된다. 우리의 의식의 중심은 마치 태양의 핵이 암흑인 듯 무의식이다. 우리가 있는 그대로 하고자 하는 것, 행하는 것, 아는 것은 무릇 정도의 차야 있을 손 표면적이다. 길이를 헤아릴 수 없는 실체의 어두움은 우리의 우레의 광선, 전광, 계시의 아득히 미치지 않는 곳이다.

내가 내적인 인간에 관한 자기의 이론에 있어서 자아의 깊숙한 곳에, 그가 포함하는 칠계를 하나씩 하나씩 이탈한 뒤에도 오히려 암흑한 바닥, 계시 받지 못하는 것, 잠세적인 것의 심연, 무한한 미래의 보증, 불명한 자아, 이지에도 의식에도 이상에도 정신에도 심정에도 상상에도 감각 생활에도 객관화 할 수는 없다. 이들 스스로의 형상을 모조리 속성급계기로 하는 순수한 주관성을 상실한 것은 아주 큰일이었다.

그러나 불명한 것이 있음은 머지않아 없어지기 위함이다. 그것이 모든 승리, 모든 진보의 기회가 된다. 그것을 일러(이름 지어) 숙명이라 하여도, 죽음이라 하여도, 밤이라 하여도, 또는 물질이라 하여도 요컨대 그것은 생명, 빛, 자유, 정신을 올릴 님인 것이다. 불명한 것은 이재(理在), 저항, 곧 활동의 지점, 활동의 활동급, 승리의 기회인 때문이다.

(어느 의미로 신은 저 떨어지는 것을 바란다. 왜냐하면 신은 자기의 창조물의 품위, 용기 及 감성을 바라고 있는 때문이다.)

1956. 10. 27.

조그마한 일에도 엄마를 찾고 손뼉을 두드리며 웃는 내 동생. 평완이는 자랄 때부터도 귀염둥이었다.

명랑하고 어리광쟁이인 것도 아마 막내인 탓인지도 모른다.

웃는 눈매며 입, 귀의 곡선까지 응석덩이다. 그러면서도 평와(평완)는 형제 중 제일 바지런하고 내 뒤치다꺼리에 골이 빠진 애다.

그렇게 조그마한 기쁨에도 손뼉을 치며 좋아하는 우리 평와를 난 기쁘게 해 주도 못한 멋없는 형이다. 덤덤한, 무뚝뚝한 형이지. 카바를 사건, 머리핀을 사건 평와는 하날 사는 일이 없었다. 못 사면 참더라도 으레 쌍으로 샀다. 이 멋없는 묘이 못내 걸려서.

벗어 던진 양말을 주어다간 빨아서 개어 놓고, 뚫어진 양말을 짜서는 내어 주는 내 동생이다.

「애! 애! 내 양말 어딨니?」

「야! 여깄어. 언니, 이거 신어. 까망 싫으면 내 것 신어. 언니. 그 곤색 좋아?」

철 늦은 옷을 못 입게 하고, 빛바랜 양말도 못 신게 하는 내 동생.

「언니, 저고리 좀 바꿔 입어. 아이 참. 언니, 내 사다 줄게. 응.」

어머니를 졸라가며 나를 끌고 나가 옷감 한 번 보고 내 얼굴 한 번 쳐다보고 치마에다 대도 보고 골라주는 옷을 나는 늘 입어 왔다. 이런 동생이 없었다면 내 주제가 오죽했을까! 생각만 해도 난 멍해진다.

작년 동짓달 나 시집가던 때. 제일 서운해 한 것은 우리 평와였다. 귀여운 코를 벌룽거리며 평와는 억지로 웃으려 했지! 그만 문을 닫고 뛰어 들어간 뒷모습에서 나는 흐느끼던 평와의 느꺼움을 느낄 수 있었다.

방향이 엉뚱한 안암동 길을 평와는 곧잘 나를 찾았다.

별일도 없어도 심부름도 아니어도. 이 못난 덤덤한 형을 그래도 못 잊어서.

「왔니? 들어와.」

「언니! 치마허리 달 거 없수? 양말은 어딨수? 엄마, 나갔구려.」

밤늦도록 그 연약한 몸을 고달피 부려 보태는 학비를 다 뜯어서 양말도 가끔 사 오군 했다.

「얘, 이제 고만 일 해. 네 몸이 견뎌야지. 응.」

하면서 난 동생의 얼굴에 맘속으로 부비곤 했다.

「그럼 어떻게, 그래도 어젠 걸어 왔다우. 집에까지.」

「……」

더 할 말이 내겐 없다.

「언니! 손수건 나 예쁜 것 하나 샀어. 언니도 이거 좋지? 내 하나 사 올게. 응」

「뭘 그만둬. 아무거나 쓰지 뭐, 내가 어린앤가 이쁜 거 갖게. 너나 가져.」

「언닌 왜 할멈처럼 머리도 그렇게 막 빗고 연지도 안 칠하고 분도 안 발라. 언니도 화장 좀 해 봐. 훨씬 좋아. 생기가 돌아 뵈 …」

난 못 이기는 듯이 가끔 분도 두드려 봤다. 귀여운 동생의 충고도 있고 하여 그러나 귀찮으면 말고 또 잊어서도 못 하는 게 명색은 여자인 이 나다.

「언니! 이쁘지? 이거 내 거랑 똑같애. 이거 언니 가져 프레젠트야.」

고운 종이에 다시 싸가지고 얌전히 접은 꽃수건을 평와는 책갈피에서 꺼내 놓는다.

「엄마!」

평와가 사다 준 고운 꽃수건을 난 집에다도 둘 데가 없어서 들고 나왔다. 아무리 장속 깊이 넣어 두어도 그래도 미진해서다. 몇 번이고 몇 번이고 폈다 개고 개었다 폈다. 아무리 내 손이 더러워져도 난 손을 씻을 수 없다. 아무리 옥 같이 씻었다 해도 이 수건에 물기를 묻힐 순 없다. 난 한 번 꺼내 고갤 숙이고 몰래 테-블 밑에서 뺨에 대어 보았다. 왼쪽 볼에도 대어 보았다. 향긋한 평와의 정이 스미는 듯했다. 난 차마 오래 오래 들여다 보기도 아까워서 얼른 개어선 눈을 감고 책갈피에 다시 넣었다.

1957.

나의 여학교(경기 여중고) 시절

정양완(37회)

1943년 입학 ~ 1949년 졸업

8.15 이전

언니가 입고 다닌 경기여고의 스웨터는 점잖고 멋있어 보였다. 낙타색에 소매 끝에만 짙은 고동색으로 5cm 정도 접어 붙였으며 안팎이 없이 도톰하게 골진 무늬 또한 따뜻하고 단정해 보였다. 속에 받쳐 입은 둥근 깃의 흰 블라우스에는 수박색 리본타이가 얌전하면서도 간드러지게 쌍고가 매어 있었다. 낙락장송의 등걸과 그 위에 하늘을 인 푸른 솔잎같이 고귀해 보였다. 거기에 넓적한 맞주름을 폭폭 잡은 검은 감색(紺色) 치마가 또한 품위 있어 보였다. 그 시절에는 학교마다 특색 있는 교복들이 따로 있었다. 그러나 우리가 여학교에 들어갔을 때는 그런 멋진 교복도 없어지고, 군복같이 멋없는 검은 감색 옷을 걸치고 다녀야 했다.

수업이라고 서너 시간 정도만 하고, 군복에 단추 달기, 단추집 짜기, 운모(돌비늘)를 예리한 끝이 세모난 칼로 이리집어 얇은 종잇장같이 만들어야 하고 그것도 두께를 보고, 작업량을 재곤 하였다. 솜씨 좋은 친구들이 굼뜬 나에게 슬쩍 슬쩍 조금씩 주어서 선생님의 꾸지람을 겨우 모면케 하였다. 점심 때 하나씩 주는 겨빵을 난로 뚜껑에 살짝 구워서 단꿀 빨 듯하였다.

전교의 선생님은 거의가 일인이었는데, 그 중에는 우리를 깔보고 업신여기는 교사답지 않은 교사도 섞여 있었다. 영어·수학·생물·가사 선생님 등 몇 분만 우리겨레였는데, 일인에게 결코 짓눌리지 않는 실력이며 언행 등이 내게는 은근히 자랑스러웠다.

그 때는 놀라서 본능적으로 지르게 되는 엄마! 소리도 일본말로 해야지 그렇지 않으면 혼이 나곤 했었다. 그 무서운 속에서도 우린 어떤 선생님들의 흉내를 내면서 쉬는 시간에는 낄낄대기도 했다.

우리 집은 서울서도 못 살고 그 때에는 양주군 노해면 창동이라는 곳으로 떨어져 나와 살았었다. 기차 통학을 해야 했고 연착할 때마다 지각이라 복도에 벌서기도 예사였다. 그게 벌써 초등학교 4학년 때였다. 아버지가 요시찰 인물이었기 때문이었다.

잘못 먹어서였는지 자주 학질(하루 걸이)을 앓아 2학년 때는 결석이 70일이 넘었다. 3학년 올라가려 할 때 선생님이 "넌 아무래도 휴학을 해야겠구나, 결석 일수가 너무 많아." 1945년 2월 그믐께쯤이었다. 우리는 아버지가 더 위태로워져서 학교를 그만두고 전라도 익산이라는 곳으로 숨어 살게 되었다. 나는 철이 없어 학교를 그만두면 인생이 끝나는 줄 알고 울지도 못했는데 눈물이 비적거렸다. "조금만 참아라. 이다음에 우리에게 배우는 학교에 다니게 될 테니…."하며 아버지가 달래시었다.

그런데 바로 그 며칠 전 일이었다. 무슨 행사로 강당에 들어가느라고 학생들이 반반이 나와 쭉 복도에 서 있었다. 일인 교감이 그 학생들 틈을 비집고 가면서 "비키지 못할까?" 소리를 벌컥 질렀다. "미안하다. 좀 비켜줄래?" 해야 할 터인데. 그것은 낮춤말로도 최하의 낮춤말씨였다. 견딜 수 없는 모멸감에 나도 모르게 "아유! 정말! 못살아!" 하는 외마디 소리가 다문 입 사이에서 새어나오고 말았다. 분노가 머리끝까지 치민 교감은 한 번 힐끗 뒤를 노려보고는 강당으로 갔다. 식이 끝나자 그는 반반이 들어가 괘씸한 범인을 찾았다. 우리 반에도 들어왔다. 조금만 해도 얼굴이 잘 빨개지는 내 친구를 족쳐대기 시작했다. "제가 아니에요!" 울먹이면서도 나를 대지는 않았다. 그 친구는 더욱 빨개만졌다. 생으로 야단맞고 귀까지 빨개지는 것을 나는 더 이상 견딜 수 없었다. "그 애가 아니에요. 저예요." 하고 내가 나섰다. 교감은 나를 데리고 교무실로 갔다. 그날 우리 반 출석부는 갈기갈기 찢어져서 교무실 마룻바닥에 나뒹굴었다. 내 머리며 어깨며 등이며를 이를 갈며 갖은 소리를 하며 후려갈기면서 그는 분을 삭였다. 나는 며칠 후 퇴학원서를 내고 학교를 떠났다.

익산에 반년이나 숨어 살면서 동생들이 외우는 소학을 담 너머로 들으며 혼자 따라 외웠고, 소쩍새 소리를 설레는 마음으로 기다릴 줄 알게도 되고, 달이 밝은 날은 행여 달 거슬릴 세라 솔성냥을 켜지도 않게 되었다.

8.15 이후

2학년을 엉거주춤 마치고 익산에서 숨어 살다가 8.15가 되자 나는 얼떨김에 3학년 2학기에 올라갔다. 어둡고 두렵기만 하던 삶이 새롭고 밝은 세상으로 제 자리를 잡게 되었다. 일본말을 안 해도 되고, 우리말, 우리글로 우리 역사, 우리 문학을 배우게 되니 신기하고 기뻤다. 밤을 새워 국어사전을 찾아가며 소설도 읽고 시도 읽었다.

그러나 반일(反日) 하나로 굳게 뭉쳤던 우국·애국지사들이 좌우(左右)로 갈리게 되고 교사도 학생도 또한 어느덧 둘로 갈라지게 되었다. 교사의 부추김을 받아 학교에서도 동맹휴학이니 백지동맹이니가 일어났다. 와아! 하고 몰리고 와아! 하고 쏠리고 하느라고 들뜬 중에 세월이 갔다. 가장 차분히 기초교양을 쌓아야 할 때, 나는 무엇을 하였는가? 아직도 일어로 번역된 세계문학전집을 읽었고, 좋아하는 헤르만헤세의 시도 원어로 못 읽는 불쌍한 여학생이었다. 그러나 밤새도록 보아야 몇 장밖에 못 읽은 우리 문학전집도 차츰 읽히게 되었고, 미처 몰랐던 우리 어휘도 알게 되는 게 기뻤다. 처음 배우는 고문, 송강가사며 월인천강지곡도 흥미로웠다. 새로 배우기 시작한 독일어, 영어에도 조금씩 맛들이게 되었다. 외국 노래의 가사도 뜻을 알고 부르게도 되어 끼리끼리 모여서 쉬는 시간마다 우리는 소리를 어울었다. 머리가 희끗희끗해진 오늘까지도 못 보면 그립고 만나면 반가운 영원한 벗을 여학교 시절에 만난 것이 고맙다. 우리 전학년만 해도 다 4년제였는데 수가 사나워 우리 때부터 6년제로 바뀌었다. 의과나 이공계열 지망자는 다 나가 대학으로 갔다. 240명 중에 문과와 음악·미술 지망자 한 70여 명 정도만 동그마니 남게 되었다. 우리는 찌꺼기·민주거리로 학교의 구박을 받았다. 우리 또한 6년으로 늘어난 학제에 싫증이 났다. 이화여대의 교양국어·심리학 강의를 몇 번이나 몰래 가서 듣곤 하면서 지루한 세월에 맑은 바람을 쏘이곤 하였다.

그러나 대학입시가 다가오자 달리는 영어·독어 배우기에 정신이 없었다. 특히 고문을 가르쳐 주신 일석 이희승 선생님, 영어과의 전재옥 선생님, 친구를 부를 때도 노래하듯 고운 목소리로 부르라 하신 김순애 선생님은 내 인생에 올곧음과 순수성, 그리고 영혼의 아름다움을 일깨워 주신 영원한 스승이시다. 그리고 그분들을 만난 것이 여학교 시절, 특히 8.15 이후에 만나게 된 것을 나는 일생 고맙고 느껍게 생각한다.

두루마기

혹 학생들과 함께 때로는 여러분이 찍으신 사진을 놓고 우리 몇 남매는 아버지 찾아내기를 즐거워했다. 어린 때의 일이다. 얼른 맞추려 몸 닮았을 땐 얼굴로 보다간 지고 만다. 앞줄엔 우선 버선과 고무신만 봐도 되고, 뒷줄로 가면 두루마기만 찾으면 영락없는 일등인 것이다. 우리가 태어나기도 전의 아버지도 늘 두루마기를 입으셨나 보다. 하긴 아버지 와이셔츠며 넥타이를 누구 주고 누구 주었다는 어머니 말씀으로 미루어 보면 젊어서 한 때 양복하신 일이 있긴 했던 것 같지만. 나비넥타이를 매셨을까? 댕기 같은 긴 넥타이를 매셨을까? 여자를 남장시킬 가상보다도, 나에겐 그런 아버지가 우습게만 여겨지고 그리다마는 그림처럼 아예 가상조차 아물러 본 일이 없다. 아버지 하면 으레 두루마기 모습, 두루마기 하면 우리 아버지만 입으시는, 무슨 별다른 옷처럼 혼자 몰래 정해버리고 있다.

바지저고리 허리띠 대님 토시는 물론이지만 철마다 어머니는 두루마기를 지으셨다. 철따라 모시 생풀 홑두루마기, 다듬은 홑것, 다듬은 겹것, 삼팔 다듬은 겹두루마기, 추울 때면 명주 솜것, 옷감은 가다가 다르기도 했지만 물색은 늘 은옥색 잠깐 씌운 것이었다. 날이 몹시 추울 땐 회색 모직 두루마기를 입으시기도 했고, 호되게 찰 땐 십년도 더 입으신 검은 오버를 덧입으신 일도 없진 않았다. 아무 걸 입으셔도 아버지라 좋았지만, 일껏 잘 그린 그림에다 듬뿍 어울리지 않은 빛을 칠한 것 같이 좀 맛이 아예는

듯 느껴졌었다. 그럴 때마다. 참 봄 가을 입으시던 철색 사두루마
기가 단 한 벌 있었다. 할아버지 관대를 뜯어 지어드린 것이었다.
전란 전만 해도 아버진 곧잘 그 두루마길 입으셨다. 옥색 두루마
기가 잠간 지나게 짙어도 새신랑 같다는 별명을 들으신 아버지신
데도. 서울 사람이 무색을 좋아하는 버릇이 있어서인진 몰라도,
아버진 늘 옥색을 씌기라도 한 두루마길 입으셨다. 그래서 우린
철옥색 저고리를 더러 입었다. 두루마기 짓고 남은 자투리로 지
어주신 것이다.

회색은 늙어 뵈고 어두운 빛이나, 은옥색은 맑고도 사랑스런
빛같이 여겨진다. 내가 아버지면 그만이고, 아버지가 늘 입으신
옷 빛이 그 빛인데서 이 색에 대한 기호가 길러진지도 모르지만.

동잣일 보아주는 이 하나 없이 우리 팔남매를 길러가면서 어머
닌 여일히 아버지 뒤를 대었다. 아무리 덜미를 치게 바빠도 은옥
색 드리는 걸 잊으신 일 없는 게 퍽 신기롭다.

그렇듯 철마다 갈아 짓고 뜯어 지으시던 두루마기를 몇 해만
에, 지으신 것은 지금부터 서너 해 전, 전란 이후 몇 해 뒤의 일
이다.

실향 사민—어처구니없는 대명사—의 교환이 있으리라 하여
피납치 인사의 송환을 고대하던 그 가족들은, 모두 한참 오늘인
가 내일인가 닳았을 즈음이다. 피란 짐에 싸여온 명주필을 오련
한 은옥색에 잠방 담갔다 건졌다. 밟고 다듬어서 홍두깰 올렸다.
어머니를 거들어 가며 지은 새 두루마기. 다듬이 짝도 제법 못 맞
추는 나이기도 했지만, 가슴의 고동으로 자꾸만 다듬질은 더듬기

만 했었다. 차곡 싸둔 명주실을 꺼내 잘 안 뵈는 눈을 돋워 떠가며 한 땀 한 땀 꼬매시던 어머니의 심정을 무엇에다 비길까? 그저 이 두루마기 입으시고 오시도록 해줍소서 독실한 신도가 염주 헤며 기원하듯 솔기를 해 나간 우리였었다. 그 아버지 마중갈 옷이 다 되었다. 바지저고리 조끼 마고자 허리띠 대님 버선, 새로 사둔 속내의… 추김을 받아 쌍그랗게 다려 깨끗한 보에 싸놓았다. 아무에게도 우린 말 안 했지만 판문점으로 그 옷보자기를 들고 아버질 마중나갈 심산이었다. 토시 속에 몰래 새큼달큼한 드롭스를 사 넣고서, 잊지 말고 말씬말씬한 군밤도 가다가 사 넣어야지 난 혼자 마음속에 적어 넣었다.

정화수를 떠 놓을 때 같은 비는 마음으로 으스러질 듯한 사랑으로 우리가 지어놓은 그 두루마기는, 원광같이 떠오르는 임자의 모습을 상기도 기다리는 체 올해 들어 몇 번째 거풍을 당하고 반닫이에 다시 들어가는지.

이번엔 혹시나 했던 것이, 또 허사로우려나.

가물가물 군밤 호롱 그 아니 반가운가.
말씬히 잘 구운 걸로 골라 담아 주시구려 햇군밤.
가슴에 안고 발돌릴 델 몰라라.

"얘, 깃도 참 순편히 앉는구나." 하시며 길조로워 느꺼워하시던 어머니의 말씀이 가슴에 지금도 저릿하다.

여학교 다니던 어느 가을, 문예 강좌가 끝난 텅 빈 교정에서 옥색 명주 두루마기 자락 속에 날 감싸 주시던 아버지의 사랑, 그 따사롭고도 맑던 아버지의 눈빛, 명주가 사촌까지 덥게 한다지만 아버지의 사랑이 명주를 덥게 했던 것만 같다. 두 팔을 활짝 벌리고 은옥색 두루마기에 감겨 날 안으시려는 꿈에 뵈던 아버지.

이 해도 저물어 가는데 개켜둔 두루마기를, 그분은 언제 와 환히 빛내 주시려나. 터벅터벅 길을 걷다가도 주춤, 멀거니 바라보는 두루마기 모습, 차 속에서도 멈칫, 곱게 늙으신 분네의 두루마기가 곧잘 내 코허리를 시큰케 한다.

누님前上書

어느덧 그렇듯 무덥던 날씨도 언제이였는지 제법
쌀쌀한 바람이 옷깃을 스칩니다. 換節期를 앞두고
조찮한 疾患이 流行하고있는 模樣인데 어머님以
下 온집안이 두루 安故하옵신지요. 저는 ... 健
全한 肉體로써 民族의 원수 米狗들과 더불어 짤스러
운 鬪爭을 거듭하고있습니다. ... 正義를 守護
하고 愛護하시는 하늘과 祖上님이 우리의 聖業을 도
와주시는듯 날이 갈라同時 ... 勝利하리 ... 必勝之
信念만이 두터워갈따름입니다.
"Waiting for the ray of hope with great future"
~ Praying good health and happiness of all family ~

○○戰線의 一隅에서   興謨 보내나이다

경남 부산시 동래여자고등학교 정양완 선생전

누님 前上書

 어느덧 그렇듯 무덥던 날씨도 언제이었는지 제법 쌀"한 바람이 옷깃을 스칩니다. 환절기를 앞두고 불순한 병환이 유행하고 있는 모양인데 어머님 이하 온집안이 두루 무고하옵신지요. 저는 매일" 건전한 육체로써 민족의 원수 적구(赤狗)들을 말살(抹殺)키 위한 성스러운 투쟁을 거듭하고 있습니다. 항상 정의를 수호하고 애호하시는 하늘과 조상님이 우리의 성업을 도와주시는 듯 날이 감과 동시 묵묵히 필승지신념(必勝之信念)만이 두터워갈 따름입니다.

"Waiting for the ray of hope with great future"
− Praying good health and happiness of all family

○○ 전선의 일우(一隅)에서 흥모 보내나이다.

"군우 155=106"
 육군 제3030부대 제3대대 제9중대 제1소대
 육군 소위 21944 정흥모 상서

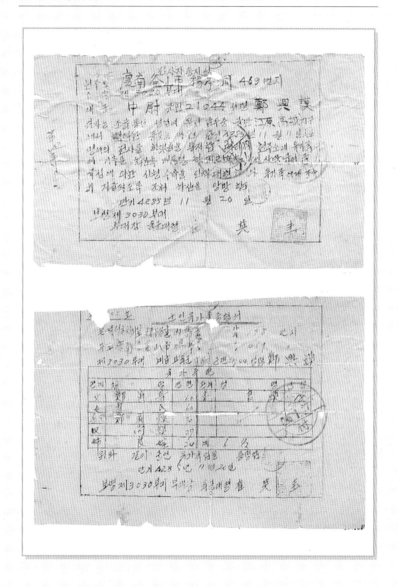

동생 흥모와 한 부대에 근무하던 전우가 유족에게 한 편지

... 그리고 3일후에 저는 또 육군 본부까지 급한 용무가 있어 출장을 가게 되었읍니다. 그때는 정소위는 몇일 있으면 예비지역으로 오게 되어 있었읍니다. 그래서 마음을 놓고 출장을 떠났습니다. 도중(途中) 용무를 맞이고, 부대로 오는 도중(途中), 신문지상의 고성남방에 전투가 보도되었으며, 대단히 치열했음을 알고, 걱정이 되어, 급자지기 올라오니, 전투는 종식을 고하고 정소위가 있든 중대에서는 오직 한 사람의 장교가 사렀다는 말을 듣고, 정소위가 사러있겠지 하고, 그 부대에 전화로서 묻고 있는 중, 그 부대장 및 작전참모가 제 방으로 드러오길레 반가이 물었더니, "대단히 미안합니다. 최대위님, 정선생 아드님은 가장 용감히 싸우다가 산화하고야 말었습니다." 하고 사과의 인사차 방문하였던 것입니다. 아— 운명이 이렇게도 야속한 줄이야…. 그대로 맥없이, 울고 울며, 정신 없는 몇일이 지냈습니다. 고생을 같이 하며, 서러 이해해가며, 가난한 살림살이나마 약으로 알고, 같이 지내던 때가, 어끄적께 같었는데 하고, 지금 이 붓이 떨리며, 눈시울이 가득합니다.

정형, 이 못난 정식이를 제일 먼저 용서하시옵고, 어머님을 뵈올 낯이 없어 이 글월 올리기가 무섭습니다. 힘의 부족과 운명의 장난! 그러나 정형 힘을 내서, 아버님과 동생을 위해서, 악독한 무리들의 뿌리를 캘 때까지, 저는 적은 힘이나마 싸우겠습니다.

눈시울이 앞을 가리며, 난필을 더욱 어지럽게 합니다. 아무쪼

록 건강하시와, 새해의 복 많이 받기를 원하며, 한가지 원통한 것
은 홍모군 영전에 가지 못한 것입니다.

　재차 난필을 용서하옵시기를 비나이다.

정형 앞 불초(不肖) 정식 배상

담원 선생의 기일(忌日)에 대하여

강신항

1962년 4월 초 동아일보에 연재된 "죽음의 세월, 납북인사 북한생활기"(내외문제연구소 제공)에 따르면 국군과 유엔군의 북진에 따라서 북측에서는 1950년 10월 9일 납치인사들을 평양에서 강계(江界) 방면으로 이동시켰다. 10월 23일과 25일 사이에 해발 1,922 미터의 적유령(狄踰嶺)의 '돌고개'의 험한 고개를 100여 명이 넘다가 낙오자가 생겨 60여 명밖에 남지 않았는데, 이들 낙오자에 정인보, 고원훈, 이광수 선생이 포함되었다고 한다.

1974년 가을 일본 도쿄에서 개최된 국제 의원연맹 회의에 참석하였던 북의 홍기문(洪起文)도 남의 장기영(張基榮) 선생에게 이와 비슷한 말을 했다고 하므로, 가족들은 10월 25일을 잠정적으로 기일로 잡고 제사를 모셔왔다. 함께 실종되었다는 이광수의 묘비(북에서 조성)에는, 1892년 9월 4일 생, 1950년 10월 25일 서거로 되어 있다. 북측에서는 자강도 만포군 고개리 중턱에 이르렀을 때 차안에서 임종하셨다고 주장하였다.

한편 북측에서 평양 신미리에 조성한 정인보 선생의 묘비에는 1893년 5월 6일 생, 1950년 9월 7일 서거로 되어 있고, 황해도 서흥(신막)에서 폭격으로 사망하였다고 하니 혼란스럽다.

평양 신미리에 세워진 묘비

정인보선생

1893년 5월 6일생
1950년 9월 7일서거

평양 신미리에 세워진 묘비

묘비 뒷면

아버지,
아, 그리운… 아버지!

초판1쇄 인쇄 2019년 6월 5일
초판1쇄 발행 2019년 6월 10일

지 은 이 정 양 완
펴 낸 이 임 순 재
펴 낸 곳 (주)한올출판사
등   록 제11-403호
주   소 서울시 마포구 모래내로 83(성산동, 한올빌딩 3층)
전   화 (02)376-4298(대표)
팩   스 (02)302-8073
홈 페 이 지 www.hanol.co.kr
e - 메 일 hanol@hanol.co.kr
I S B N 979-11-5685-775-4